Les Mystères de Strasbourg

Du même auteur

En collaboration avec Francis Segond, sous le pseudonyme de Xavier Schwalber : *Butsu-Uma, I, « Et la Chair se fit Verbe »*, Nantes, éditions Opéra, 2000.

Floréal Krattz (1828-1870), roman, éditions Jérome Do Bentzinger, Colmar, 2008.

Contributions à la *Revue alsacienne de Littérature ;* direction du *Carnet d'écrou, revue d'études holmésiennes et autres,* depuis 2002.

François Hoff

Les Mystères de Strasbourg

roman

Collection

Les enquêtes rhénanes

Pour Isabelle
Lectrice compétente

Floréal Krattz (1828-1870) était « répétiteur » au Collège royal de Strasbourg. Les répétiteurs, vulgairement appelés « pions », étaient des enseignants-adjoints. Ils corrigeaient les copies et faisaient cours dans les petites classes. Floréal avait une vocation de poète et de romancier. Il était d'esprit « moderne », plutôt francophone, admirateur de Balzac et de Baudelaire. Il s'efforça sans succès de publier des œuvres « régionales » inspirées par la littérature française de l'époque. Son journal personnel et ses œuvres ont été découverts en 2007 dans les greniers du lycée Fustel de Coulanges. Il avait notamment le projet d'écrire un grand roman social et criminel, *Les Mystères de Strasbourg*, qui resta à l'état d'ébauche.

Le présent roman est composé à partir d'extraits de son journal et des brouillons des *Mystères*.

Il passa probablement une licence ès-lettres, mais ne réussit jamais l'agrégation. Vers 1852, il devint correcteur d'imprimerie. Il disparut dans le grand incendie d'août 1870.

Il habitait dans un immeuble du quartier situé entre la rue du Marché aux poissons et la Grand-rue, immeuble qui n'a pas pu être localisé exactement. Sa fenêtre s'ouvrait sans doute vers le sud-ouest.

Il faut imaginer Strasbourg avant les grandes percées, une ville encore médiévale, enserrée dans des fortifications, cernée de casernes. Il est parfois question de la porte des Pêcheurs, l'actuelle Gallia, de la porte des Juifs, en face de l'hôtel du Préfet, à peu près à l'emplacement du musée Ungerer, et de la porte d'Austerlitz. La ville s'arrêtait là. Le centre est une île : le quartier du Collège, où erre Floréal, est le quart nord-est de l'île ; celui où il habite est le quart sud-est. Les grandes rues du 22 novembre et de la Division Leclerc qui aèrent le centre n'existaient pas. C'était un lacis de ruelles souvent insalubres.

L'actuelle rue de Zurich était à l'époque un canal (*Rheingiessen*) qui joignait le Rhin à l'Ill, et alimentait les fossés de la Citadelle. La partie de la rue de Zurich qui donne sur la rue de l'Abreuvoir était un marché aux chevaux.

Floréal parle français au Collège, avec ses amis, Émilie, les policiers, juges et avocats. Il parle l'alsacien dans ses rapports avec les gens « ordinaires » : commerçants, concierges, servantes, ouvriers. Avec les pasteurs, il parle allemand, sans le signaler. Son journal est tenu en français.

I

Jeudi 1er octobre 1846.

Je rêve à ma fenêtre. La nuit ne tombe pas ; elle monte quand le jour s'en va, emportant avec lui les derniers bruits de la journée. Elle sort des caves, elle suinte des pavés, et s'épaissit dans la ruelle en contrebas. L'ombre a gagné les escaliers, elle s'amasse sur le palier. Elle coule dans ma chambre. Je devine le couloir obscur de l'autre côté de ma porte. Je regarde les toits, les lucarnes noires, les pignons dentelés, les cheminées branlantes et décrépies, le clocher de Saint-Thomas, et les tours au loin, qui se découpent sur le ciel rose, éclairés à contre-jour par le soleil qui jette ses dernières lueurs. Méphisto est parti à la chasse aux souris dans le grenier. Je suis seul à mon étage, sous les combles.

Oh ! Qui fera surgir, qui fera naître,
Là-bas, – tandis que seul je rêve à ma fenêtre
Et que l'ombre s'amasse au fond du corridor, –
Quelque ville mauresque…[1]

Un soir, je décrirai tout ce que je vois de ma fenêtre. Je partirai de l'Ill, que j'aperçois au loin à gauche en me penchant

[1] Victor Hugo, « Rêverie », *Les Orientales*, XXVI.

par-dessus la gouttière, puis la rue, jusqu'à la place Kléber, là-bas, à droite. La rue du matin au soir, les écoliers bruyants, les livreurs, les chariots et les fiacres, les embarras, les disputes et les rires, les chiens, les saute-ruisseau, les ivrognes, les servantes qui partent aux courses. Les immeubles d'en face, chaque étage, chaque fenêtre, les gens qu'elle dissimule et révèle tour à tour, le vieux bonhomme au bonnet de coton qui fume sa pipe en attendant le souper, l'ouvrière qui arrose ses capucines, la dame seule qui parle avec son serin en cage. Ensuite j'imaginerai la vie de chacun de mes personnages. Et puis je lèverai les yeux, et je parlerai des greniers, des tours, des clochers, des pigeons, des nids de cigognes, des mansardes, des terrasses secrètes avec leurs pots de fleurs, et des pauvres gens qui y habitent.

Ce sera un gros livre : un roman fait de multiples romans, le roman d'une rue, comme Balzac fait le roman d'une vie.

Mais ce ne sera pas encore ce soir. Un gros paquet de discours latins à corriger pour demain (*Véturie reproche sa trahison à son fils Coriolan*), et je n'ai presque plus d'encre rouge. Mon roman de la rue attendra encore, avec mes autres projets.

Morne journée. J'ai traîné chez moi toute la matinée, puis accompagné les élèves internes de seconde en promenade, jusqu'au glacis, vers l'Est, par la porte d'Austerlitz. Je leur ai vaguement interdit de voler des pommes dans les petits jardins. Ils se sont contentés de ramasser les fruits tombés, et de lancer les plus pourris contre les palissades et les cabanes. J'ai menacé Scherberich et Ferry d'une punition, mais ils ont bien compris que ma réprimande manquait de conviction, et ils ont continué, mais discrètement.

Bientôt la fin de la semaine. Quels projets ? Je vais souper avec mes amis au *Stadtwappe* demain soir, puis je me mettrai pour de bon à un de mes romans. Ou bien, si j'ai du courage, je travaillerai le programme de l'agrégation, mais je sais que je n'en aurai pas.

Et dimanche ? J'essayerai de voir Émilie, mais elle sera, comme d'habitude, accompagnée de son frère, et elle me dira, comme d'habitude, qu'elle est prise l'après-midi. N'a-t-elle donc jamais envie de faire autre chose le dimanche que de tricoter des bonnets pour les pauvres de la paroisse ? Ou est-ce la présence de son frère, cet austère chaperon, qui la contraint ? Mais pourquoi ne me fait-elle pas un signe – un mot, une allusion, un billet discret ?

Elle lit pourtant des romans !

Vendredi 2 octobre 1846.

Minuit passé. J'ai soupé au *Stadtwappe* avec Théophile, Léon et Jérôme. Ernest n'était pas là. Léon a insinué qu'il était peut-être en « bonne fortune ». Mais on imagine mal ce garçon méticuleux et maussade en séducteur. Théophile a assisté à une dissection ce matin, il en était encore écœuré : une femme noyée depuis trois jours, repêchée aux Ponts-Couverts. La simple vision de nos jambonneaux, escalopes et autres rognons lui donnait envie de vomir, mais il tint à nous décrire l'opération avec force détails. Jérôme lui demanda de la boucler, mais Théo en rajouta. Je pense qu'il ne le fait pas méchamment – il a un cœur d'or – mais qu'il n'a que ce moyen de se délivrer de ce qu'il a vu. Et ces découvertes de filles noyées ou jetées à l'eau après leur mort violente se multiplient ces derniers temps. Alors, Léon : « Si ce bougre de carabin ne la ferme pas, je m'en vais ». Nous fûmes au bord de la dispute. J'ai parlé littérature pour faire diversion :

« J'ai lu un petit machin qu'Émile m'a envoyé de Paris. Un type qui décrit les tableaux du Salon, comme Heine. Un peu frénétique, mais très très fort. Vous en avez entendu parler ? Un certain Baudelaire. Il annonce un recueil de ses poèmes ; ça s'appellera *Les Lesbiennes*... »

Et mes amis éclatèrent de rire, et se répandirent en plaisanteries malséantes. Ils n'avaient évidemment pas entendu parler du livre, et cela ne les intéressait que médiocrement. J'avais l'air d'un imbécile, mais mon sacrifice avait sauvé la situation : la dispute était évitée.

Ce sont des amis très chers, très proches, mais des Philistins incorrigibles. Ernest ne lit rien, Théo ne lit que ses manuels d'anatomie, Jérôme ne connaît que l'*Épître aux Romains* et un peu l'*Ecclésiaste*, et Léon, les feuilletons d'Eugène Sue et de Frédéric Soulié.

La soirée ne se prolongea pas trop. On me demanda où en étaient mes amours avec Émilie, mais je n'avais évidemment rien de neuf à leur dire. Léon, le Casanova des blanchisseuses du Finkwiller, me conseilla de montrer un peu plus de hardiesse, et j'approuvai poliment, mais il me tardait de rejoindre mes pénates et mon bon Méphisto.

Une fois rentré, j'ai un peu travaillé à mon roman historique, mais ça ne vient pas bien, il est plus de minuit et je vais me coucher.

J'avais ouvert ma fenêtre avant d'éteindre ma lampe, pour aérer.

J'ai laissé mes regards errer sur les toits. Ma chambre n'est pas une mansarde, c'est une pièce aménagée dans un coin du grenier, une petite cellule isolée. J'y étouffe l'été, j'y gèle l'hiver, et je suis très seul. Théo me propose régulièrement de déménager, et de m'installer avec lui dans son logis de deux pièces en face du Séminaire, mais je n'en ai pas envie. Il habite au premier, au-dessus de la boulangerie. Il manque d'air et de lumière. Ici, je suis au-dessus des toits, je culmine, je dialogue avec les clochers, les cheminées, les cigognes, les chats, les martinets et les hirondelles, et je rêve à mon aise.

La nuit est obscure, mais au loin, à l'ouest, vers Saint-Thomas, une unique lumière, petit carré rougeâtre et tremblotant sur la ville sombre. La fenêtre d'une mansarde, ou plutôt d'un grenier, très haut. Je discerne une silhouette. Une jeune femme aux cheveux dénoués va et vient dans la pièce. Quand elle passe devant la lampe posée sur une table, elle apparaît en ombre chinoise. Quand elle s'en éloigne, je distingue la couleur du grand châle, mauve ou rouge foncé, qu'elle serre autour de son torse. Parfois, elle s'appuie sur le rebord de la fenêtre et se penche. Elle guette quelqu'un ? Il me semble qu'elle parle. J'imagine qu'un homme est entré : elle se dispute avec un amant. Elle disparaît. Et voilà que l'ébauche d'un roman se dessine dans mon imagination. Il a été infidèle ; maintenant, elle lui pardonne. Ils vont souffler la bougie. Je ferais mieux d'en faire autant...

J'allais souffler ma chandelle et me coucher. J'ai jeté un dernier regard par la fenêtre avant de la fermer. La lumière lointaine brillait toujours. La jeune fille a réapparu.

Elle se protège le visage du bras gauche, et tend l'autre en avant. Elle recule. Un homme surgit à gauche, noir, le bras levé. Il lui prend le poignet d'une main. Il lève l'autre bras. Un éclair d'acier. Une sorte de couperet. Il la frappe sur le bras ; la lame se relève, sanglante, puis s'abat sur la tête. La lampe tombe et s'éteint. La nuit.

J'en suis atterré. Je ne rêve pas, mais je suis dans un cauchemar. Que puis-je y faire ? À cette heure ?

II

Samedi 3 octobre 1846.

Il est sept heures. J'ai mal dormi, évidemment. Mon premier mouvement a été de regarder dehors. Il y a du brouillard. Impossible de retrouver la fenêtre.

À Minuit.

À midi, au réfectoire du collège, j'ai bavardé avec Ernest. Comme il n'habite pas loin de Saint-Thomas, j'ai pensé qu'il aurait pu apprendre quelque chose sur son quartier, ce matin, car les nouvelles y vont vite, mais je n'ai pas osé lui raconter ce que j'ai vu. Il n'a pas voulu me dire ce qu'il faisait hier soir. J'ai voulu savoir s'il y avait des bruits qui couraient, s'il y avait du neuf en ville... Il ne sait rien. C'est un ami, sans doute, mais pas un proche, il est sarcastique et aigri par le métier, ou plutôt par ses échecs. Il espère quand même que son remplacement du professeur de dessin d'art le conduira au moins jusqu'à Noël. Ensuite, il devra se trouver un autre travail. Il ne manque pas de talent, mais d'imagination et de sensibilité.

Je me lie trop peu aux collègues, mais ce n'est pas mauvaise volonté de ma part. Les professeurs ne daignent pas, dans l'ensemble, fréquenter les répétiteurs, et les répétiteurs, mes collègues, manquent, j'ose l'écrire ici, d'envergure spirituelle...

J'ai sans cesse devant les yeux cette sorte de hache dressée, la fille qui se protège désespérément, le couperet qui s'abat et se relève, maculé de sang. La vision me hante. Je veux en avoir le cœur net.

Les cours terminent à quatre heures le samedi. Je suis allé à l'hôpital, pour voir Théo. Il était à la salle de garde, avec les autres internes, bruyants et rigolards. Il fumait sa pipe à côté du poêle, indifférent au raffut de ses collègues. Je lui ai raconté la chose. Il n'en a pas été particulièrement ému. Il a hoché la tête, a pris ses airs de vieux philosophe revenu de tout, s'est gratté la barbe, a secoué la cendre de sa pipe. « Si on savait toutes les horreurs qui se commettent dans une ville comme la nôtre, il y aurait de quoi écrire bien des tragédies... Tu as peut-être fait un cauchemar ? Tu avais trop bu ? »

Je décris la fille, j'insiste. Il me croit.

« Je vais aller voir à la morgue. Tu viens avec ?

— Non. »

Il revient deux minutes plus tard.

« Pas de jeune fille hachée. Une noyée et deux fœtus pêchés à une écluse de la Petite France, et une vieille pauvresse morte de misère. La routine, quoi.

— Mais as-tu bien regardé le corps de la noyée ? Elle avait peut-être des blessures à la tête ?

— Non. Elle est intacte, juste un peu bouffée par les poissons.

— Ne plaisante pas. La fille est peut-être ailleurs ? Ou seulement blessée ?

— Peu probable. »

Il va se renseigner. Rien.

Son service se terminait à six heures, mais il pouvait partir un peu en avance, à condition que je lui offre le souper. Il m'a raccompagné dans ma mansarde. Je lui ai montré à peu près l'endroit. C'est en gros dans l'axe entre chez moi et Saint-Thomas, un peu à droite. Mais dans la grisaille du soir, les greniers, les mansardes, les pignons, les toits ajourés des tanneurs, les toitures qui se chevauchent, s'enjambent, grimpant les unes sur les autres, ne formaient qu'un amas confus, noyé d'ombres et de fumées.

Il lui paraît étrange que je n'aie jamais remarqué cette fenêtre.

« Tu passes donc beaucoup de temps à regarder les gens, non ?

— Peut-être, mais il y a tellement de fenêtres. J'ai essayé de les compter un jour. Il y en a plus de deux cent vingt, sans compter les lucarnes… Elle est sans doute fermée d'ordinaire.

— Et on l'aurait ouverte juste hier soir, pour assassiner quelqu'un ?

— Peut-être cette sorte de tour, là-bas ?

— C'est le temple de la rue du Bouclier. Cela m'étonnerait quand même beaucoup qu'on y assassine des dames.

— Un peu à côté, pas au même niveau ? Cette espèce de tour rougeâtre crénelée, qui a l'air de sortir des toits environnants, avec cette fenêtre cachée par un volet de bois plein… Peut-être… Mais elle me semblait plus grande.

— Oui, et alors ? Tu veux qu'on aille sonner chez la concierge ? "Bonsoir, madame. Dites donc ! Il n'y a pas une jeune fille qui s'est fait assassiner hier soir dans une tour invisible ?" »

Je gardai le silence. Théo a souvent des réactions rudes et agressives, mais c'est un vrai ami, toujours prêt à rendre service – en grommelant et grondant – un cœur d'or sous des dehors rébarbatifs et rugueux.

« La tour n'est pas visible de la rue, mais elle doit être accessible ; elle est peut-être vide ; il n'y a pas forcément des locataires, elle peut être une sorte de grenier ou une cage d'escalier ; on ne peut pas imaginer qu'elle soit un bâtiment à l'abandon… Et cette fenêtre, si elle n'est pas ouverte, c'est que quelqu'un l'a fermée.

— Bon. On va aller voir avant qu'il ne fasse tout à fait nuit. Je sens bien que tu ne me ficheras pas la paix avant. Mais tu m'offres un repas à la *Chaîne d'or.* »

Nous zigzaguâmes pendant presque une heure dans les venelles perpendiculaires de part et d'autre de la Grand-rue, le nez en l'air, dans la nuit tombante. Pas de tour rouge : elle doit se dresser quelque part dans une cour, invisible de la rue. Et le samedi soir, les gens du quartier sont dans les *winstub* ou calfeutrés chez eux, au repos, et les portails sont fermés. Nous tentâmes d'ouvrir tous ceux que nous vîmes. Des gens, aux fenêtres ou dans les ruelles, nous demandèrent ce que nous cherchions. Théophile usa de son statut de quasi-médecin pour affirmer qu'on l'avait appelé pour voir la demoiselle blessée. Mais il n'y avait pas de demoiselle blessée. Certains s'indignaient que l'on osât supposer que de telles violences pussent se produire chez eux.

« On n'est pas à la Krutenau ! Ici, c'est des gens tranquilles.

— Peut-être pas chez vous, mais dans une cour, là derrière. Hier, tard dans la nuit… »

On nous dénonça quelques époux violents, des familles d'ivrognes bruyants, quelques-uns essayèrent d'extorquer une consultation gratuite au bon Théo, qui conseilla un peu d'exercice et des bains hebdomadaires. Nous vîmes aussi des familles entassées dans des taudis ignobles, aux murs moisis, sans fenêtres, des enfants hagards et maladifs, des parents abrutis par la pauvreté et le travail… Je savais que le quartier recelait bien des misères, mais c'était quand même la première fois que je les voyais de si près. Théo savait. Il me dit que la phtisie et le choléra faisaient des ravages chez ces pauvres gens.

Mais rien sur la jeune fille assassinée. Au restaurant, nous avons parlé de choses et d'autres, avec de longs silences, sans trop revenir sur cet échec. Mais Théo connaît un commissaire de police avec qui il a affaire assez souvent pour des autopsies ; il paraît qu'il est ouvert, sympathique, et même un peu républicain. Il l'a vu plusieurs fois à des banquets. Il ira le voir pour me rendre service, « mais s'il n'en a pas entendu parler, tu me ficheras la paix avec ton histoire ».

Rentré chez moi, je regarde la nuit. Tout est noir. La tour est invisible. Je me sens mal. J'ai l'impression d'être dans un conte fantastique : *le donjon maudit* ou *la tour diabolique*, qu'on ne voit que de la fenêtre d'un grenier, et qui disparaît quand on la cherche. Il y aurait de quoi écrire une jolie chose à la manière d'Hoffmann ; mais je me refuse à fabuler. C'est sérieux, je n'ai pas rêvé. Il y a peut-être un corps dans une mansarde, ou une arrière-cour oubliée, ou pire encore : une jeune fille blessée qui désespère de recevoir de l'aide. Et si celui qui l'a frappée avait dissimulé le cadavre ? On ne pourra rencontrer ce commissaire que la semaine prochaine, cela va être long.

Dimanche 4 octobre 1846.

Je suis allé au culte au Temple-Neuf pour voir Émilie. Elle est avec son frère, comme d'habitude. Elle couvre vertueusement ses cheveux châtain avec un petit chapeau qui n'arrive pas à l'enlaidir. Châle gris, robe prune sous laquelle je devine son corset qui la force à se tenir raide. Port altier, profil de reine. De temps en temps, elle s'ébroue avec un joli mouvement des épaules... et je rêve, au lieu d'écouter le sermon de M. Haerter. Il développe interminablement un jeu de mots : *auswendig wissen* et *inwendig verstehen*[1]. Il s'écoute parler. Je ne quitte pas Émilie des yeux, espérant qu'elle se tourne vers moi pour me faire un signe. Mais rien. De deux choses l'une : elle ne m'aime pas, ou elle attend que je me déclare. Je ne peux pas croire qu'elle ne me devine pas.

Je me suis arrangé pour me trouver sur leur chemin au moment de la sortie. Son frère Frédéric m'aime bien ; il a été élève au Collège jusqu'à l'an dernier. Il a raté Polytechnique, mais a trouvé une place à Colmar, chez un ingénieur ou un architecte, et prépare à nouveau le concours. Il rentre tous les samedis pour se retrouver en famille. Le père le charge de chaperonner sa sœur, tâche dont il s'acquitte avec une sollicitude exaspérante. Il guette ses regards à elle, attentif et soupçonneux. Je me demande souvent comment il occupe ses fins de semaine. Il ne semble pas avoir d'amis, et certainement pas de liaison. Au lieu de goûter à la vie, il n'a d'autre souci apparent que celui de surveiller sa sœur. C'est pourtant un gars actif, intelligent, plutôt bien de sa personne. Il ressemble à Émilie :

1 « Apprendre par cœur » et « comprendre intérieurement ».

grand, mince et délié, mais avec un regard tour à tour inquisiteur et fuyant. Il ne parle jamais de sa vie à Colmar. La vilaine pensée qu'il y est peut-être installé avec une grisette me vient souvent. En tout cas, cela ne l'empêche nullement de moraliser sa sœur ; ou bien il cache autre chose.

Je les ai raccompagnés jusqu'à la rue du Puits. Je n'ai pas pu m'empêcher de raconter mon histoire. Ils ont été poliment impressionnés, mais ne m'ont pas vraiment cru.

Le brouillard s'était levé, une belle matinée d'automne. J'ai proposé une promenade à l'Orangerie pour l'après-midi. Mais elle a des œuvres de charité à faire, avec son amie Martha, pour la fête de dimanche prochain. Elles ourlent et brodent des mouchoirs... « On aimerait bien vous y voir, Floréal. N'est-ce pas, Frédéric ? » Le frère approuve mollement. Elle a dit cela en baissant les yeux. Il me semble bien qu'elle a légèrement rougi, et qu'elle a jeté un rapide coup d'œil vers son frère. En les quittant, je lui ai serré la main en la gardant une seconde de trop dans ma paume. Elle l'a retirée vivement comme si je l'avais griffée. Qu'en conclure ?

C'est décidé. Cela ne peut plus durer. Dimanche prochain, j'irai à la fête de Charité de son école, et je lui glisserai un billet dans la main. J'ai toute la semaine pour l'écrire. Un sonnet régulier.

L'après-midi, j'ai laissé mes copies reposer jusqu'au soir, et j'ai rejoint les copains à la brasserie Lipps au Contades. Il faisait beau. Une brise légère agitait les feuillages encore verts, mais qui se teintaient, de-ci de là, d'or fauve et de jaune. Il y avait de la musique, pas de très bon goût, des valses pour militaires en sortie, des filles en cheveux ou en chapeau, en groupes de trois ou quatre. Elles échangeaient des plaisanteries en français avec les sapeurs, qui les interpellaient en frisant leurs moustaches. Des adolescents traînaient autour d'elles, lorgnant leurs chevilles. Quelques officiers arboraient leurs beaux uniformes et exhibaient leurs vulgaires Manons rieuses.

Nous étions, comme d'habitude, entre hommes. Toute la bande était là, même Ernest, qui n'a pas voulu nous dire où il était vendredi soir, et Jérôme, qui regardait le spectacle de la joie populaire avec un air de désapprobation exaspérant. Mais la conversation languissait. J'avais le cœur triste et l'esprit ailleurs.

« Tu racontes ton histoire, Floréal ? »

C'était Théo. Je n'en avais pas particulièrement envie ; l'ambiance était quand même à la joie et au rire. Ils se moqueraient de moi, une fois de plus.

Théo m'a remplacé dans le rôle du narrateur ridicule, sans y mettre trop d'ironie. Ils pensent tous que j'ai laissé mon imagination vagabonder en voyant une banale scène de ménage. À la rigueur, c'est une pauvre fille séduite qui refusait de « marcher » pour un maquereau. Il l'a menacée ou frappée. Si c'est le cas, on apprendra ce qui s'est passé dans le journal de demain. Jérôme, le futur pasteur, s'indignait contre les vils suborneurs d'ouvrières. Ernest et Léon, qui ne sont pas irréprochables sur l'article, se taisaient en hochant la tête, et la conversation a vite dévié sur la politique. Mais Théo va demander demain matin à rencontrer son commissaire républicain.

Ce soir, dîné d'un œuf à la coque et d'un bol de café, échangé quelques considérations métaphysiques avec Méphisto, copies à corriger, humeur chagrine et morose. La tour rouge est toute noire sur le ciel rose, et un volet de bois plein ferme toujours la fenêtre.

III

Lundi 5 octobre 1846.

Théo est venu me prendre au Collège après l'étude de six heures. Il était avec le commissaire Engelberger, qui n'a pas l'air d'un commissaire. J'imaginais une espèce de militaire rébarbatif en redingote de demi-solde, une canne ferrée à la main, avec un chapeau râpé, des favoris, une grosse moustache et des chaussures cloutées. Pas du tout. Il est jeune, mais commence à grisonner, bien rasé, et vêtu de velours vert, avec une cravate à peu près propre. Il regarde les gens en souriant et parle peu. Son appartenance à la police se manifeste uniquement par le fait qu'il ne répond jamais aux questions que par d'autres questions. C'est agaçant au début, mais au bout d'un moment, on s'habitue.

Nous sommes allés au tribunal. On nous a installés dans une grande pièce sombre, mal entretenue, aux murs couleur moutarde sale : c'était là qu'attendaient les témoins et les plaignants. Mais à cette heure tardive, elle était vide. Engelberger sortit un plan de la ville, me demanda de montrer mon immeuble, et la direction de la tour mystérieuse.

Je situai vaguement le quartier ; Engelberger fit la moue.

« C'est trop vague. Cela fait un angle de presque quatre-vingt-dix degrés. Cela peut être n'importe où entre le *Stift* et

Saint-Pierre-le-Vieux[1]. On y passerait des jours, à interroger maison par maison, et je n'ai pas beaucoup de bonshommes à y employer. Voulez-vous me décrire exactement ce que vous avez vu ? »

Je re-racontai mon histoire.

« C'est quand même trop vague. Il y a tant d'arrière-cours dans le quartier... C'était vraiment une tour ?

— C'était très en hauteur ; j'ai pensé à une tour, mais cela pourrait être aussi un grenier.

— Bon. Et alors ? Que voulez-vous que je fasse ?

— Vous ne pourriez pas envoyer des policiers pour y jeter un coup d'œil ? »

Il leva les bras au ciel.

« Pas de plainte, pas de constat de gendarmerie, pas de commission rogatoire, pas de victime, pas de suspect ! Je veux bien essayer de libérer un ou deux de mes sbires pour enquêter sous un prétexte quelconque, mais ne comptez pas trop sur des résultats rapides. Pourquoi vous intéressez-vous tellement à cette affaire ? Cette fille ressemblait-elle à quelqu'un que vous connaissez ?

— Non.

— Essayez... Cherchez dans vos souvenirs. Elle vous rappelle peut-être quelqu'un. Avez-vous de nombreuses fréquentations féminines ?

— Non.

— Et vous n'avez rien entendu ?

— Non, vu la distance. »

Il me crut, mais me fit bien comprendre que c'était à moi de mieux repérer l'endroit. Je décrivis l'arme du crime : une

---

[1] Le *Stift* est le séminaire protestant, à côté de l'église Saint-Thomas. L'église Saint-Pierre-le-Vieux est au bout de la Grand-rue.

hache, mais au tranchant plat, comme les tranchoirs qu'utilisent les bouchers.

« On appelle ça des tranchets. »

Théo approuva cette correction onomastique. Il avait autopsié une fille et deux malfrats massacrés avec un tel engin ces derniers mois. Engelberger hochait la tête, sans un mot. Il s'abîma dans des réflexions secrètes, et reprit.

« Il y a quelque chose de pas clair dans cette histoire, je le reconnais. Vous dites qu'elle semblait pleurer ; elle a dû crier. Des voisins ont peut-être entendu quelque chose. J'ai du mal à imaginer que tous les habitants environnants n'aient rien vu ni entendu ou soient de mèche…

— Pourquoi pas ?

— Pas dans ce quartier.

— Ils ont peut-être peur. Si l'assassin est un habitant du quartier qui terrorise les voisins ?

— On le connaîtrait. Ne sous-estimez pas la police.

— Elle a peut-être été jetée par la fenêtre, dans un appentis, un hangar, un jardin secret ? »

Théo éclata de rire, mais Engelberger garda un sérieux professionnel.

« Un jardin secret ? Il est vrai qu'il y en a quelques-uns dans le coin. Ce que dit votre ami n'est pas complètement idiot. »

J'étais vexé, mais je ne pouvais en rester là. Je développai mon hypothèse, la même que celle que nous avions forgée l'autre jour, à la brasserie : une fille tombée sous la coupe d'un proxénète, qui la séquestre. Elle refuse de se prostituer ou veut quitter le métier. Il la frappe, il la jette peut-être par la fenêtre…

Engelberger refusa tout en bloc.

« Ce n'est pas la conduite d'un maquereau. Je connais suffisamment ceux de Strasbourg pour vous le dire fermement. Il rosse sa "marmite", mais il ne la massacre pas à la hache ou au tranchet. Elle est son gagne-pain. C'est plutôt un crime de fou, ou une vengeance. »

Il resta à nouveau songeur ; il n'avait pas dit tout ce qui lui venait à l'esprit, et il n'était pas prêt à nous en faire part. Il se leva.

« On va enquêter à partir de ça. On vous tiendra au courant. Cherchez la tour de votre côté, et informez-moi au plus vite si vous la trouvez. Je vous remercie. »

Nous le saluâmes. J'ouvris la porte de la salle pour sortir, mais une main brutale la repoussa et me la claqua au nez. C'était celle d'un gendarme. Engelberger fronça les sourcils et cria : « Que se passe-t-il ? » en rouvrant la porte.

Deux gendarmes s'éloignaient dans le couloir, entourant un pauvre ouvrier en haillons, fermement menotté. Un des pandores, celui qui m'avait claqué la porte au nez, se retourna et salua.

« Faites excuses, monsieur le commissaire, on a ordre d'amener ce type au juge d'instruction...

— C'est l'affaire de la Robertsau ?

— Oui, monsieur le commissaire... »

Le pauvre type n'en menait pas large. Il portait une blouse bleue rapiécée, un pantalon de velours brun et des galoches. Sous ses cheveux filasse, il avait un regard plus inquiet que sournois, un regard de lapin apeuré. Il essayait de comprendre ce que nous disions, en français, et ses yeux passaient de l'un à l'autre, fébriles. Le gendarme tira sur ses menottes pour le faire avancer, et le groupe disparut au bout du couloir.

Engelberger nous raccompagna jusqu'au porche du tribunal. Au milieu des salutations, Théo, sans aucun souci des convenances, lui demanda :

« C'est quoi, l'affaire de la Robertsau ?

— Une bagarre dans une gargote de maraîchers. À coups de couteau. Il y en a un qui est resté sur le carreau. On a attrapé le paroissien que vous avez vu, les autres se sont dispersés.

— Il va payer pour les autres ?

— Non, mon ami ! répondit Engelberger qui commençait à s'énerver. On va l'interroger, le mettre sous clé, et cuisiner ses relations. Il va bénéficier de tous les droits que la loi accorde aux accusés. D'ailleurs, Maître Froelich va assurer sa défense...

— Froelich, le républicain qui écrit dans le *Messager de la liberté* ?

— Oui. Mais que cela reste entre nous. Et maintenant, messieurs, vous avez sans doute du travail aussi. »

J'ai raccompagné Théo jusqu'à la rue des Frères, et je l'ai réprimandé : il savait qu'Engelberger est républicain, et d'ailleurs, il nous a laissé l'entendre. Et de plus, nous avons besoin de lui. Alors pourquoi ce ton agressif et ces sous-entendus sur les mœurs policières ?

« Tu as vu ce pauvre type qu'ils emmenaient ? Républicain ou non, un flic est d'abord un flic. Ça m'a énervé. »

C'est ainsi que se manifeste la sensibilité de Théo.

Mardi 6 octobre 1846.

Rien. Pluie et cours en sixième sur l'ablatif absolu aussi ennuyeux à faire pour moi que pénible à entendre pour mes élèves. Puis je me suis ennuyé dans la bibliothèque obscure aux grandes armoires noires en regardant la place. On pourrait y planter quelques marronniers, sans cacher la vue de la cathédrale, et y installer des bancs. J'y serais mieux pour lire et rêver. J'ai traîné sur mes copies en bavardant avec Ernest, qui enseigne le dessin d'art sans passion ni vraie compétence, et arrondit son traitement en faisant des gravures sur bois pour les almanachs. Il est aussi invité à la fête de Charité de l'école libre où enseigne Émilie. J'espère qu'il passera chez le barbier avant, et qu'il ne mettra pas sa redingote noire râpée. Il se réjouit pour le goûter gratuit qu'on offrira. Moi aussi, mais pas pour les mêmes raisons.

IV

Mercredi 7 octobre 1846.

Pluie encore. J'ai rendu les discours latins en classe de Rhétorique[1] et dicté mon corrigé (Je remplace Burcher qui a une bronchite. Je punis moins que lui, ce qui fait que les élèves ne me respectent pas… mais c'est bien payé). L'élève Humbert, un grand sournois paresseux, est à nouveau absent. Il est arrivé au collège à la rentrée, après plusieurs années au collège de Colmar. Mais pour des raisons restées mal éclaircies, sans doute un scandale étouffé, ses parents l'ont inscrit chez nous. À neuf heures, le censeur est venu me chercher.

« Avez-vous des nouvelles de l'élève Humbert ?

— Non monsieur. Il est absent depuis samedi dernier. Je vous en ai informé et j'allais…

— Je ne vous reproche rien, Krattz… Humbert est un externe qui loge chez un commerçant en ville, qui est son répondant. Il a découché vendredi dernier. Le bonhomme pensait qu'il était rentré chez ses parents, à Colmar, sans le prévenir. Il l'a déjà fait plusieurs fois, mais le commerçant n'en a pas fait une histoire… Il ne l'a pas revu depuis. Et les parents du gars ont envoyé un billet au commerçant hier,

1 La classe de Rhétorique est l'ancien nom de la Première.

pour demander de ses nouvelles. Il a répondu qu'il croyait qu'il était chez lui.

— Attendez, je ne suis plus. Qui a répondu à qui ?

— Le répondant a répondu aux parents qu'il – lui, le répondant – croyait que le jeune Humbert était chez eux, les parents du gars. Il a donc disparu depuis vendredi soir. Vous comprenez ? Je cause français pourtant. Faut que je vous le traduise en latin ?

— Mais je comprends très bien, monsieur le censeur, ne vous fâchez pas.

— Le bonhomme, le répondant, pense qu'il a de mauvaises fréquentations, le gars. Bref, il le soupçonne d'avoir fugué, et d'être avec une poule, en bon français... Vous allez interroger ses copains pour en savoir plus.

— Il n'a pas de copains.

— Il y en a peut-être quand même qui savent quelque chose. Et je vous charge d'une mission délicate. Le répondant est responsable, mais il ne surveillait pas le gamin de très près. Il ne veut pas d'histoire publique, il veut de la discrétion. C'est un commerçant notable, bien vu dans son quartier – soieries, cachemires, articles de Paris... Un scandale le gênerait dans ses affaires. Alors, il a pris langue avec un détective... Vous savez ce que c'est ?

— Vaguement... Une sorte d'enquêteur privé, mais je croyais que cela n'existait qu'en Angleterre.

— Eh bien, il y en a un à Strasbourg. Vous allez primo examiner le contenu du pupitre du garçon ; deuzio (*sic*) interroger discrètement ses compagnons d'étude ; tertio rendre visite au répondant demain matin ; puis vous servirez d'intermédiaire entre le répondant et le détective. Et pas un mot à vos collègues. Discrétion avant tout. Et quatro (*sic*) vous me rendrez compte de tout ce que vous apprendrez. »

Il donne un impérieux coup de menton, ne dit pas « Exécution. Rompez ! », mais il a dû le penser. Notre censeur est un homme d'ordre et d'autorité, comme sa fonction l'exige, mais il aime donner des ordres. Ancien conscrit de 1813, il a été blessé à Leipzig et a dû abandonner la carrière militaire avec le grade d'adjudant. Il s'est reconverti dans cette fonction de censeur, pour laquelle sa jambe raide ne le gêne pas, et reste nostalgique de l'Empire, sans le dire ouvertement, bien sûr. Chauve et puissamment moustachu, il porte en tout temps une redingote boutonnée jusqu'au cou, ce qui lui permet, disent les mauvaises langues, de ne changer de chemise que deux fois par an. Il marche en s'appuyant sur une canne dont il aimerait bien, parfois, caresser les côtes de certains élèves, mais il se retient. Au fond, c'est un brave homme. Les élèves l'appellent méchamment Ratapoil, à cause de son air de Vieux de la Vieille (il s'appelle Aristide Ratzmann). J'aime bien l'entendre raconter la Grande Armée, ce que ce solitaire sans amis fait volontiers quand il trouve un public complaisant.

Jeudi 8 octobre 1846.

Je ne suis pas de corvée de promenade cette semaine. Je me préparais à une matinée tranquille… Lire au lit, écrire un peu, revoir les cours de demain, aller au cabinet de lecture place Gutenberg. Mais Rosalie est arrivée avant huit heures, avec son balai, son plumeau, une serpillière, un seau d'eau et ses trois gamins. Je ne sais pas comment elle fait pour être fraîche et débordante d'entrain dès l'aurore, tous les jours que Dieu fait.

Elle m'a lancé mon pantalon en criant « *Hop-là,* debout ! », elle a rajusté son bonnet, retroussé ses manches, envoyé ses enfants jouer dans le grenier, et ouvert la fenêtre. Il paraît que cela sent mauvais chez moi. Pendant que je nouais ma cravate, elle a eu le temps de me donner une dizaine de commandements à exécuter dans les plus brefs délais, sans hésitation ni murmure. Changer de chaussettes et de draps, prendre un petit déjeuner consistant chez son mari le concierge, aller me faire raser chez le barbier, cirer mes bottes, ranger mon bureau, écrire des choses plus convenables, cesser de lorgner les voisins d'en face par la fenêtre, me marier... J'en oublie. J'ai filé sans demander mon reste. Ses gamins avaient attrapé Méphisto et voulaient jouer à la poupée avec lui, en lui enfilant une vieille brassière. J'ai pu intervenir juste à temps pour éviter un drame. Mon chat est mauvais quand on le réveille en sursaut.

Elle a raison de me houspiller. Je me néglige aisément. Elle veille sur moi, et son mari me rend bien des services.

Donc, en sortant du barbier, je suis allé dans la boutique de Monsieur Maurer, rue de la Mésange, pour parler de l'élève Humbert. C'est un magasin pour élégantes. Deux dames, accompagnées de leurs servantes chargées de paquets et de cartons, essayaient des gants. Je me présentai à une belle et forte femme, la caissière et première vendeuse du monsieur. Elle alla chercher le patron. Elle le tutoie. Le Maurer est venu immédiatement, et m'a fait signe – un doigt sur les lèvres – de rester discret, car il y avait du monde.

« C'est vous ? Du Collège, hein ? On m'a prévenu. Tâchez d'être discret. Venez par ici. »

Il m'a emmené dans l'arrière-boutique. Des colis à moitié déballés s'entassaient sur une table et les chaises du réduit, des étagères étaient remplies de registres et de boîtes d'échantillons. Il ne me fit pas asseoir. Il voulait expédier l'affaire en vitesse. C'est un petit bonhomme dans la cinquantaine, nerveux, l'air chafouin, avec une énorme cravate qui l'étouffe et une grosse tête presque chauve. Des gouttes de sueur perlent sur ses tempes. Très gêné, il murmure à peine, s'excuse sans cesse, tout en m'ordonnant la discrétion. Il soupçonne le jeune homme d'avoir de mauvaises fréquentations, mais ne veut pas enquêter lui-même.

« Dans mon métier, voyez-vous, je ne peux pas le surveiller beaucoup. Il est très indépendant, et plutôt taciturne.

— Je sais ; c'est un de mes élèves.

— C'est Léa qui s'en occupe.

— Léa ?

— Oui, la demoiselle que vous avez vue.

— Je vois... Jean Humbert a peut-être fait une fugue. Est-ce qu'il a emporté des affaires, des vêtements ?

— Je ne sais pas. Je vais demander à Léa.

— Et est-ce que vous savez pourquoi ses parents l'ont mis chez nous ? Il y a eu une histoire à Colmar, paraît-il. Vous en êtes informé ?

— Non. On ne m'a rien dit. »

Il mentait mal. Je repris.

« Mademoiselle Léa sait peut-être des choses sur ses fréquentations. Je peux lui parler ?

— À Léa ? Soyons discrets. Ce n'est pas votre métier. Vous êtes quoi ? Professeur ?

— Répétiteur.

— Elle n'en sait sûrement pas plus que moi. Et comprenez bien que je ne voudrais pas que le Collège s'en mêle trop. En fait, j'ai trouvé un bonhomme qui est spécialisé pour ce genre de questions, un « détective ». Vous savez ce que c'est ?

— Une sorte d'agent d'affaires privé.

— C'est un ancien correspondant de Vidocq. Spécialisé dans les récupérations de dettes et les constats d'adultère. J'ai eu recours à ses services... »

Je réprimai un sourire en hochant la tête, mais il ajouta tout de suite :

« ... Pour une affaire de facture impayée.

— Ah bon !

— Un certain Massiot, 135 Grand-rue.

— Vous craignez quoi exactement ?

— Une affaire de mœurs, bien sûr ! dit-il en haussant les épaules. Ce serait de son âge. »

Il avait parlé fort ; il jeta un coup d'œil craintif et circulaire, et reprit, à voix basse.

« J'aimerais que vous serviez d'intermédiaire entre Massiot et moi. Je m'occuperai de transmettre ce que vous apprendrez à la famille. Vous irez rendre visite à Massiot, demain. Il vous recevra après les cours. Vous n'aurez pas à le regretter, je pourrai vous rétribuer, discrètement, bien sûr.

— Bien sûr.

— Passez à la caisse, discrètement. Léa vous donnera de l'argent, pour payer le détective, avec un petit supplément pour vous... Discrètement. »

On en resta là. J'acceptai, avec un peu d'appréhension quand même. Je me dis que si ce détective était digne de confiance, je pourrais peut-être lui parler de la tour du crime. Il me tendit une main moite et molle, et je me dirigeai vers la caisse. La belle Léa me regarda venir en souriant. Elle me tendit une enveloppe, discrètement…

En sortant, je flâne dans la rue du Dôme, et je vois arriver Émilie, enfin seule. Je me dis : « C'est le moment ou jamais. » Mais ce n'est pas le moment – ce n'est jamais le moment avec elle. Elle est pressée et soucieuse. Elle revient de chez Martha, son amie de l'ouvroir avec qui elle aurait dû travailler dimanche dernier. Elle n'est pas chez elle ; elle n'est pas venue dimanche dernier et n'a pas donné de ses nouvelles, depuis une semaine. Émilie lui a envoyé deux billets, restés sans réponse.

Je lui propose de la raccompagner, et j'entretiens tant bien que mal la conversation. Je fais semblant de partager ses soucis, alors que je me moque bien de ce qui a pu arriver à Martha, que je connais à peine. Une de ses amies du temps où elle était à l'école des Diaconesses, institutrice elle aussi, je crois. Une belle fille, soit dit en passant, un peu exaltée dans le domaine de la spiritualité, mais aussi grande lectrice de mauvais romans.

« Ah ? Elle n'est pas venue ? Vous ne vous êtes pas trop ennuyée ? Parce que je…

— Elle habite chez une vieille dame, rue des Veaux, qui ne l'a plus vue depuis le 30.

— Elle a peut-être dû rentrer d'urgence dans sa famille ?

— Elle aurait prévenu, et d'ailleurs elle n'a plus de famille.

— Pas de proches ? Pas d'amis ?

— Je suis sa seule amie. Elle est venue de Wissembourg, orpheline, l'an dernier ; je sais qu'elle n'a plus de famille. Et à l'école, ils ne savent rien.

— Elle ne vous dit pas forcément tout. Elle a peut-être une connaissance ? À son âge, ce ne serait que normal, vous ne pensez pas ? »

Elle ne remarqua pas l'allusion.

« J'ai vraiment peur, Floréal, je suis inquiète, avec toutes ces histoires de jeunes filles disparues. »

Elle était vraiment troublée. J'abandonnai mon ton frivole. Effectivement, ces derniers temps, il y a eu un nombre anormal de disparitions, et même d'assassinats, de jeunes filles ; on en parle beaucoup au Collège, mais il s'agit de servantes, de grisettes, d'ouvrières ou de serveuses. Les institutrices protestantes ne risquent pas grand-chose, me semble-t-il.

« Alors, il faut signaler sa disparition. Voulez-vous que nous allions chez sa logeuse ? La rue des Veaux, c'est à côté. Nous pourrions regarder dans ses affaires, il y a peut-être une lettre, un carnet d'adresses… »

Mais non, Émilie ne voulait pas. Elle était pressée, la vieille dame ferait toute une histoire… et surtout, bien sûr, je compris qu'elle ne voulait pas se compromettre, en s'affichant avec un jeune homme qui n'était pas son frère.

J'avais envie de la prendre brutalement par les mains, de l'entraîner dans la ruelle qui s'ouvrait à droite, de lui crier mon amour, de l'étreindre contre un mur, mais je me contentai de la saluer, en espérant la revoir bientôt. Et encore une fois, je parlai du dimanche prochain. Après la fête de Charité, une promenade au bord du Rhin ? À la Wantzenau ? À l'Orangerie ? Et encore une fois, elle fut évasive, fuyante, rougissante.

Pourquoi n'irais-je pas, un beau matin, endimanché, tirer la sonnette du bon pasteur Durckheim, pour lui demander la main de sa fille ? Parce qu'il me demanderait ce que j'offre, et je n'ai rien à offrir, sauf ce travail de pion. Il faudrait au moins que je fusse professeur et non répétiteur. Il va la marier avec un pasteur sinistre à qui elle fera sept filles, et elle sera *Frau Pfarrerin*[1] à Schnugelsheim pour le restant de ses jours.

Mais elle a quand même réitéré son invitation : « Vous n'oubliez pas la fête de Charité de mon école dimanche prochain ? »

Oh non ! Je n'oublierai pas. J'y serai, mais me voici avec quatre soucis : mes amours, un meurtre et deux disparitions. Je devrais me faire détective, ce serait plus amusant que de vendre de la grammaire latine.

J'ai commencé à écrire pour Émilie. Je me suis décidé pour une lettre, bien franche, plutôt que pour un poème. Elle n'a pas l'âme très romantique, et je doute un peu de mes talents de versificateur. Je suis meilleur en prose. Je vais relire le début de *La Nouvelle Héloïse*. Du Rousseau un peu modernisé, ce sera très bien.

« Dois-je vous fuir, Émilie ? »

---

1 « Madame la Pasteure »

V

Vendredi 9 octobre 1846.

J'ai demandé à Schnell, Amersbach et Didierjean, trois élèves de Rhétorique, sérieux et en qui j'ai toute confiance, de venir me voir à côté de la loge du concierge pendant la récréation. Je les ai interrogés sur Humbert. Aucun des trois n'est de ses amis – il n'a pas d'amis. Ils comprirent immédiatement qu'il se passait quelque chose. J'ai dû leur avouer qu'il avait disparu, et que l'on s'inquiétait. Ils ne savent pas grand chose. Jean Humbert restait seul, en classe, en récréation, à l'étude. Il filait après les cours.

« Il ne parle jamais de rien ? Vous avez bien dû, un jour ou l'autre, l'entendre émettre des opinions ?

— Il déteste la littérature et le latin. Il ne s'intéresse qu'à l'histoire et à la géographie.

— Ça, je le savais...

— Il est « extrême » en politique.

— C'est-à-dire ?

— Il admire Robespierre, et lit le *Contrat social* en cachette pendant que le père Burcher... Je veux dire monsieur Burcher... nous explique Cicéron.

— Rien que ça ? Ça ne va pas très loin... Il parle de partir ? Par exemple s'en aller comme matelot sur un bateau pour voir le monde ?

— Non. Il ne nous parle de rien. »

Ce n'est pas grand-chose, mais c'est peut-être un début. On peut imaginer qu'il fait partie d'un groupe de comploteurs révolutionnaires, qu'il est passé dans la clandestinité. Le détective pourrait se renseigner.

Je leur ai demandé de rester avec moi, à titre de témoins, pendant que j'examinerais le contenu du pupitre de Jean. J'espérais trouver un journal intime ou des lettres, mais il n'y avait rien de tel. Des cahiers mal soignés, un atlas avec des pages déchirées, une grammaire latine couverte de gribouillis. Des essais de signature s'alignaient dans les marges du bouquin. C'est de leur âge... Mais le nom, quasi-illisible, qui s'étalait partout n'était pas celui de l'élève ; c'était quelque chose comme Henri Johann ou Jehann. Sur la page de garde, une horrible caricature : un pion aux cheveux hirsutes, au nez gigantesque, avec de petites lunettes et une cravate monstrueuse...

C'était moi ! Les trois élèves se mordaient les lèvres pour dissimuler un sourire goguenard. Je ne savais trop comment me donner une contenance, je hochai la tête en disant « Tiens ! Tiens ! » Amersbach n'en pouvait plus. Il se moucha, puis éclata de rire, et j'avoue que je fis de même, avec les deux autres. Je leur demandai de rester très discrets, et de m'informer de tout ce qu'ils pouvaient apprendre ou se rappeler, et c'est ainsi que se termina l'inspection du pupitre.

Je rendis compte à monsieur le censeur, qui haussa les épaules.

En rentrant, j'ai ouvert l'enveloppe que la belle Léa m'avait glissée hier. Elle contenait deux Louis, un écu de trois francs pour moi, et un petit billet...

« *Vené m'atendre ce soir apré mon travail, devant l'opéra. Pas un mot. Discréssion total.* »

La discrétion semble vraiment être une obsession pour la maison Maurer... « Ce soir », c'était hier.

Je file quand même rue de la Mésange, et je traîne sur le Broglie jusqu'à l'heure de fermeture de la boutique. Elle arrive quand il fait presque nuit. Elle a la respiration courte, elle est engoncée dans un corset qui la comprime. C'est vraiment une belle femme, avec de lourdes tresses rousses nouées autour de sa tête, couronnée d'un nœud de soie noire. Elle est proportionnée comme une déesse de la fécondité, un peu trop abondante à mon goût. Mais je peine à réprimer les idées qu'elle éveille en moi... Elle a du mal à parler en français, et passe vite à l'alsacien.

Le Maurer est un cochon, ce dont je me doutais. Il trompe sa femme, et se conduit comme un porc avec les jeunes vendeuses, c'est tout juste s'il ne les met pas sur le trottoir, comme on dit à Paris. Léa habite un petit logement que lui loue Maurer, au-dessus de son appartement à lui, rue des Petites Boucheries, à deux pas du magasin, et elle en a vu de belles...

Je compatis, et je devine qu'il la trompe aussi, elle, mais je reste discret. Où veut-elle en venir ?

Le jeune Jean a, lui aussi, des mœurs douteuses, mais il est discret.

« Il a tenté de vous séduire ?

— Pas vraiment. Il a une liaison depuis la rentrée.

— Vous la connaissez ?

— Je les ai vus ensemble de loin, un soir. C'est une fille de son âge. Pas une ouvrière ; elle porte un chapeau. Et il a découvert des choses sur les petites soirées de Maurer. Un soir de la semaine dernière, il manquait cinquante francs dans la caisse. Et Maurer a fait comme si de rien n'était. Vous comprenez ?

— Jean a volé l'argent, sachant que Maurer n'en ferait pas une histoire, parce que Jean le fait chanter. C'est cela ?

— Il veut s'en aller en Angleterre. Il me l'a dit. Il a besoin d'argent.

— Et vous pensez qu'il est parti avec sa belle ?

— Je ne sais pas, mais je crois bien.

— Vous savez que Maurer ne veut pas qu'on prévienne la police. Il a engagé un espion pour le retrouver, et me demande de faire l'intermédiaire entre l'espion et lui. Mais si je raconte ce que vous me dites à l'espion, il le répétera à Maurer, qui devinera que c'est vous qui l'avez fait informer. Vous aurez des ennuis.

— Ne lui dites rien, je ne veux pas d'ennuis. Mais vous pourriez envoyer une lettre à la police, ou à ses parents. »

Je ne savais trop quoi faire de ce renseignement, et les lettres anonymes, ce n'est pas mon genre. Je me trouvais entraîné dans une vilaine histoire. J'avais en outre l'impression que Léa se moquait bien de ce qu'était devenu le jeune Jean. Elle voulait faire connaître les turpitudes de son patron ; c'était clair.

Je lui demandai encore si Maurer était marié et avait des enfants. Pas d'enfants, mais une femme triste et acariâtre. Elle me dit qu'il serait possible que je jette un coup d'œil sur les affaires de Jean, loin du détective et de Maurer, un jour où madame Maurer serait absente. Léa m'accompagnera, elle a un double de la clé.

« Mais discrètement, hein ?

— Bien sûr... Je vous raccompagne chez vous ? On a la même direction.

— Non, merci... C'est gentil de votre part, mais il ne faut pas qu'on nous voie ensemble. »

Et elle s'en alla vers le théâtre. Un homme l'attendait sous les colonnes du perron, immobile, en redingote noire, son chapeau sous le bras. Un drôle de bonhomme chauve avec une énorme moustache.

Je partis de mon côté, songeur, dans la rue de la Mésange.

Samedi 10 octobre.

Le détective habite Grand-rue, pas loin de la place Gutenberg, à deux pas de chez moi. La boulangère du rez-de-chaussée m'a indiqué l'étage. Son bureau est tout en haut d'une vieille maison, presque aussi haute que la mienne ; les étages du bas sont en grès rose et bonne brique, mais les derniers sont en colombages. Les deux premiers paliers sont propres et lustrés, ensuite, cela se gâte. On descend dans la misère à mesure que l'on monte. La dernière volée de marches est branlante et crasseuse. Deux locataires sur le palier : la concierge et le détective. Les affaires du bonhomme n'ont pas l'air florissantes. Une carte de visite punaisée à la porte : *Victor Massiot, enquêteur privé.*

Je frappe. Pas de réponse. J'entre quand même. Pas de salle d'attente. Il a les pieds sur le bureau, un flacon de *kirschenwasser*[1] entre les mains, à moitié assoupi. Il est grand mais trapu, un visage rude, mal rasé, avec des cheveux coupés très court.

[1] Eau-de-vie de cerise.

Il me fait penser au Vautrin de Balzac. La pièce a des murs jaunâtres, trois chaises de paille, un poêle de fonte, un bureau presque nu, des étagères remplies de dossiers poussiéreux, une gravure polissonne au mur. Je me présente. Il rectifie la position, fait disparaître la bouteille dans un tiroir, m'offre un siège.

« Monsieur Maurer ne m'a pas encore informé des tenants et aboutissants de l'affaire. Je vais avoir l'honneur de tout apprendre de vous.

— Monsieur Maurer insiste beaucoup sur la nécessaire discrétion.

— La discrétion, jeune homme, c'est mon métier. De quoi s'agit-il exactement ? »

Je l'informe. Il prend un carnet et un crayon, note les adresses et les noms. Je dois lui décrire Jean Humbert.

« Il s'entendait mal avec monsieur Maurer…

— Qui vous l'a dit ?

— Léa, la caissière du magasin.

— Décrivez-la-moi. »

Je lui fais un portrait. Il sourit et conclut brutalement sur les relations du patron avec elle. Je n'ajoute rien.

« Il a tapé dans la caisse ?

— Je l'ignore.

— Je vais commencer par avoir l'œil sur la grosse Léa. Où habite-t-elle ?

— Au-dessus des Maurer.

— C'est bien pratique pour le vieux, n'est-ce pas ? Juste un étage à monter avant de grimper… »

Il est exaspérant de vulgarité. Il ne voit l'humanité que sous son pire jour, et multiplie les allusions déshonorantes, mais je ne peux m'empêcher de trouver qu'il y a du vrai dans ce qu'il dit.

Je continue de répondre à ses questions, sans relever les allusions graveleuses. Je regarde par la fenêtre, pour voir un peu de ciel pur, et je vois… la tour du crime. Elle est là, elle se dresse au milieu du pâté de maisons en face de la rue, quelque part entre la Grand-rue et l'Ill. C'est bien elle, son crépi rouge sale, son pignon crénelé… J'en vois le côté ouest, un mur aveugle ; la fenêtre que j'ai vue regarde vers le nord. Elle est bien d'un rouge terne, avec des plaques lépreuses. Par un hasard de l'urbanisme, on ne la voit que d'ici, et de ma chambre. Elle est ceinturée de maisons plus basses, comme appuyées sur elle ; on voit, dans le désordre des toitures, des feuillages, des greniers de tanneurs ouverts, du linge qui pend.

« C'est drôle, cette tour au milieu du pâté de maisons. On ne la voit pas de la rue. Elle a l'air abandonnée.

— Hein ? La tour ? Quelle tour ? Ah ! La tour là-bas ! C'est une sorte d'entrepôt ou de débarras pour les artisans du quartier. Bon. Revenons à nos moutons. Votre gars, là, il serait pas un peu du troisième sexe, par hasard ?

— Troisième sexe ?

— Oui, une tante, quoi. Vous voulez que je vous explique ?

— Non, ça va, j'ai compris. Mais vous venez de me demander s'il couchait avec Léa. Faudrait savoir.

— Ça c'est vu, pourtant. Vous savez, dans mon métier, il faut tout supposer. »

Il a l'air las, tout à coup. Somme toute, ce métier de détective n'est pas aussi enthousiasmant qu'on pourrait le croire vu de l'extérieur.

« Mais je n'en sais rien, moi. Franchement, je ne crois pas. Ses condisciples m'ont dit qu'il avait des idées politiques extrêmes. Il est peut-être caché dans un groupe de révolutionnaires.

— Bonne idée. Je vais me renseigner. J'ai gardé des amis à Paris, du côté de la rue de Jérusalem[1].

— Ou bien il est parti à l'aventure. J'imagine qu'il irait à Nantes ou au Havre pour partir en Angleterre, en Amérique ou aux Indes. Ce serait plutôt son genre. Et la tour, on y arrive comment ?

— Il lui faudrait un passeport. Je vais essayer de me renseigner sur les faussaires, mais ce n'est pas évident. Mais pourquoi est-ce qu'elle vous intéresse tellement, cette f... tour ? Il n'y a rien dans cette tour, que des planches et des toiles d'araignées.

— Vous y êtes allé ?

— Moi, non, jamais... mais je connais le quartier. »

Nous n'avions plus grand-chose à nous dire. Il avait une idée, qu'il refusa de m'exposer. Il promit de se mettre en quête, et je promis de l'informer immédiatement si j'avais du neuf. Je lui donnai son Louis. Il me remercia.

J'avais prévu d'utiliser l'écu offert par Maurer pour aller chez le coiffeur et à la blanchisserie. Je me néglige ces derniers temps, je vais finir par ressembler à ma caricature. Mais j'étais trop satisfait d'avoir repéré ma tour pour penser à autre chose. Je voulais en avoir le cœur net, il fallait que j'entre dans la tour.

---

[1] La rue de Jérusalem était une petite rue de l'île de la Cité. C'était là qu'était installée la préfecture de police.

Je suis rentré pour écrire un mot à Théo, afin de l'informer de l'affaire Humbert et de ma découverte, je l'ai confié à un gamin de la rue, et je suis retourné dans la Grand-rue.

VI

Le soir.

L'après-midi touchait à sa fin. Cela faisait une semaine exactement que j'avais arpenté en vain le quartier avec Théo, mais nous n'avions pas pensé à attaquer la tour franchement, par la Grand-rue ; nous étions restés dans les étroites ruelles perpendiculaires ou parallèles.

Je choisis une des portes cochères de la Grand-rue, celle qui me semblait la plus capable de me mener à la tour, je m'installai en face, appuyé contre un mur, et j'attendis : je pensais que, tôt ou tard, quelqu'un rentrerait. Je me glisserais derrière la personne, j'entrerais aussi, et j'inventerais quelque chose…

Évidemment, il se mit à pleuvoir, et évidemment, il ne vint personne. J'enrageais. Les passants se firent rares, et je fus tout seul dans la rue, sous mon chapeau dégoulinant. Une bouchère, qui allait fermer boutique à côté de moi, me demanda qui j'attendais. Je ne sus quoi répondre, et j'allai frapper au porche. Rien. Je me mis à le marteler en criant : « Je suis le docteur Krattz ! Je viens en consultation. Ouvrez-moi s'il vous plaît ! » La pluie dégoulinait de mon chapeau et trempait ma redingote. Je devais avoir l'air pitoyable et bien peu médecin. Les rares passants me regardaient me démener, ironiques ou vaguement inquiets, mais vite compatissants.

Enfin, quelqu'un vint ouvrir. Un Vulcain boiteux, hirsute, mal rasé et soupçonneux.

« Oui, quoi ? » dit-il en alsacien.

Je m'efforçai de le prendre de haut.

« Ah ! Enfin ! Ce n'est pas trop tôt ! Je suis appelé en consultation chez madame… »

Je bredouillai un vague patronyme, quelque chose entre Schmitt, Meyer et Muller, et j'entrai en bousculant le Cerbère.

« Inutile de m'accompagner. Je connais le chemin. C'est au fond de la cour… »

Il haussa les épaules, me laissa entrer et regagna son obscur logis. Une femme était apparue sur le pas de la porte. Ils me regardèrent passer.

J'étais dans la place.

L'entrée cochère, voûtée, sombre et malodorante, donne sur une cour pavée mais négligée, encombrée de tonneaux et de ferraille. Les bâtiments ont deux étages, quelques-uns avec des balcons ou des terrasses, surmontés de toits compliqués aux lucarnes minuscules. Six portes, une douzaine de fenêtres. Des odeurs de soupe, des pleurs d'enfants, des lampes tremblotantes derrière les rideaux. Au fond, en face, sur la droite, s'ouvre un autre tunnel, qui donne sur une autre cour, plus petite, boueuse, presque un terrain vague. La tour se dresse au fond, mais elle est séparée de la cour par une palissade de planches. Je m'en approche, je la longe. Pas de porte. Il est impossible d'y rentrer de ce côté.

La tour semble vide. Au-dessus de la palissade se dresse d'abord un mur aveugle de briques jaune sale ; à partir du premier étage il a gardé des traces de crépi rougeâtre. Au-dessus, à la hauteur des toits environnants, deux fenêtres sans rideaux, noires ; plus haut encore, des volets fermés. Tout en haut, à la hauteur de la scène du crime, rien. Je ne vois pas « ma » fenêtre, car elle donne vers le nord, et je suis au sud-ouest.

J'appuie sur la palissade ; elle tient bon... Je regarde entre les planches disjointes. Un débarras, des planches, des tonneaux, des roues, entre lesquelles poussent des bardanes, des ronces, quelques sureaux, des orties. À droite, la porte d'un atelier, de menuiserie, me semble-t-il. À gauche, un gros mur de bonne pierre, par-dessus lequel se dresse un pauvre peuplier. Un jardin secret. Je n'étais donc pas tout-à-fait ridicule quand je fis cette supposition devant le commissaire. Mais c'est un échec... un demi-échec, en fait. Je vais prévenir le commissaire Engelberger, et on en aura le cœur net.

La pluie a cessé, mais la nuit commence à monter, grimpant le long des façades, et la tour reste dans la lumière grise de cette fin d'après-midi. L'endroit est sinistre et désert.

Je me retourne pour m'en aller, je m'engage dans le passage qui mène à la première cour, mais une ombre surgit de l'embrasure d'une porte et se dresse devant moi. C'est un ouvrier en blouse, au bonnet de loutre enfoncé sur les yeux. Il me barre le passage. Il devait me guetter, silencieux, depuis un moment.

« Bonsoir... Je cherche madame Hoffmann. Elle m'a appelé en consultation, mais je crois que... »

J'essaie de passer sur sa droite, mais il se déplace et me bloque à nouveau le passage. Il me saisit par le col de ma redingote. Il a le visage dur et fermé, marqué de petite vérole.

« Il n'y a pas de madame Hoffmann ici. Tu crois qu'elle niche dans le terrain vague ? Et où est ta trousse, Herr Doktor ? Tu es un *Bulle*[1] de la rue de la Nuée-Bleue et tu viens fouiner, voilà ce que je crois, moi. Et on n'aime pas les curieux dans le quartier. »

Il me secoue. J'essaie de me dégager en protestant, mais ma voix tremble, et je bégaie. Vais-je crier au secours ? J'essaie de le raisonner.

« Si vous me malmenez, c'est vous qui aurez des ennuis. Parce que la police, je vais y aller, et vous n'avez pas le droit… »

Il me gifle. Je crie.

« Le voilà, mon droit, fouineur. Tu crèves de trouille. Dis-moi ce que tu cherches ou je te coupe les oreilles. »

Le portier et sa femme étaient sortis de leur clapier et s'approchaient précautionneusement. Une fenêtre s'ouvrit avec fracas au premier étage de la bâtisse en face de moi, et une fraîche voix de jeune fille cria :

« Fiche-lui la paix, Helmuth ! C'est plus tes affaires ! »

Ce fut un ordre souverain. Helmuth obéit sans discuter, me bouscula encore un peu, me lâcha, rabroua grossièrement le portier, et me laissa passer. Il me suivit sans un mot jusqu'au porche. La jeune fille était descendue et nous attendait. Elle était en cheveux, serrant un châle autour de ses épaules, et tenait une lampe à bout de bras.

« Faites excuses, monsieur l'agent. Il a gardé de mauvaises habitudes… Mais maintenant, il travaille et on n'a rien à cacher.

— Mais je ne suis pas de la police ! Je voulais voir comment on peut accéder à cette tour, c'est tout. Je ne soupçonne rien, alors faites pareil ! »

---

[1] « Un flic », en argot allemand.

Elle est petite, presque rousse, avec des cheveux courts ; pas vraiment jolie, mais elle a le regard vif, le visage ouvert et intelligent. Un visage étrange, d'ailleurs, presque aussi large que haut, avec de grands yeux gris, mais qui ont des reflets verts quand la lampe l'illumine. Il y eut un silence. Elle me jaugeait, et son Helmuth attendait le verdict.

« Bon. Il faut comprendre. Helmuth a fait cinq ans de bagne à Brest, pour une histoire de coups et blessures.... Mais il avait une circonstance...

— Atténuante ?

— C'est ça. Il était complètement bourré ce soir-là, et le juge n'a rien voulu savoir. Alors, il n'aime pas la police, ça se comprend. »

J'acquiesce.

« Vous êtes qui ?

— Je suis répétiteur... Maître d'école, si vous voulez, au Collège. »

Le regard de la fille se durcit ; elle évalue ma sincérité. Helmuth nous regarde tour à tour, sans un mot. Elle me fait confiance, et elle inspire la confiance. Elle est autoritaire, elle parle vite.

« Dites-nous ce qui vous intéresse dans cette tour. Mais pas d'entourloupe, on veut la vérité.

— Un soir, la semaine dernière, j'ai vu une dame se faire brutaliser en haut de la tour. J'habite derrière la rue des Fribourgeois[1], et, de ma fenêtre, on voit la tour. Je voulais y aller, la voir de près, c'est tout.

— On ne peut pas y entrer par ce côté. Et vous pensez trouver quoi, dans la tour ?

---

[1] Actuelle rue des Francs-Bourgeois.

— En fait, c'était un crime. J'ai vu un homme qui la frappait avec une hache. »

Ils me demandent des précisions, que je suis bien en peine de leur donner.

« La tour sert d'entrepôt et de débarras au père Stoltz – c'est le menuisier que Helmuth y travaille chez lui, mais il faut dire aussi que… Je peux le dire, Helmuth ? »

Il acquiesce.

« … Que la tour sert parfois de refuge à des gens qui doivent se cacher. Et nous, on ne pose pas de questions quand on voit qu'elle est habitée… Pas vrai, Helmuth ?

— Vous voulez dire qu'il s'agit de gens recherchés ?

— Recherchés ou pas. Des gens qui ont besoin de se cacher. Des gens qui sortent de prison, ou des évadés. Helmuth aussi, quand il est revenu de… »

Il grogne ; elle en dit trop.

« Mais comment font-ils pour y accéder ? Et qui les y amène ?

— Faites excuse, mais on ne peut pas vous le dire.

— Et vous n'avez rien vu ni entendu vendredi dernier ? C'était le 2, vers minuit.

— Rien. Pas vrai, Helmuth ? »

J'ai l'impression que la demoiselle le rend muet. Il se tourne vers elle, la contemple un moment, puis me fait face. Il parle.

« Vous dites le 2 ? Je vais vous dire quelque chose. Vous nous payez un souper à *L'Étoile* et je vais vous dire quelque chose. »

L'Étoile se trouve dans la Grand-rue. Elle n'a pas bonne réputation. C'est une de ces gargotes à bas prix que fréquentent les paysans venus au marché en ville. J'acquiesce tout de suite.

La taverne est à peine éclairée. La bière est mauvaise, le patron crasseux, et les clients rares à cette heure. Le repas ne va pas me ruiner. Saucisses et salade de pommes de terre pour tout le monde. « Y a plus rien d'autre à cette heure... »

La demoiselle s'appelle Barbara, mais elle ne veut pas qu'on l'appelle Bärbel, elle veut Barbara. Elle est l'amie de Helmuth, qui manifestement l'adore. Elle me fait comprendre qu'elle est vertueuse à sa façon : « On n'est pas vraiment mariés, mais c'est tout comme... »

Elle est fleuriste au printemps, travaille au marché ou chez les jardiniers de la Robertsau en été et en automne, et en hiver, elle « sert », c'est-à-dire qu'elle se place comme servante. Elle commence alors à me retracer la vie de son Helmuth. Il s'appelle Helmuth, « mais il n'y peut rien ; ce n'est pas de sa faute s'il est né à Berne ». Il a de la famille à la Wantzenau, ils sont vaguement pêcheurs, mais il ne veut plus les voir. Il a « appris menuisier », et c'est un bon ouvrier, quand il n'a pas bu. Après « sa vilaine histoire de bagarre », il a passé cinq ans au bagne de Brest, puis il s'est engagé dans la Légion étrangère, pour servir en Algérie, mais il n'a pas supporté la discipline militaire, « alors un jour, il a cassé son fusil et il s'est enfui avant qu'on l'attrape. Alors... »

Helmuth n'apprécie pas beaucoup cette biographie trop détaillée, il grogne, et l'interrompt soudain.

« Ça suffit, Barbara ; ça n'intéresse pas le monsieur. »

Il a pris sa décision, cela se voit. Il m'a jaugé, pesé, mesuré, évalué pendant que son amie bavardait. Il vide son bock, s'essuie la moustache, et m'explique ce qu'il sait. C'est assez confus, mais cela devient clair au bout d'un moment. Quand il est arrivé à l'atelier, le 3 au matin, il a vu que les deux portes, celle qui donne sur la petite cour en bas de la tour, et la porte de la rue, qui donne sur une ruelle à côté de la Grand-rue, avaient été forcées. Quelqu'un était sorti de la tour, était entré dans l'atelier, puis avait gagné la rue en cassant la serrure de la menuiserie, et celle du porche. Le patron a exigé des ouvriers qu'ils fassent l'inventaire de tous les outils, pour voir si quelque chose avait été dérobé, mais il ne manquait rien.

Je ne dissimule pas ma satisfaction. Ma vision est confirmée indirectement.

« C'est probablement l'assassin... Pouvez-vous quand même vérifier s'il manque une sorte de hache parmi les outils de l'atelier ? Et pouvez-vous savoir si quelqu'un logeait dans la tour la semaine dernière ?

– On ne sait jamais qui loge dans la tour. C'est l'affaire du père Stoltz. On lui demande la clé, il la donne, quelqu'un s'installe et rend la clé quand il part. On n'a pas intérêt à être trop curieux. »

J'insiste. Il doit y avoir un réseau, une sorte de confrérie d'entraide aux évadés et aux interdits de séjour.

Mais ils ne sont pas trop disposés à m'aider dans mon enquête. Barbara me fait clairement comprendre que ce ne sont pas leurs affaires, et d'ailleurs, elle ne voit pas pourquoi cette histoire m'intéresse tant.

VII

Dimanche 11 octobre 1846.

J'ai passé la matinée à la Fête de Charité à l'école d'Émilie. J'y suis arrivé à dix heures, et il y avait déjà du monde.

La salle du premier étage de la rue des Fribourgeois avait été décorée par les élèves-institutrices de l'école des Diaconesses. C'est là qu'elles s'entraînent à pratiquer leur futur métier, en préparant le Brevet. Il y avait un alignement de tables le long des murs, avec des nappes de papier, des bouquets, des pots de fleurs, et au-dessus, des guirlandes et de belles sentences évangéliques en grosses lettres gothiques. On avait laissé, çà et là, les instruments pédagogiques modernes : une carte de France, un alphabet colorié, les poids et mesures décimaux. Les demoiselles de l'école, derrière les tables, offraient aux dames de la meilleure société, avec toute la modeste retenue qui convient à leur condition, les bibelots, napperons, bonnets pour bébés et autres bavettes, fruits de leurs pieux travaux.

Au fond, une tribune. Sur une grande table, un amoncellement hétéroclite : les mêmes objets que ceux de la vente, mais en plus hideux. C'étaient les lots de la tombola.

Le Comité directeur de l'école était là au grand complet : le chirurgien Becker, l'archiviste Schneegans, le théologien

Cuvier, et beaucoup de pasteurs, leur habit noir, leurs lunettes à monture de fer, leur allure guindée et solennelle, leur parole sentencieuse. Des mères de familles entouraient les institutrices, demandaient des informations sur les progrès de leurs filles, critiquaient les méthodes pédagogiques, trop modernes à leur goût. Elles exigeaient « moins de français et plus de tricot », que l'on cessât de lire des contes de fées aux enfants, « cela leur donne trop d'imagination »...

J'ai rencontré tout de suite Jérôme, mon copain théologien, qui était là aussi, évidemment. Il avait l'air ravi, il saluait tout le monde, disant modestement son nom et énumérant ses références quand on ne le reconnaissait pas. Il est parti pour une belle carrière, il aura une bonne paroisse dès qu'il aura soutenu sa thèse. Le gendre idéal pour papa Durckheim... C'était le seul de mes amis présent, avec Ernest, mon collègue le graveur. Théo n'avait pas voulu venir ; il m'en avait informé depuis la semaine dernière. Théo le carabin fait profession de matérialisme athée.

Émilie, institutrice titulaire, occupe un rang d'une dignité supérieure aux élèves. Elle vendait des billets de tombola. Je pensais qu'elle se montrerait accueillante, puisqu'elle avait insisté pour que je fusse là. Mais cela commença assez mal. Bien que son frère fût occupé ailleurs, elle était froide et distante. Elle n'avait toujours aucune nouvelle de Martha, et cela l'inquiétait prodigieusement. Je lui offris mes services pour la rechercher, mais je n'avais aucune idée sur le destin de la disparue. J'émis quand même l'hypothèse qu'elle menait peut-être une double vie.

« Vous êtes inconvenant, Floréal. »

Je n'osai sortir trop tôt la lettre que je lui avais préparée, et, en attendant, je lui achetai deux billets de tombola. Je lui chuchotai que moi aussi, j'avais un billet pour elle, mais elle fit comme si elle ne comprenait pas. Il faut dire que son père n'était pas loin. Il me connaît à peine. Je le saluai avec respect, il me répondit d'un profond hochement de tête.

La directrice – robe gris-bleu, petit bonnet blanc empesé – vint lui dire quelques mots à l'oreille. Il l'écarta d'un geste, monta à la tribune et sortit une poignée de feuillets de sa poche.

Miséricorde ! Il avait préparé un « petit quelque chose » pour la circonstance : un interminable poème allemand en hexasyllabes ronflants, tour à tour louange des institutrices, « vierges fortes », « qui tiennent haut la lampe allumée de leurs vertus », éloge de l'instruction émancipatrice, et exaltation de l'éducation évangélique.

Le docteur Becker, président du Directoire, le félicita chaudement, et, sous les applaudissements nourris de l'assistance, lui demanda l'autorisation de publier cet édifiant et inoubliable témoignage, *und so weiter*[1]...

On chanta un psaume en allemand, puis un cantique français.

La salle était désormais pleine. Je passais d'un groupe à l'autre, saluant des connaissances. Jérôme me présenta à un groupe de demoiselles au milieu desquelles il pérorait. Il crut me faire une blague en leur disant : « Retenez bien son nom ! C'est un poète encore inconnu, mais dont le nom brillera bientôt en lettres d'or sur le fronton du Parnasse ». Les demoiselles, à vrai dire un peu cruches, me regardèrent avec intérêt et me questionnèrent aimablement. Je connus un moment de gloire, mais je gâchai tout en parlant de Balzac,

[1] *et cetera.*

mon modèle admiré. Une seule d'entre elles le connaissait de réputation.

« Ah ! Balzac… Celui qui écrit ces choses scandaleuses ? »

Je ne répondis rien et m'en fus bavarder un instant avec Ernest, qui attendait la collation, mais comme d'habitude, il n'avait rien à dire. J'ai essayé une fois de plus de le lancer sur l'art moderne. Il hausse les épaules quand je lui parle de Delacroix, et quand j'évoque nos grands dessinateurs du XVIe siècle, il ne fait même pas semblant de s'y connaître. Il me présenta cependant au chirurgien Becker, président du directoire, qui me serra la main d'un air indifférent, et à maître Froelich, l'avocat républicain, dont Engelberger nous avait parlé lundi dernier ; un étrange personnage, austère, quasi-muet, qui regarde sans un mot, par-dessus ses lunettes vertes, les gens qui lui parlent. Il écoutait le banquier Ferral et l'archiviste Schneegans qui lui expliquaient je ne sais quoi, et me serra la main sans un mot, en hochant la tête. À côté, le notaire Metzger, avec sa perruque noire et sa moustache cirée, rentrait son ventre et ajustait sa cravate en lorgnant les demoiselles.

Émilie passait d'un groupe à l'autre, charmeuse, vendant ses billets de tombola. Les instituteurs et les pasteurs lui disaient des gentillesses, qu'elle acceptait avec grâce. Je frémissais de jalousie. Je ne peux pas être galant avec elle, je ne peux pas la faire rire. Je l'aime trop. Je suis sinistre.

J'avais quand même réussi à prendre deux ou trois petits fours sur mon assiette, et je me retournais, ruminant de sombres pensées, pour aller déguster ma modeste collation, quand je me heurtai au commissaire Engelberger. Il me reconnut instantanément. Je le saluai.

« Vous menez une enquête dans cette caverne de forbans ? »

Mais il n'avait pas envie de rire. Il me prit par le bras pour m'entraîner dans l'embrasure d'une fenêtre. Il avait l'air épuisé et de fort mauvaise humeur.

« J'accompagne mon épouse, puisque vous voulez tout savoir ; nous avons mis nos filles à cette école. La discipline n'est pas aussi stricte qu'on le croirait en voyant la directrice, et on y enseigne de bons principes, évangéliques et... démocratiques. Vous voyez ?

Mais j'ai deux mots à vous dire. J'ai eu le temps de me renseigner au cadastre. Votre tour existe bel et bien, mais c'est un entrepôt de menuisier. On ne peut pas y accéder depuis la Grand-rue. »

Je lui dis tout de suite que je le savais, et je lui racontai, dans leurs grandes lignes, mes aventures de la veille. Je ne nommai ni Barbara, ni Helmuth. Il respecta ma discrétion, et se dérida quelque peu. Je lui demandai s'il avait l'intention d'aller examiner les lieux.

« J'ai vraiment trop de travail. Je vous répète ce que je disais lundi dernier. Pas moyen de libérer un de mes bonshommes. Mais j'ai un collègue inspecteur qui va y aller demain, avec deux agents et un serrurier. En tant que témoin et informateur, vous devrez y être aussi. Rendez-vous avec l'inspecteur Voisenot devant la porte du menuisier Stoltz à 5 heures. Retenez bien le nom, Stoltz, rue des...

— Oui, oui, je vois. Mais dites-moi, sans indiscrétion, vous avez l'air épuisé. Toujours ces histoires de filles noyées ?

— C'est ce que nous disons officiellement... Mais mon pauvre ami, s'il n'y avait que cela ! Écoutez. »

Il me fit signe de m'approcher. Je me penchai vers lui.

« Vous ne m'avez pas appris que la tour en question sert souvent de refuge à des évadés, des interdits de séjour, ou des bandits qui viennent à Strasbourg pour affaires. Elle est une sorte d'hôtel pour les gens en délicatesse avec la loi, discret et bien protégé. Nous avions un indicateur qui allait nous renseigner. Mais on a retrouvé son corps dans le canal qui mène à l'Esplanade au début de la semaine dernière. Assassiné avec un coup de tranchet de boucher en plein front.

— Comme le crime que j'ai vu !

— Oui. Et ce n'était pas le premier cadavre massacré de cette façon. Je pense que ce ne sont pas des crimes de fou. Il se passe des choses… Demain, vous allez ouvrir tout grands vos deux yeux et noter tout ce que vous verrez.

— Mais vous n'avez pas confiance dans votre inspecteur ? »

Il se tut un moment, puis reprit.

« J'ai des informations sur la pègre strasbourgeoise, des informations très menaçantes. Ce ne sont pas tant les filles noyées qui m'inquiètent, ce sont les cadavres de voyous que nous trouvons désormais en quantité anormale. Il semble qu'il y ait de grands mouvements secrets dans les bas-fonds. Tout se passe comme si quelqu'un cherchait à unifier sous son autorité, par le chantage et la peur, les diverses branches de l'activité criminelle de la ville. Un chef qui chercherait à contrôler par la terreur les voleurs, les maquereaux, les tenanciers de salles de jeux clandestines, les escrocs, les faussaires, les contrebandiers et même les mendiants. L'indicateur disparu m'a dit un nom ; comprenez que je dois le garder secret pour le moment.

J'ai rédigé plusieurs rapports pour mes supérieurs, pour le procureur et les juges d'instruction. Mais rares sont ceux qui me croient. On me soupçonne de noircir le tableau, pour des raisons… politiques. Vous vous rendez bien compte que je ne suis pas des amis du gouvernement… On m'accuse d'en rajouter, de brosser un tableau noirci de la situation, pour créer un sentiment d'insécurité dans la population. L'inspecteur Voisenot ne me croit pas non plus, ni mes chefs.

Vous, je vous crois. Le crime dont vous avez été le témoin lointain est réel. L'assassin a opéré d'une manière qui ne trompe pas. Il y a sans doute des liens entre ce crime et les manœuvres criminelles au sein de la pègre. Des gens hors de la police, comme vous et votre ami le carabin mal élevé, par exemple, pas trop marqués politiquement, mais astucieux et observateurs, me seraient très utiles. »

J'acceptai sans rechigner ce rôle qu'il me proposait ; le métier d'enquêteur commence à être de mon goût.

« Je vais ouvrir l'œil quand je serai dans la tour. Vous pouvez compter sur moi, et sans doute sur Théo aussi.

— Je ne peux plus rien apprendre par mes indicateurs ordinaires. Ils sont terrifiés et devenus subitement muets ou amnésiques depuis la mort de mon bonhomme. Or, le moindre renseignement peut être utile.

Vous vous rappelez le pauvre type qu'on menait à l'interrogatoire lundi dernier au tribunal ?

— Oui, même que Théo a été assez indigné par la scène.

— C'était bien une mise en scène. Le bonhomme a accepté de jouer le rôle de mouton à la prison, en échange de l'indulgence du juge d'instruction. Vous savez ce que c'est qu'un mouton ?

— J'ai lu des romans, monsieur le commissaire. Il va faire parler les prisonniers.

— Peut-être. J'espère. »

Nous en restâmes là ; il me serra la main et s'en alla parler avec la directrice. Je restai songeur un long moment. Mon histoire prenait des proportions auxquelles je ne m'attendais pas, mais j'étais plus résolu que jamais à tirer l'affaire au clair.

Je me faufilai dans la foule qui se pressait pour m'approcher d'Émilie, mais on annonça le tirage de la tombola. Émilie et son frère montèrent sur la tribune ; elle tirait les numéros dans un sac, et il les annonçait. Je gagnai un livre – une biographie de Zwingli – et un rond de serviette en bois tourné, orné d'une sentence biblique. Un bonhomme à côté de moi portait un cactus en pot ; nous nous regardâmes en riant. Il me proposa un échange : mon rond de serviette contre son pot de fleur. Je déclinai poliment son offre. Il me tendit la main en riant et nous nous présentâmes. Il s'appelle Ulrich Reinhard, n'est ni pasteur, ni instituteur, ni parent d'élève. Il est « en affaires » avec le banquier Ferral et le notaire Metzger. Sa conversation était amusante, et je restai un moment avec lui.

« Je vais rentrer chez moi avec cet encombrant cactus, mais j'aurai quand même essayé de m'en débarrasser ! Vous êtes du Collège ? Et vous enseignez quoi ? La grammaire latine ? J'ai fait un peu de latin, autrefois. Mais franchement, je trouvais que cette langue n'avait été inventée que pour faire souffrir les enfants, soit dit sans vouloir vous vexer. J'aimais mieux les mathématiques et les sciences, c'est du positif, c'est l'avenir… »

J'avais entendu cela mille fois, et pour la millième fois, je répétai les mêmes arguments en faveur de la culture humaniste, sans jamais convaincre quiconque.

Vers midi, les gens commencèrent à partir. Il était temps d'agir. Émilie bavardait avec ses amies, la grande Fuchs et les sœurs Cuvier, et son frère ne perdait pas une miette de la conversation. Je me dirigeai vers elle, serrant ma lettre d'amour dans ma poche. Je pris un air grave et mon courage à deux mains.

« Émilie, avez-vous une minute à me consacrer ?

— Oui, bien sûr. De quoi s'agit-il ?

— Venez. »

Je la saisis par le coude et l'écartai du groupe. Elle rougit violemment. Dès que nous fumes un peu éloignés, je lui glissai ma lettre dans la main.

« C'est pour vous. J'ai écrit ce que je veux vous dire, avec le plus respectueux des sentiments...

— Mais que va-t-on penser... ?

— Je m'en moque. D'ailleurs personne ne nous regarde. Je vous invite à une promenade à l'Orangerie cet après-midi.

— Ah ! Vous n'y pensez pas, Floréal ! Je n'ai pas le temps. Il faut que j'aide les élèves à ranger tout cela. »

Elle me tourna le dos, et s'en alla rejoindre ses amies, mais elle avait prestement enfoui ma lettre dans une poche.

Je n'avais plus rien à faire dans la salle de classe. Je traînai encore un peu. Jérôme me demanda où j'en étais avec Émilie. Je ne sus quoi lui répondre ; d'ailleurs, il s'en moquait sans doute. Je lui parlai de l'inquiétante disparition de Martha. Il en avait entendu parler, et la connaissait un peu : « Un beau brin de fille, sans doute, mais un peu exaltée. Je n'ose trop faire des suppositions sur sa disparition, mais elle fréquente...

— Elle fréquente ? Qui ?

— Elle fréquente... »

Je compris alors que dans le jargon de Jérôme, le verbe signifie qu'elle a une liaison. Je ne pus rien obtenir de plus. Il me parla de diverses demoiselles, en me demandant mon avis sur leurs capacités à faire de futures bonnes épouses. J'en eus vite assez, et je le plantai là. J'essayai encore de parler littérature avec des demoiselles... peine perdue. Elles ne lisent que des romans anglais, pour apprendre la langue, et des choses pieuses imprimées à Lausanne.

Sorti dans la rue des Fribourgeois, je humai l'air, me demandant si j'allais rentrer tout de suite dans mon clapier, juste à côté, ou aller faire un tour au bord de l'Ill, quand l'homme au cactus me héla. Il me proposa d'aller prendre une bière place Gutenberg, « pour chasser le goût du thé ». Je n'en avais pas particulièrement envie, mais j'étais de loisir, et je ne voulais pas me retrouver tout de suite seul à ruminer dans ma chambre.

Il a une cinquantaine d'années, un visage marqué par la vie, le corps massif, le pas lourd. Il garda son gros chapeau dans la *Bierstub*, enfoncé jusqu'aux sourcils. Il est rentier. Il a fait des « affaires avec l'armée », jadis. Cela lui suffit pour vivre. Il habite un petit logement place Saint-Étienne. Il est Républicain ; il m'a demandé si je connaissais maître Froelich depuis longtemps. Pour sa part, il connaît un peu tout le monde. Beaucoup « de gens bien, amis de la liberté », mettent leurs enfants à cette école.

Pour lui, « nous autres, gens instruits et amis de la liberté », avons une responsabilité morale et politique, face à l'évolution des classes dangereuses, tentées par les doctrines socialistes, lesquelles ne peuvent déboucher que sur l'anarchie ou la tyrannie. « Un devoir d'instruction nous incombe. » Il développa ce point assez longuement. Je n'avais pas d'avis tranché sur la question, et il ne me convainquit pas. J'avais un peu l'impression qu'il voulait m'enrôler dans un parti, ou sonder mes convictions profondes. Comme je n'en ai pas, j'ai dû le décevoir – à moins qu'il ne soit de la police secrète.

Il connaît aussi le notaire Metzger, « un drôle de pistolet », plein de bons sentiments et de morale, comme ça, apparemment, « mais vous avez vu comme il lorgnait les demoiselles ? ».

Il voulut savoir si j'en fréquentais une. Je lui répondis vaguement.

« Il y en a qui sont bien jolies, pourtant. La fille du pasteur Durckheim, par exemple... » Et il éclata de rire, sans insister.

Il me demanda si j'étais satisfait de mon métier, et si j'avais des projets ; il pourrait peut-être m'aider. Je lui parlai un peu de l'agrégation et j'osai évoquer mes projets littéraires. Il les prit au sérieux, ce qui n'arrive pas souvent, et me fit vraiment plaisir.

J'étais heureux de m'être fait un nouvel ami.

Je passai l'après-midi à imaginer les réactions d'Émilie à ma lettre, avec Méphisto. Je les lui énonçai l'une après l'autre, en lui demandant son avis.

« Elle la déchire et va tout raconter à sa mère. »

Méphisto se lécha la patte.

« Elle la déchire, mais ne raconte rien à sa mère. »

Il se passa la patte derrière l'oreille.

« Elle va la lire à son amie Émilie Fuchs, qui lui conseille de ne pas me répondre. »

Il se gratta le menton.

« Émilie Fuchs lui dicte une réponse dilatoire mais discrètement encourageante. »

Il se nettoya l'autre oreille.

« Elle pleure de bonheur et couvre ma lettre de baisers. »

Il sauta par terre et entreprit une toilette soigneuse de son arrière-train.

Ce n'était pas très concluant.

Je traînai ainsi toute l'après-midi, pensant tour à tour à Émilie et à ce qui m'attendait le lendemain. Vers le soir, je relus les dernières pages des *Chouans* de Balzac, pour me mettre en belle humeur littéraire, et je me remis à un de mes romans (*Alexis ou Les Chauffeurs du Falkenstein*, en trois volumes, dont seul le premier est ébauché).

VIII

Lundi 12 octobre.

J'ai filé jusqu'à l'atelier du menuisier Stoltz tout de suite après les cours. Le Voisenot était en retard. J'ai fait les cent pas devant le porche, en jetant un coup d'œil de temps en temps dans l'atelier par la fenêtre. Je n'avais pas l'intention de prévenir le patron, mais je voulais me faire reconnaître par Helmuth. Il était en train de raboter des planches au fond. Il a fini par me voir. Je lui ai fait un petit signe, il est venu à la porte et m'a salué d'un grognement.

« La police va venir pour voir le grenier de la tour. Je n'y peux rien ; ils font leur travail, puisque je leur ai raconté mon histoire. Votre patron va sûrement avoir des ennuis, mais je n'y peux rien. »

Il grommela, puis, sagement, retourna raboter sa planche en tournant le dos à la porte.

Voisenot arriva quelques minutes plus tard, avec deux agents et un serrurier. Redingote noire, chapeau, favoris et moustache de même couleur, une grosse canne à pommeau d'argent à la main. Bref, un flic.

« C'est vous, Krattz ? Vous allez nous accompagner et situer exactement les lieux où vous prétendez avoir vu le crime. Vous ne parlez pas aux gens, vous ne touchez à rien. Allons ! »

Il heurta vigoureusement la porte de sa canne. Le patron arriva tout de suite. C'était un vieux bonhomme grisonnant en blouse bleue, avec d'immenses oreilles décollées d'où sortaient des touffes de poils. Il protestait contre ces façons de s'annoncer chez lui.

« Obermeyer, traduisez-moi les propos du quidam et signifiez-lui que tout propos injurieux fera l'objet d'un procès-verbal. »

Ainsi fut fait. Le père Stoltz n'en menait pas large. Il enleva son bonnet ; il lui manquait deux doigts. Il nous pria d'entrer. Son regard allait de l'un à l'autre. Je restai de glace.

Voisenot se dirigea vers le fond de l'atelier. Les ouvriers nous regardaient passer ; Stoltz les réprimanda. Helmuth travaillait avec ardeur, penché sur son établi, dissimulant son visage de son mieux. Nous entrâmes dans la cour étroite qui longeait la base de la tour. À gauche, le mur de planches derrière lequel j'avais fait la connaissance de Helmuth. Au fond, le mur de pierre donnant sur un vague jardin ; à droite la porte de la tour.

« Ouvrez cette porte ! »

Stoltz s'exécuta. La porte s'ouvrit sans grincer. Elle donnait sur un vaste espace, à peine éclairé par deux petits vasistas. Des planches étaient appuyées au mur, avec des portes vermoulues, des montants de fenêtres, des bûches, des brouettes sans roue, des tonneaux cassés. Le reste était vide, poussiéreux, délabré. Un escalier branlant suivait le mur, jusqu'à une autre porte, à quinze pieds du sol. Voisenot fit le tour du débarras, donnant quelques coups de pieds dans les planches, souleva quelques vieilles portes. Il frappa du doigt le torse du menuisier.

« Bon ! Monsieur Stoltz, tu vas nous mener aux étages. »

Le vieillard ne comprenait pas, ou faisait semblant. On lui traduisit l'injonction.

« Ah ! Je ne sais pas ce qu'il y a en-haut, dit-il en alsacien à l'agent interprète. Ce sont des pièces que je loue... Je ne m'en occupe pas.

— Que tu loues à qui ?

— À des gens... Moi, je ne sais rien ; on me demande la clé. Je dis « C'est dix sous ». On me donne dix sous, je donne la clé ; c'est tout. Je n'ai jamais cherché à savoir qui logeait dans le grenier de cette tour.

— Et qui dit à ces « gens » qu'ils peuvent loger ici ?

— Des gens, dans les bistrots du quartier.

— Tu te fous de nous, vieux bougre !

— Mais non, mais non. Je vous le jure sur la tête de ma mère. Je ne sais rien de plus. »

Voisenot avait compris, mais il se fit traduire ces propos, pour préserver sa dignité. Stoltz avait peur, c'était évident. Je devinais qu'il accepterait sans faire trop d'histoires d'être houspillé, malmené, gardé à vue, même un peu puni, mais pour rien au monde, il n'aurait dit qui lui envoyait ses discrets locataires.

En file indienne, nous gravîmes l'escalier tremblant. Sur le palier, une porte entrebâillée. La pièce a deux fenêtres, elle est vide et sent le renfermé. Dans un coin, une échelle mène au grenier. J'avais le cœur battant en la gravissant.

Le grenier était sombre, mais frais et aéré. J'allai tout de suite ouvrir le volet, malgré les récriminations de Voisenot, qui m'ordonnait de ne toucher à rien. Le paysage était magnifique. On était au-dessus des toits, sur lesquels veillait la cathédrale. Les montagnes apparaissaient, à l'est et à l'ouest, bleuâtres sur le ciel vespéral.

« Regardez ! leur dis-je. Là-bas, tout en haut, à droite de la cathédrale, c'est ma fenêtre. C'est de là que j'ai vu le crime.

— Le crime, le crime... C'est vous qui le dites. Cette chambre ne ressemble pas à un lieu de crime, en tout cas. »

De fait, il n'y avait rien de suspect dans la pièce. Une table avec un bougeoir, un lit, ou plutôt un grabat, une étagère, une commode avec une bassine, deux chaises, un petit poêle. Un vasistas donnait sur le toit. L'ensemble était presque propre, mais les assiettes sur l'étagère étaient sales, et il restait de l'eau dans une bouilloire.

« En tout cas, quelqu'un a vécu dans cette pièce il n'y a pas longtemps.

— Vécu ? plaisanta Voisenot. Mais vous avez dit qu'il y avait une morte ! »

Ce qui fit rire les deux imbéciles qui l'accompagnaient. Il chercha quand même des taches de sang entre les lattes du parquet grossier, mais le plancher était d'une propreté parfaite. Je lui dis que c'était suspect, que cela suggérait un lavage, et que cela pouvait confirmer l'assassinat, mais il haussa les épaules : on ne peut rien déduire d'une absence.

Il fouina partout, renifla les assiettes, défit le lit, souleva le matelas, ouvrit le poêle. Sur les cendres, il trouva quelques papiers intacts. On avait dû les y jeter avant de vider les lieux. Il me permit de les examiner avec lui : une feuille du *Messager de la Liberté*, journal républicain, du 1er octobre, qui avait dû servir à emballer des légumes, une feuille volante, du papier à lettres, et deux cartes, l'ouest de la France et l'Angleterre, arrachées à un atlas.

Voisenot secouait sa grosse tête. Pour lui, il n'y avait rien d'intéressant, pas de lettre, pas d'adresse, pas de nom. Il alla examiner l'appui de la fenêtre avec ses sbires. J'en profitai pour dissimuler les cartes et la feuille volante dans ma poche, et je les rejoignis.

La fenêtre donnait sur le petit terrain vague carré abandonné, qu'on ne pouvait qualifier de jardin. Il était entouré de murs aveugles. Quelques arbustes y poussaient, dissimulant le sol. On ne voyait aucune porte qui permît d'y accéder.

« Il faudrait y aller, suggérai-je. »

Voisenot se tourna vers Stoltz.

« Comment fait-on pour aller dans ce jardin ?

— Je ne sais pas. Ça ne m'appartient pas.

— Bon ! Ça suffit comme ça. On va redescendre et fermer la porte. Monsieur Stoltz, je vais garder la clé, et vous allez nous suivre. Vous êtes en garde à vue. On va sûrement avoir encore des questions à vous poser sur vos locataires. »

Il se tourna vers moi.

« Et vous, je veux bien vous croire, mais admettez que rien ne corrobore vos dires… »

Je fis encore quelques tentatives. Les gens qui ont vécu dans la tour devaient avoir des affaires, des bagages… Il doit nécessairement y avoir un accès à ce petit carré de verdure quelque part… Il doit bien avoir un propriétaire… Il s'y trouve peut-être des choses que l'on aurait jetées du haut du grenier de la tour…

« Je suis sûr que monsieur Engelberger accepterait…

— Il accepterait quoi, « môssieur Engelberger » ? Il m'apprendrait mon boulot, môssieur Engelberger ? Vous êtes son nouvel inspecteur ? Il a été assez gentil, ou assez naïf pour croire à vos lubies, et me coller la corvée de ce soir, môssieur Engelberger... »

Il était vraiment fâché. Il me bouscula et dévala l'escalier, suivi de ses sbires et du vieux Stoltz, à qui ils avaient passé des menottes.

Je m'attardai un instant dans la cour de la menuiserie pendant que Voisenot faisait poser des scellés, et je jetai un dernier coup d'œil sur la tour, son soupirail, sa porte, ses murs et ses fenêtres.

Il se faisait tard. Je suivis les policiers à travers l'atelier. En passant à côté de Helmuth, je lui murmurai, en alsacien : « Rien trouvé, ne vous en faites pas. » Et je me dépêchai de rentrer.

J'avais volé les cartes sur un coup de tête, une sorte d'hypothèse qui s'imposa brutalement à moi. Car je les avais tout de suite reconnues : elles provenaient d'un atlas scolaire, identique à celui que j'avais trouvé – avec des pages arrachées – dans le pupitre de Jean Humbert. Le locataire de la tour du crime était peut-être mon élève Jean Humbert, qui avait disparu le 2, le jour du crime. Je ne veux pas en conclure qu'il aurait pu être l'assassin. Voisenot ne m'inspirait ni sympathie ni confiance, et j'avais préféré garder ma découverte pour moi, pour Engelberger, ou éventuellement le détective.

Quant à la feuille volante, imprimée sur du papier journal, elle contenait une proclamation un peu socialiste, un peu évangélique, qui me laisse perplexe.

Progrès social sans révolution. Richesse générale. Réalisation de l'ordre, de la justice et de la liberté.

Nous sommes des travailleurs obscurs, animés d'un amour sincère de l'humanité, voyant dans tous les hommes, dans les faibles et les opprimés d'abord, et dans ceux même dont nous attaquons le plus âprement les idées fausses et la prépondérance, des hommes et des frères.

Etc.

IX

Mardi 13 octobre.

7 heures.

Mal dormi. Méphisto n'était pas là à mon retour hier soir, ce qui me met toujours dans un état d'inquiétude diffus. Il n'est pas encore rentré, ce qui commence à m'inquiéter. Mais surtout, j'ai rêvé de la tour.

J'étais en chemise de nuit devant l'escalier, et je devais y monter, tout en sachant qu'un spectacle horrible m'attendait en haut. Des bruits de voix et de gémissements me parvenaient par de petites fenêtres arrondies. Il y avait des lianes et des toiles d'araignées qui me frôlaient. Mais tout devint noir, j'avançais à tâtons. L'escalier était pourri, il y manquait des marches. Soudain, mon pied donna dans le vide, je tombai et me réveillai couvert de sueur.

Qu'y avait-il derrière les petites fenêtres arrondies ? Elles me rappelaient quelque chose. Je tentai en vain d'explorer ma mémoire pour en faire surgir quelque chose. Mais quoi de plus difficile que de se rappeler un rêve, alors qu'il fuit comme de l'eau qui vous coule entre les doigts ?

Et je viens quand même de me souvenir, en me remémorant mon dernier regard sur la tour. Il y avait, en bas, un soupirail arrondi, que j'avais remarqué, sans y prendre garde, en sortant de la tour.

Il y a une cave, et de la cave, on doit pouvoir accéder au petit terrain vague carré. Ou l'inverse. J'en suis sûr. Il faut y retourner.

Le soir.

Découverte importante. J'ai rouvert le pupitre de Jean Humbert pendant la récréation. Les déchirures des cartes trouvées dans la tour correspondent exactement à celles de son atlas. Il était dans la tour, mon idée était la bonne. Et Léa m'avait dit que Jean avait une « liaison » : la victime.

Pendant que je fouillais à nouveau ses papiers, le censeur est venu me convoquer. Je suis instamment attendu chez monsieur le Proviseur.

Un lourd silence régnait dans le bureau. On ne me fit pas asseoir. Un monsieur d'âge mûr, en redingote noire, sourcils froncés, poings serrés, se tenait très raide dans le fauteuil à gauche. Debout à côté de lui, un homme pâle à lunettes vertes que je reconnus immédiatement : l'avocat républicain Froelich, le Démosthène du *Messager de la liberté.* Je l'avais vu à la fête de Charité.

L'affaire semblait donc grave. Le proviseur était écarlate, sa mâchoire tremblait, et il jouait nerveusement avec son coupe-papier. J'ai une certaine expérience de ses colères, mais je ne l'avais jamais vu dans un état pareil. Il semblait prêt à plonger son coupe-papier dans le cœur de quelqu'un.

« Krattz, je vous présente le docteur Humbert, de Colmar, qui est, comme vous le savez, le père de l'élève Jean Humbert. Il vient de me faire part de ses légitimes... remontrances... quant à l'absence de résultats de l'enquête que monsieur le Censeur vous a confiée. Monsieur le docteur a même jugé bon de se faire accompagner par un conseiller juridique, monsieur... Rappelez-moi votre nom ?

— M... Maître Froelich.

— C'est ça. »

Le docteur se croisa les bras. Cela avait dû être orageux...

Il est vrai que je ne me suis pas grandement occupé de rechercher le jeune homme depuis samedi dernier. Je n'avais parlé qu'à Théo de ma découverte de l'atlas déchiré, et je n'avais pas l'intention d'en faire état. Jean n'était certainement pas le tueur, mais il était sans doute l'amant de la fille, et avait peut-être été témoin. J'avais décidé hier d'en informer Engelberger au plus tôt.

Je leur parlai de ce que m'avaient dit les élèves, de Massiot, en le présentant comme un « fin limier, qui donne toutes les garanties de discrétion souhaitables », de Maurer, qui « éprouvait des sentiments proches de la culpabilité au vu des responsabilités qu'il reconnaît ne pas avoir pleinement assumées ». Sans se détendre, l'atmosphère changea. Je me mis à parler avec autorité, et je fus cicéronien.

« Où irais-je pour le trouver ? Par où commencerais-je ? Vers où me tournerais-je ? Me demandez-vous d'inspecter tous les meublés de Strasbourg ? Vous savez bien qu'il y en a beaucoup de clandestins... Est-ce mon rôle ? » Etc.

Et pour finir, je me jetai à l'eau.

« Il n'est pas exclu que la disparition de Jean Humbert soit due à un accident dramatique, voire un à crime. Mais permettez-moi, pour finir, de présenter les hypothèses les plus probables sur ses causes. Elles vont sans doute vous heurter, peut-être vous scandaliser ; mais songez que Jean a presque dix-huit ans, et que c'est l'âge où…

— Oui, oui, venez-en au fait, mon ami, dit le proviseur. »

Le père, tête baissée, me jetait des regards noirs sous ses sourcils. Maître Froelich restait silencieux, mais hochait la tête d'un air profond. Il semblait vraiment se demander ce qu'il faisait là.

« Il se liait peu avec ses camarades, mais ceux que j'ai interrogés le présentent à la fois comme un partisan d'idées politiques extrêmes, et un assoiffé d'aventures. Il a peut-être rejoint un groupe révolutionnaire clandestin, ou bien il est parti pour un pays étranger, muni d'un faux passeport – monsieur Massiot se renseigne en ce sens. Il se pourrait même qu'il ne fût pas seul ; une amie de cœur… »

Le docteur m'interrompit, indigné. Il voulait bien admettre un fils socialiste, aventurier américain, mais pas « fornicateur ». Le proviseur avait lâché son coupe-papier, dissimulait un sourire, haussa les épaules, et dit : « Voui, voui, nous y voilà. »

J'avais suggéré ce qu'il fallait suggérer. La suite appartenait à Massiot et à Engelberger. L'entrevue se termina bien vite, sur une brillante péroraison du proviseur. L'avocat marmonna quelques phrases décousues sur les « suites à donner dans le cadre des attributions que… les responsabilités auxquelles… au sujet des suites à donner ». Et que, donc, il « allait aviser ». Le docteur s'en alla. Je restai seul avec Ratapoil et le proviseur.

« Savez-vous pourquoi Jean Humbert a été chassé du collège de Colmar ? » me dit-il, presque amical.

« Non, mais j'aimerais bien le savoir.

— Il faisait de la propagande parmi ses condisciples pour les idées du docteur Jaenger. Vous ne savez pas qui c'est ? C'est un adepte des idées de Fourier, un disciple de Victor Considerant, un dangereux trublion socialiste prêt à mettre l'Europe entière à feu et à sang. Vous n'avez pas démérité, Krattz. Je vous remercie. Vous pouvez disposer. »

J'avais rencontré parfois des sectateurs de Fourier, que l'on appelait d'ordinaire les « Sociétaires ». Ils m'apparaissaient plutôt comme de doux illuminés, mais je préférai me taire. Je pensai évidemment à la feuille volante trouvée dans le grenier. Sa prose pouvait bien être l'œuvre d'un « sociétaire ».

Ratapoil me reconduisit. Il m'ordonna d'aller voir Massiot au plus vite.

Mais maître Froelich m'attendait sur les marches de la cathédrale, devant le portail de l'horloge astronomique. Je le rejoignis, et je recommençai mon discours.

« Oui, oui, j'ai bien compris. Vous avez dit ce qu'il fallait... euh... Rien à ajouter. Que voulez-vous ? Je remplis mon office. Pas besoin d'en parler. Je veux vous voir pour autre chose... Je vais... euh... vous paraître peut-être un peu... indiscret, mais je vous ai vu parler avec le commissaire Engelberger à la fête de dimanche dernier. Vous a-t-il parlé de mon client, monsieur Reebman ?

— Non. Qui est-ce ?

— Un jardinier de la Robertsau qui a été témoin d'une bagarre qui a très mal tourné, c'est sûr. »

Je me souvins : c'était le pauvre type que les gendarmes emmenaient lors de notre visite à Engelberger. Celui qu'il veut utiliser comme mouton.

« Je ne connais pas cette affaire, et je ne vois pas le rapport avec la disparition.

— Il n'y a pas de rapport, mais vous avez vu Reebman lundi 5 au commissariat. On m'a… euh… informé. »

Il était pénible à écouter, cherchant ses mots sans arrêt, presque bègue. Je me disais que la cause républicaine était bien mal servie par ce piètre orateur. Il est meilleur à l'écrit ; mais peut-être se révèle-t-il un brillant tribun devant les juges.

« Où voulez-vous en venir ?

— L'affaire pourrait se terminer très vite. Reebman a tout raconté, sans varier dans ses déclarations. Il n'a pas d'antécédents fâcheux. Des broutilles… Il pourrait être libéré. Monsieur Engelberger a-t-il une bonne raison de la maintenir en détention ? Ou peut-être… euh… une mauvaise ? »

Je compris où il voulait en venir : il se doutait du rôle qu'Engelberger voulait faire jouer à Reebman. En temps ordinaire, je l'aurais aidé, d'abord en lui confirmant les intentions du commissaire. Mais les affaires en cours – la fille tuée, et les manœuvres du chef occulte de la pègre strasbourgeoise étaient trop graves. La police a de mauvaises manières, mais on ne fait pas de bonne police avec des bons sentiments. Et donc, je me surpris à épouser le point de vue de la police dans l'affaire ; les méthodes d'Engelberger déteignaient sur moi.

Je brisai là et voulus m'en aller. Il me retint par le col de ma veste et me dit encore :

« Faites attention, monsieur… euh… le répétiteur. Vous vous engagez du mauvais côté. On n'est plus aux temps de l'Empire ou des Bourbons. La police n'a pas tous les pouvoirs. Et vous connaissez aussi Massiot, cette crapule malhonnête.

— Je suis bien obligé, comme vous. Engelberger n'est peut-être pas celui que vous croyez. Vous devriez peut-être en parler franchement avec lui. »

C'était tout ce que je pouvais lui dire, mais je n'aime pas l'idée d'avoir les républicains militants contre moi... ou plutôt contre nous.

Je suis allé voir le détective sans tarder. Il n'avait pas beaucoup de temps. Il était en train d'enfiler sa veste ; il avait rendez-vous avec un cocu vindicatif pour lui faire un rapport.

« Mais j'ai déjà arrangé l'affaire avec la belle et son amant. Tout le monde y trouvera son compte. Le vieux sera rassuré, les tourtereaux continueront de plus belle, et moi, j'encaisse des deux côtés. Il faut dire que les affaires ne vont pas fort. Si vous pouviez dire à votre Maurer que j'ai besoin d'une rallonge...

— Je n'y manquerai pas. Mais il me faut du nouveau. La direction du collège et le père de Jean Humbert s'impatientent.

— Je me suis renseigné. Un jeune homme répondant vaguement au signalement de Jean Humbert traînait, au début de la semaine dernière, devant le bureau des messageries, place Kléber, et a revendu deux billets de la diligence de Paris. Je n'ai rien appris de plus. Je vais aller interroger les gens, mais ne comptez pas trop sur des choses précises. Pour le faux passeport, c'est un travail beaucoup plus délicat, et cher... »

Je remerciai Massiot et le laissai à ses affaires.

Tout cela me permet de conclure que le jeune homme est encore en ville, et qu'il se cache.

Je devais faire un bilan. Je suis d'abord allé chez Théo. Il avait bien reçu mon mot de samedi, et attendait de mes nouvelles, mais il se préparait à sortir, rasé, peigné, parfumé… Je ne sais pas qui il « fréquente » actuellement, mais je tombais au mauvais moment.

« Je te donne trois minutes pour me raconter ton dimanche et trois autres pour me parler de ta tour, puis je file et on se revoit vendredi.

— Pour le dimanche, une minute : j'ai avoué mes sentiments à Émilie.

— Et alors ?

— Et alors, rien. J'attends. Voilà. »

Et je lui racontai en détail ma visite à la tour et mes découvertes : le soupirail, l'atlas de Jean Humbert et le texte révolutionnaire.

« Bon. On a cinq minutes pour faire un bilan et dresser un plan d'opérations. »

Nous examinâmes les hypothèses et les certitudes. Théo applique à merveille la technique du diagnostic : les faits, bien décrits, les hypothèses, puis leur examen et leur vérification. Il voulait seulement les faits. Nous réfléchirons chacun de notre côté sur les hypothèses, et nous nous reverrons pour les vérifications.

Fait numéro un : le grenier de la tour a été nettoyé.

Fait numéro deux : la tour a une cave. La porte doit en être dissimulée, parce que nous n'en avons rien vu lors de notre perquisition. Et de toute manière, il est désormais impossible d'y accéder parce que la police a posé des scellés sur la porte de la tour.

Fait numéro trois : les cartes de l'atlas de Jean se trouvaient dans le grenier.

Fait numéro quatre : Jean Humbert est encore à Strasbourg et se cache.

« Tu vas réfléchir à partir de cela. Mais ne prends aucune hypothèse pour une certitude. Il faudra tout vérifier. Tu peux rester chez moi si tu veux, mais moi, je m'en vais ; j'ai un rendez-vous… »

Et Théo s'en alla, me laissant la suite du travail.

Au lieu de rentrer, je suis allé traîner le long de l'Ill jusqu'à Saint-Thomas, songeur, débordant d'hypothèses confuses, incapable de mettre de l'ordre. Le nettoyage a supprimé les traces du meurtre. Jean a habité le grenier, en compagnie d'une jeune fille avec laquelle il comptait partir pour l'Angleterre ou l'Amérique. Mais qui est l'assassin ? Est-ce Jean Humbert ? Elle aurait refusé de partir avec lui et il se serait mis en colère au point d'assassiner sa belle ?

Il n'est pas l'assassin, j'en suis persuadé, mais il a sans doute été témoin.

Pourquoi s'est-il installé dans cette tour ? Il attendait le départ ? Il attendait un passeport ? Il a dix-huit ans : il ne peut s'agir que d'un faux passeport. Qui fabrique des faux passeports à Strasbourg ? Il faudra en parler à Engelberger, mais est-il mieux outillé que Massiot ?

Comment Jean a-t-il eu connaissance de cette tour ? Personne ne sait rien sur ses fréquentations. Est-ce la jeune fille ? Où est son corps ? Dans la cave ?

Les questions sans réponses venaient en rafales. J'ai essayé de faire le point, de les mettre en série, de procéder par ordre. Peine perdue. Cela devient insupportable. Je dois agir.

Il faut revoir le grenier et s'y livrer à un examen approfondi. Il faut inspecter la cave et le terrain vague. C'est impossible pour le moment, à cause des scellés, mais on peut toujours essayer : au moins passer de l'autre côté du mur de ce carré de verdure abandonné. J'informerai Engelberger plus tard. Il m'a demandé mon aide. Je vais mener l'enquête à sa place.

J'irai voir Théo et Helmuth demain matin. J'enverrai un mot au lycée, disant que je suis malade. Mes élèves se passeront de ma science, et j'offrirai le restaurant au collègue qui devra les occuper.

Il est minuit et je n'ai pas sommeil.

Méphisto est revenu, il était endormi sur la serpillère qui me sert de paillasson. S'était-il laissé enfermer quelque part ?

X

Mercredi 14 octobre.

Neuf heures du soir.

Dès sept heures, j'ai donné dix sous au concierge, et un billet à porter au Collège. Rosalie était en train de faire avaler une assiette de flocons d'avoine à la petite Clara et voulait que je partage leur déjeuner, mais je n'avais vraiment pas le temps. J'ai filé Grand-rue. Helmuth est devenu patron par intérim de la menuiserie, et fait marcher les ouvriers à la baguette. Il était en train de surveiller un apprenti qui sciait des planches.

Je lui ai raconté l'histoire de Jean et mes hypothèses. Il n'a pas tout compris.

Je lui ai dit que j'avais une permission de la police pour examiner le terrain vague. Il a bien voulu me croire. Puis je suis allé rue des Frères, chez Théo, en évitant de me faire voir du Collège, car j'étais censé être malade. Il était encore au lit. J'ai dû tambouriner à la porte pendant cinq minutes. Il m'ouvrit en chemise, enfilant tant bien que mal son pantalon.

« Réveille-toi ! J'ai décidé. On va y retourner.

— Où ?

— On va retourner à la tour, et inspecter le jardin, et chercher la porte qui donne sur la cave. On va sauter le mur de ce jardin. J'ai tout arrangé avec Helmuth. Rendez-vous à dix heures.

— Répète-moi ça lentement pendant que je me rase. »

Il ne me raconta pas sa soirée. Ses amours sont secrètes, et sans doute plus... concrètes que les miennes. Mais ce n'était pas le moment.

J'ai passé la journée entre le cabinet de lecture Kitz et ma chambre, révisant mes cours, lisant et relisant les premiers épisodes du nouveau Dumas, *Joseph Balsamo* – excellent –, puis relisant mes romans – décourageants –, essayant de corriger un paquet de copies, sans rien achever. C'est bientôt l'heure d'y aller.

Minuit.

Nous nous retrouvâmes tous les trois, Théo, Helmuth et moi, devant la menuiserie, aux sons lugubres de la *Zehnerglock*[1]. Helmuth prit une échelle et deux lanternes, les alluma, et nous passâmes dans le jardin secret. Les ronces faisaient comme des lianes autour du petit peuplier. Des orties géantes couvraient le sol partout ailleurs, sauf le long du mur de la tour, où les herbes me semblèrent un peu piétinées. Un coin était parsemé d'ordures repoussantes : il était sous la seule fenêtre qui donnait sur cet endroit abandonné ; elle était au moins à trente pieds du sol. Les deux autres murs étaient aveugles, des briques nues, sales et grisâtres, couvertes d'un lierre maladif, et devaient donner sur des cours intérieures semblables à celle de la menuiserie. Le long du mur de la tour,

[1] La « cloche de dix heures », qui annonce la fermeture des portes et le couvre-feu.

les restes d'un banc pourri. C'était peut-être un joli potager jadis. Il n'avait plus qu'un seul accès : une petite porte basse donnant sur la cave de la tour. Helmuth me demanda si j'étais sûr que mon policier était bien d'accord avec cette visite. Je lui jurai que oui – je ne mentais d'ailleurs qu'à moitié.

Il travailla en silence quelques minutes sur la serrure de la porte, nous demandant de nous écarter. La porte ne résista pas longtemps. Elle s'ouvrit sans difficulté, ce qui me fit trembler : une porte inutilisée aurait au moins grincé. Je me préparais au spectacle qui nous attendait. Théo, rudement éclairé en-dessous par la lanterne qu'il portait à la main, avait pris son air le plus professionnel et entra le premier. Il fallait descendre quelques marches. Nous levâmes nos lanternes. Mais il n'y avait rien, qu'un désordre indescriptible. Le plafond était soutenu par de grosses poutres qui reposaient sur des corbeaux de grès ornés de vagues sculptures médiévales. Les toiles d'araignées formaient comme des rideaux onduleux autour du soupirail. Mais le sol était sec et presque propre. Des tonneaux crevés, des caisses, des boîtes sales ; cela sentait le moisi. Au fond, à gauche, trois autres marches, et une porte bardée de fer, avec une serrure massive : le seul autre accès à cette cave. Une trappe donnait sans doute sur un puits.

Étrange construction : la cave est indépendante du reste du bâtiment. Je me demande bien où mène cette porte.

Helmuth furetait. Il ouvrit une ou deux caisses avec son coutelas ; elles contenaient des chandeliers en cuivre argenté, des couverts, des plats.

« Un antre de recéleurs, sans doute, dit Théo, mais qui a l'air abandonné. »

Nous sortîmes, déçus et énervés.

Helmuth humait l'air du petit jardin.

« Ça sent comme sur un champ de bataille. »

Sans un mot, tenant sa lanterne devant lui, il nous quitta et s'engagea dans les buissons du petit jardin abandonné. Il ne faisait qu'une trentaine de pieds de côté, mais, n'étant accessible que depuis la cave de la tour, et négligé depuis des lustres, il était devenu presque impénétrable.

« Il y a des branches cassées, grogna Helmuth, devenu invisible. Quelqu'un est passé par ici... Venez voir ! »

Il avait presque crié.

Il s'appuyait à la margelle d'un puits, dissimulé par les arbustes du terrain vague. Il était recouvert par une plaque de bois. À notre arrivée, Helmuth saisit ce couvercle et le jeta dans l'herbe. La mauvaise odeur qui régnait dans le jardin, et que seul Helmuth avait remarquée, devint une puanteur épouvantable.

« Elle est là, votre fille », dit Helmuth.

Sans un mot, Théo alluma une touffe d'herbes sèches avec sa lanterne, et la jeta dans le puits. Il y eut un grouillement ; des rats se dispersèrent. Un œil mort, dans un visage ravagé, nous regardait depuis le fond du puits. Le front et la chevelure disparaissaient sous des grumeaux de sang noirci.

Même Théo était horrifié. Seul Helmuth garda son sang-froid.

« La voilà... Moi, je m'en vas. Faites ce que vous devez, et dites surtout pas que j'étais là. »

Il escalada le mur et fila.

Ma vision était définitivement avérée, j'avais bien assisté à un meurtre. Le coupable avait nettoyé le grenier et jeté le corps dans le puits, sans doute à l'insu du père Stoltz. Nous

nous regardâmes sans un mot. Il n'y avait rien à dire, et une seule chose à faire. Nous suivîmes Helmuth et courûmes au commissariat.

Il était près de minuit. L'inspecteur de service était seul. Il somnolait, en bras de chemise, derrière son bureau, à la triste lueur d'une petite lampe fumeuse. C'était un des hommes qui accompagnaient Voisenot et il me reconnut. Il bailla et dit « Encore vous ? » mais changea de ton quand nous lui apprîmes notre découverte. Il enregistra ma déposition.

« Bien. On ira voir au petit matin. Je n'ai personne sous la main, et elle ne va pas s'envoler. »

XI

Jeudi 15 octobre.

J'ai évidemment mal dormi, d'autant plus que je n'ai eu que quatre ou cinq heures de sommeil. À peine levé, encore horrifié par la vision du corps dans le puits, je buvais un café bien fort en compagnie d'un Méphisto méditatif, lorsque Rosalie m'a appelé depuis le palier du deuxième étage.

« Monsieur Krattz ! Il y a quelqu'un qui veut vous voir tout de suite ! »

Je suis descendu ; c'était un inspecteur d'Engelberger qui me convoquait. J'ai donné dix sous au concierge pour qu'il aille annoncer au Collège que je vais mieux, sans plus, et que je reprendrai mon service vendredi. J'échappe à la corvée de la promenade du jeudi, mais mon concierge commence à me coûter cher.

J'ai couru au commissariat.

Engelberger était furieux. Réveillé avant l'aurore par l'inspecteur de service, il n'était pas rasé, les yeux injectés de sang, la cravate nouée de travers.

« Je vous avais demandé de m'informer, pas d'enquêter à ma place ! Vous auriez dû d'abord me prévenir de vos hypothèses, et nous aurions ensuite examiné les lieux.

— Ouais… Dans une semaine ou deux. Nous aurions pu découvrir le corps dès lundi, si votre Voisenot m'avait écouté.

— Ce n'est pas « mon » Voisenot. Et c'est un bon flic, sérieux sur la procédure…

— Il ne me croyait pas. »

Engelberger hocha la tête, se calmant peu à peu.

« C'est juste, mais votre histoire semblait tellement invraisemblable… J'ai fait sortir le corps du puits tout à l'heure. On l'a mis à la morgue. Votre ami Théophile est en train de l'examiner. La demoiselle a été tuée à coups de tranchet de boucher. On en saura peut-être plus quand il aura fini.

Je vous ai dit dimanche dernier que nous avons déjà eu affaire à ce *modus operandi* deux ou trois fois. Les cadavres avaient de profondes blessures faites avec une sorte de hache au tranchant droit : un outil de boucher. La dernière fois, c'était un cadavre au port du Rhin. Un pauvre contrebandier de tabac, un peu indicateur…

— Vous pensez que le tueur est l'exécuteur des hautes œuvres du chef mystérieux dont vous m'avez parlé ? »

Engelberger hocha la tête.

« Je pense comme vous : le tueur est un fou criminel qui sert en quelque sorte de bourreau au chef mystérieux qui veut unifier la pègre strasbourgeoise sous son commandement. Mais je me demande bien ce que cette pauvre fille avait fait pour subir un tel traitement.

— Mais le père Stoltz pourra sans doute le décrire. Ce sera une piste.

— Stoltz s'en tient à ses déclarations de lundi dernier. Il donne la clé quand on lui donne un mot de passe. Il ne voyait que l'intermédiaire qui lui annonçait qu'il allait avoir un locataire, et ne connaît que son surnom. C'est ce qu'il dit, mais il en sait peut-être plus. L'utilisation de ce grenier comme hôtel pour mauvais garçons nécessite un chef, une organisation. Si nous arrivons à l'infiltrer ou à faire parler quelqu'un, nous pourrons remonter au malfaiteur qui essaie de mettre la main sur toutes les activités criminelles de la ville.

La cave est indépendante du reste de la tour, elle ne donne que sur le jardin et une autre cave. Elle est un entrepôt de recéleurs. On y a découvert tous les produits des cambriolages de ces six derniers mois. Je dois reconnaître que vous avez fait une fameuse trouvaille. On va examiner tout ça et interroger les gens du voisinage. Peut-être qu'en plaçant une souricière...

L'assassin est d'ailleurs sûrement venu par l'autre porte, est entré dans la cave, est ressorti par le jardin, a sauté le mur, est monté au grenier... Je crois que Stoltz ne le connaissait pas et même, qu'il ne l'a jamais vu.

— Et l'intermédiaire, comment s'appelle-t-il ?

— Nous pensons qu'il s'agit d'un bonhomme surnommé la Loutre, mais Stoltz a refusé de confirmer...

— Mais c'est peut-être lui, le tueur !

— Probablement pas. Nous avons un dossier sur un individu de ce nom, défavorablement connu de nos services, de longue date. C'est un petit malfrat, un peu escroc, qui vivote aux crochets des femmes qu'il séduit, mais il ne les tue pas. Il se peut que le père Stoltz en sache plus... Vous vous rappelez le mauvais garçon dans le couloir le jour où vous êtes venu me voir ?

— Le jardinier de la Robertsau ? Il vous renseigne. C'est un mouton.

— Il va essayer de faire parler Stoltz, mais le vieux est coriace. On va passer au peigne fin la partie de la tour qu'il utilise, et le grenier, évidemment.

— Et cette Loutre, il est comment ?

— Un mètre soixante, chauve, yeux gris enfoncés, menton fuyant, grosse moustache, toujours bien habillé. Je le fais rechercher par mes hommes, mais il a disparu. Les dames qu'il fréquentait l'ont perdu de vue. Il se cache. Quand on lui aura mis la main dessus, on le fera parler ; mais le chef occulte se dissimule bien. Il n'apparaît jamais. Les mauvais garçons qui nous en ont parlé meurent de trouille. »

Il se leva et se pencha sur moi en haussant le ton.

« Mais vous, monsieur Krattz, vous ne m'avez pas tout dit. Comment êtes-vous entré dans la menuiserie ?

— Est-il vraiment important que je vous le dise ?

— Ici, c'est moi qui pose les questions, monsieur le répétiteur... »

Je dus lui parler d'Helmuth, ce que je fis en insistant lourdement sur ses mérites.

« Bon. Et maintenant, dites-moi comment vous avez retrouvé la tour.

— J'étais chez le détective Massiot, Grand-rue, et je l'ai vue par la fenêtre.

— Chez Massiot ? Vous avez de drôles de fréquentations ! Vous avez besoin de ses services ? Que faisiez-vous chez lui ? »

Il s'énervait, et se mit dans une colère noire quand je lui parlai de Jean Humbert. Je dus tout lui raconter.

« Mais je n'ai découvert que mardi matin que Jean Humbert était dans la tour, avec la victime !

— Il fallait me prévenir tout de suite, sacré bon sang de bonsoir. Vous entendez ? Immédiatement ! On a perdu quarante-huit heures avec vos entourloupes de détective amateur. Je vais convoquer le Massiot et mettre des gens sur sa piste, s'il m'en reste… »

Il se rua sur la porte et appela son secrétaire.

« Vous allez donner votre déposition complète, en racontant tout depuis le début, et avec le signalement du gars disparu.

— Mais la famille et le proviseur… »

— Je m'en f… ! »

Il criait comme un sourd, et s'en alla donner des ordres aux inspecteurs de service.

Quand il revint, il s'était à nouveau calmé. Il alluma sa pipe et m'écouta raconter mon histoire. Il prit bien note de ce que je lui dis sur les idées politiques de Jean, sans commentaires. Il est assurément de la police, mais il est républicain ; pour lui, les Rouges et les Socialistes ne sont pas, a priori, des criminels en puissance.

« Va peut-être falloir que j'aille interroger les collègues spécialisés dans la surveillance politique, mais je doute qu'ils me diront grand-chose… Ils vont plutôt faire une fiche sur moi. »

C'est alors que Théo arriva. Un fiacre l'avait ramené de la morgue. Il avait fait son travail.

« Vous n'auriez pas quelque chose d'un peu brutal pour que je puisse me remettre ? Quel boulot ! Si tôt le matin…

— On a du rhum de contrebande saisi la semaine dernière, dit Engelberger en sortant une bouteille pleine d'un liquide brunâtre de sous son bureau. Mais si tôt ?

— Si tôt. »

Théo s'en servit une bonne rasade, s'essuya les moustaches et fit son rapport.

« Les blessures correspondent à la description du crime par Floréal. La personne n'a subi aucune autre violence. Elle était en bonne santé, bien habillée, pas une gagneuse... J'ai rapporté de quoi l'identifier. L'assassin avait jeté son réticule au fond du puits.

— C'est important, ça, dit Engelberger... Voyons ces affaires. »

Théo ouvrit son sac de médecin, en retira sa trousse, et vida le reste sur la table. Tout était sale et mouillé. Un poudrier, des clefs, un peigne et des mouchoirs. Je sursautai. J'avais vu de tels mouchoirs à la fête de charité de dimanche dernier. Ils étaient soigneusement ourlés et portaient des initiales : M. R.

« Mon Dieu ! C'est peut-être Martha.

— Qui ça ?

— Martha. Une jeune institutrice qui a disparu.

— Encore ! Mais qu'est-ce que c'est encore que cette histoire ? Vous en avez encore beaucoup des comme ça ? Je vais vous coffrer et vous cuisiner comme un... citron jusqu'à ce que vous ayez vidé votre sac.

— C'est une amie d'une amie. Et c'est... c'était peut-être la compagne de Jean Humbert.

— Allez ! Déposition ! Signalement, adresse, fréquentations ! Et au galop ! »

Le secrétaire reprit sa plume, et je déposai.

Engelberger me demanda si je la reconnaîtrais. Je lui dis que je n'en avais pas envie, ce qui le mit en fureur pour la troisième fois.

Je passe sur l'heure qui suivit. On m'emmena à l'hôpital. On lui avait fermé les yeux, et l'on avait recouvert son front d'un linge blanc. Seul le visage, dévasté et méconnaissable, apparaissait. Mais quand je vis son châle et sa robe, je n'eus plus de doute.

On me libéra, en me donnant pour mission d'amener Émilie et la logeuse de Martha.

XII

Je filai rue du Puits. La bonne m'ouvrit et m'amena auprès de madame Durckheim qui me connaît un peu. Elle était en train de broder et me reçut sans affabilité, mais aussi sans animosité particulière : j'en conclus, malgré la gravité de l'heure, qu'Émilie ne lui avait pas parlé de ma lettre d'amour. Émilie était au grenier ; elle faisait sa correspondance. Sa mère y envoya la bonne. Je crus bon de la prévenir, puisqu'elle allait évidemment assister à l'entretien.

« J'apporte de terribles nouvelles, madame Durckheim. Martha, l'amie d'Émilie qui a disparu depuis deux semaines, a été assassinée par un fou criminel.

— Martha ! *Lieber Herrgott !*

— On a retrouvé son corps dans un puits. »

Émilie arriva bien vite. Très pâle, tendue, elle me regardait à peine. Sa mère alla lui prendre les mains et la fit asseoir.

« Monsieur Krattz est venu pour nous dire quelque chose de grave. »

Émilie se raidit un peu plus encore, rougit, et, sans me regarder : « Ce n'est pas à nous qu'il doit le dire, c'est à père qu'il doit s'adresser. »

J'en eus le souffle coupé. Elle croyait que j'étais venu demander sa main ! Madame Durckheim comprit la situation et garda le silence. J'allais m'écrier « Mais non, Émilie, ce n'est pas ce que vous croyez ! », mais je me retins à temps ; c'eût été la gaffe la plus maladroite de ma carrière de gaffeur...

Je lui dis ce qui m'amenait d'une traite, la voix brisée.

« Émilie, Martha a été assassinée. On a retrouvé un corps dans un puits. La police veut des certitudes. Il faut que vous alliez la reconnaître... »

Elle me regarda, hagarde, frappée au cœur. Elle aurait pu dire « Pourquoi moi ? », mais elle fut très digne. Elle sortit sans un mot pour prendre son manteau et son chapeau et revint bien vite. Elle embrassa sa mère.

« Allons ! »

Elle était héroïque. Je l'aimais comme jamais.

Dans la rue, elle me laissa lui prendre la main. Nous pleurions. Je lui racontai toute l'histoire. Nous allâmes d'abord rue des Veaux, chez la logeuse de Martha. La pauvre vieille réagit à peine à notre récit. Elle était sous le choc. Elle nous suivit jusqu'à la morgue sans un mot, et s'effondra en gémissant dans les bras d'Émilie quand elle eut reconnu sa locataire.

Engelberger était là aussi. Il prit Émilie et la logeuse de Martha à part, pour leur expliquer qu'il était de la plus haute importance pour son enquête qu'elles ne disent à personne, en aucun cas, comment Martha a été tuée. Elles promirent.

J'ai raccompagné Émilie. Elle ne m'a pas parlé du billet, mais elle a accepté une promenade à l'Orangerie pour dimanche. Pourquoi a-t-il fallu cette tragédie pour qu'elle réponde à mes sentiments ? Et ne suis-je pas en train de me monter la tête ? Elle est bouleversée. Quand elle aura repris son sang-froid, elle me repoussera peut-être derechef. Mais je ne veux pas laisser le doute s'insinuer dans mon esprit. Émilie ! Ô Émilie…

Il est minuit et je viens de noircir douze pages de mon journal avec le récit de cette journée, et je n'ai pas préparé mes cours de demain. Je vais leur donner un discours latin des *Annales*, au hasard. *Que la vertu fait le bonheur du sage* ou *Preuves de l'existence de Dieu par les beautés de la Nature*.

Demain soir, je devrais retrouver mes amis du Casino littéraire. Je ne sais pas si j'y irai. Je n'ai pas trop le cœur à la littérature ces derniers temps, et Méphisto pense comme moi.

Vendredi 16 octobre.

J'ai repris mon service au Collège. J'ai dicté mon thème aux élèves : quarante copies à corriger pour lundi, une corvée pour dimanche, avant la promenade. Je rêve qu'Émilie vienne seule, sans son frère. Pourtant, j'aurais bien des questions à poser à Frédéric, sur ses fréquentations de Colmar ; mais elles attendront. Je prépare des phrases superbes pour elle dans ma tête, en sachant bien pourtant qu'elle n'a pas l'âme très romantique. Et j'ai une idée fixe : il faut examiner les affaires de Martha au plus vite. La raison pour laquelle on l'a assassinée, ou fait assassiner, doit peut-être s'y trouver.

Engelberger m'a fait parvenir un billet par le concierge du Collège, en début d'après-midi.

« Il va de soi que ce mot est absolument confidentiel. Je vous demande d'en prendre connaissance, puis de le détruire. Ne

parlez de ce que nous savons ou supposons à personne, même pas à votre ami Théo.

Recevez d'abord mes excuses pour mes accès de mauvaise humeur. Je n'aurais pas dû me mettre dans des états pareils et j'aurais dû garder mon sang-froid. Mais vos révélations sont de la première importance.

Nous n'allons pas ébruiter la nouvelle de la découverte du corps. Il ne faut pas que les truands aient le pressentiment que la cave de la tour, leur lieu de recel, a été découverte. Nous cherchons à qui appartient cette cave. Dès que nous le saurons, nous agirons fermement. En attendant, j'ai fait chercher des renseignements sur l'autre issue de la cave, et j'y installerai une souricière.

Vous allez continuer de nous aider. Vous devrez nous rapporter sans délai tout ce que vous trouverez.

Le jeune Jean H. et son amie Martha logeaient dans la tour en attendant de partir pour l'étranger. Vous avez émis l'hypothèse qu'ils attendaient de faux passeports, elle est sans doute juste. Nous cherchons qui, à Strasbourg, est susceptible de graver et d'imprimer de faux passeports.

Quant aux éventuels amis politiques de Jean H., j'aviserai en temps utile.

Nous faisons activement rechercher la Loutre. Il faut trouver qui a mis les jeunes gens en relation avec lui, puis qui a informé l'assassin, et enfin qui est l'assassin.

Profitez de la mission que la direction du Collège vous a confiée pour enquêter chez M. Maurer. Faites-lui comprendre qu'il a intérêt à collaborer avec vous, faute de quoi, c'est nous qui interviendrons, et le scandale qu'il veut éviter éclatera.

Utilisez les services de Massiot avec discrétion et discernement. Le bonhomme n'est pas franc du collier. Demandez-lui de retourner au bureau des diligences pour obtenir de plus amples renseignements sur Jean H., et rien de plus.

Enfin, le mobile du crime nous échappe. S'agit-il d'une « tâche » donnée à son tueur par le chef occulte ? Nous en saurons peut-être plus en perquisitionnant chez la logeuse de Mlle Martha. Vous m'y accompagnerez ; je vous convoquerai le moment venu.

J'ai informé personnellement les collègues et la directrice de l'école où enseignait la victime. Voici la version officielle : Martha a été tuée d'un coup de couteau par un rôdeur qui voulait la voler, place du marché Gayot, un soir où elle était allée se promener ; le corps n'a été identifié qu'hier. Ne donnez aucune précision sur l'endroit où se trouve le puits. Vous ne vous écarterez en aucun cas de ce récit, et vous n'y ajouterez rien. Nous devons avoir confiance en la discrétion de Mlle Durckheim et de Mme Schneider, la logeuse ; nous n'avons pas le choix.

Recevez etc. »

La prose d'Engelberger n'a rien de littéraire, mais on ne peut pas lui reprocher un manque de clarté.

Je ne peux parler de rien à personne au Collège. Ernest est venu bavarder à la récréation. Il voulait savoir où j'en étais avec l'« affaire Humbert ». Je lui ai dit que « cela suivait son cours », mais qu'il n'y avait rien de neuf. Pour une fois qu'Ernest semble s'intéresser à quelque chose, je ne pouvais pas lui répondre.

Onze heures.

Je suis allé à la réunion du Casino littéraire, au Blaireau. Je n'ai pas écrit grand-chose ces derniers temps, à part ce journal, qui n'a pas d'intérêt littéraire. Mais j'ai besoin de me changer les idées. Il y avait Jérôme le théologien, Léon l'amateur de feuilletons-romans, Paul le poète métaphysicien, et Jacques l'historien socialiste. Chacun avait composé un « petit quelque chose », mais nous avons d'abord parlé de l'actualité. Le prix du pain, à cause de la sécheresse de cet été, est devenu vraiment excessif pour les classes laborieuses.

Jacques aimerait fonder une association pour la liberté de la Pologne. Moi, je veux bien. Quant à l'actualité littéraire, j'ai fait l'éloge de *Joseph Balsamo*, et ils m'ont demandé mon avis sur le nouveau roman de Balzac, *La Cousine Bette*, qui paraît en feuilleton dans *Le Constitutionnel*, mais j'ai dû avouer, à leur grande surprise, que je n'avais pas beaucoup le temps de lire actuellement.

Jérôme était venu avec un épithalame dans le goût du *Cantique des cantiques*. Il va bientôt soutenir sa thèse (*La théologie de la virginité chez Grégoire de Nysse*), et le désir de mariage l'obsède – un mariage riche et heureux, cela va de soi ; je m'en étais bien rendu compte à la fête de Charité. Léon avait broché une fantaisie en octosyllabes, « Les belles vendangeuses », que je trouvai triviale, grivoise et même graveleuse. Il me traita de Philistin glacial et insensible. Je ne répondis pas.

Jacques avait lu *Philosophie de la misère*, de son cher Proudhon, et en avait rédigé un compte-rendu aussi ennuyeux que circonstancié. Rien de tout cela n'était bien enthousiasmant, ni capable de me détourner de mes préoccupations, mais j'interrogeai longuement Jacques sur le fouriérisme.

Il a du respect pour cette doctrine, mais reste réticent. Charles Fourier a inventé la science de l'humanité, celle de l'« Unité universelle », qui explique les sentiments et les passions. En l'appliquant, on passera à l'« âge de l'harmonie ». La société nouvelle sera organisée à partir d'un classement scientifique des passions complémentaires...

« En fait, les bouquins de Fourier sont un fourbi incompréhensible. Le gars avait une vraie révolte contre l'appauvrissement de la classe ouvrière, et des visions grandioses, « poétiques » si tu veux, mais il était quand même un peu fêlé. Il imagine que les hommes de l'avenir vivront jusqu'à 144 ans dans des « phalanstères » de 1600 personnes, et qu'un cinquième membre leur poussera ! »

Cela fit évidemment bien rire Léon et Jérôme.

« Le successeur de Fourier, Victor Considerant, est un homme respectable, qui a laissé de côté les idées les plus délirantes du maître. C'est un révolutionnaire qui refuse toute idée de révolution violente. Il accorde la priorité à l'éducation. Il a des disciples à Colmar.

— Et à Strasbourg ?

— Peut-être. On parle d'une ébauche de phalanstère, discrètement installée quelque part. »

J'ai raccompagné Léon le long de l'Ill, jusqu'au pont du Corbeau. C'est un gentil garçon, mais superficiel, un viveur qui ne sait pas résister à ses désirs. Il mène une vie dissolue sans scrupules, séduisant et abandonnant de pauvres filles à qui il promet une belle vie d'épouse de clerc de notaire. Jamais la pensée de son avenir ne l'effleure. Il écrit des poésies futiles, et a même broché quelques vaudevilles. Il espère être joué, et faire fortune dans la littérature légère. Son patron est maître Metzger, que j'avais vu à la fête de Charité.

J'ai essayé de justifier mon sévère jugement sur ses « Belles vendangeuses », mais il est fermé à ma conception de l'art. J'ai changé de sujet : je lui ai demandé s'il avait des projets d'avenir. Et, comme je m'y attendais, il a haussé les épaules en riant.

« Tu pourrais terminer tes études de droit.

— Le droit ! C'est tellement ennuyeux ! Mon patron me paye assez.

— À propos, ton patron, je l'ai vu à la fête de Charité de l'École libre protestante. On m'a dit qu'il avait mauvaise réputation.

— Qui ça ?

— Un rentier qui a l'air au courant de tout, et qui a des idées politiques avancées ; un certain Ulrich.

— Connais pas. Mais c'est vrai. Mon patron est un noceur qui cache mal ses goûts. Il aime les fêtes un peu… déchaînées. Ils font venir des filles. Ils ont des petites chambres accueillantes par-ci par-là, et des maisons de campagne discrètes.

— Et Maurer ? Ce nom te dit quelque chose ?

— Maurer ! Le marchand de nouveautés parisiennes ? Évidemment ! C'est un habitué, mais il veut rester discret. On ne doit l'appeler que monsieur Arthur.

— « On » ? Ne me dis pas que tu en es !

— Non. »

Il ajouta « Je n'ai pas besoin de payer les filles, moi », en riant.

J'insistai.

« Et Léa, tu connais ?

— Léa comment ?

— C'est la caissière de monsieur Arthur. »

Il ne la connaissait pas ; mais il voulait bien que je la lui présente...

« Il y a quand même ces histoires de filles qui se jettent à l'eau, ou que l'on noie. Et ces noceurs doivent fréquenter de drôles d'entremetteurs. Ils n'ont pas peur d'un chantage ou d'un scandale ?

— Pour cela, ils prennent des précautions. Ils ont assez d'argent, et ils ont des protections, et des intermédiaires discrets – et chers. Tiens, regarde ! »

Nous étions arrivés au pont, et de la rue d'Austerlitz, à notre gauche, arrivait un joyeux et bruyant cortège. Une bande de fêtards en habits de soirée, portant des lanternes. Ils chantaient de vilaines choses. Ils s'engagèrent sur le quai. L'un d'entre eux, bien ivre, s'arrêta, reconnaissant Léon. Un visage bouffi, avec un double menton et des favoris grisonnants.

« Léon, mon ami Léon ! Tu viens avec nous ? On va finir la soirée chez la mère Delebecque. Tu sais qu'on ne peut plus aller chez Arthur ? Il est devenu subitement vertueux ! »

Léon était gêné. Il refusa poliment et voulut s'écarter. Mais l'autre insistait.

« Emmène ton copain ! Tu pourrais me le présenter ! »

Il murmura mon nom, et me présenta l'autre :

« Maurice Kaufmann, le premier clerc de mon patron. »

XIII

Samedi 17 octobre.

En arrivant au Collège, j'ai été interpellé par le concierge. Il brandissait un petit papier pour moi. Il riait de toutes ses – rares – dents. Le pauvre homme croit que je reçois des billets doux des dames. C'était un mot de Léa ; j'ai tout de suite reconnu son orthographe inimitable.

« *Le Maurer serat au magasin toute la journé. Si vous vouler inspetter la chambre de Jean, vené me voir après 4 heure je serai à la maison.* »

Je suis donc allé voir Léa. Elle était en robe de chambre, les cheveux dénoués, parfumée.

« Ça ne vous dérange pas si je me suis mise à l'aise ? »

Cela ne me dérangeait pas, mais je trouvais cela un peu suspect quand même. Elle m'accompagna dans la chambre de Jean. Une vraie cellule de moine, au premier étage, et qui donne sur une cour obscure. Une gravure punaisée au mur (Les chutes du Niagara). Pas de crucifix. Des livres de classe sur une étagère, plus ou moins volés au Collège. Je les ai tous feuilletés et secoués. Quelques papiers en sont tombés, des brouillons, mais aussi une feuille couverte de paraphes « *Johann* ». Je pense que c'est le pseudonyme dont il s'est affublé pour le faux passeport, et il s'est entraîné à signer de ce nom. Des cahiers, mais pas de journal. Des romans d'aventure. Quelques exemplaires de la *Démocratie pacifique*, le journal de Victor Considerant, le disciple de Fourier, dont Jacques m'avait patiemment expliqué la doctrine hier soir.

Pendant ce temps, Léa s'ennuyait ; elle était à demi-couchée sur le lit de Jean et chantonnait en faisant danser sa mule au bout de son pied ; elle portait des bas de soie noirs. Elle m'invita à m'asseoir à côté d'elle.

« Vous avez trouvé quelque chose ? Ça va intéresser Massiot ? Vous voyez, je suis au courant. Oh, monsieur Floréal, j'en aurais des choses à vous dire ! Venez donc plus près... On a le temps de bavarder un peu, non ? »

Je devinai une tentative de séduction ; j'obtempérai, mais je restai sur mes gardes, ce qui n'était pas facile, car elle avait fait glisser le col de sa robe de chambre sur son épaule. Elle a de très belles épaules.

« Vous voulez bien me parler de la jeune amie de Jean ? Comment l'a-t-il connue ?

— Je ne sais pas. Il fait chaud ici, tu ne trouves pas ? Tu ne veux pas... ?

— Non, merci, ça va comme ça. Vous n'avez aucune idée de l'endroit où ils se sont cachés ?

— Non. Ils sont peut-être déjà partis. Tu en sais sans doute plus que moi. C'est beau, une histoire d'amour comme ça. Tu n'en rêves pas, parfois ?

— Parfois... J'en sais peut-être plus que vous, mais la police m'interdit d'en parler.

— Le vilain cachottier qui veut garder ses petits secrets ! Moi, je peux te raconter des tas de choses, tu sais, sur Maurer, et même sur Jean… »

Elle m'enleva mes lunettes. J'eus une folle envie de les lui reprendre, mais je me retins. Elle approcha son visage du mien, les yeux fermés. Elle s'offrait pour apprendre ce que la police savait sur Jean. Pourquoi voulait-elle le savoir ?

« Vous avez aidé Jean ? »

Elle ne répondit pas. Je répétai ma question et je me levai. J'étais bien décidé à ne rien lui dire, et à garder ma vertu, si possible sans m'en faire une ennemie. Elle avait caché son visage dans ses mains, un peu théâtrale.

Je n'insistai pas. Je me rassis, remis mes lunettes, et lui pris les mains. Elle pleurait vraiment.

« Léa, Léa, je ne peux vraiment rien vous raconter. Vous feriez mieux de me dire ce que vous avez fait et ce que vous savez.

— Si vous ne me dites rien, je ne vous dirai rien non plus.

— Je pensais que vous étiez une amie… »

Elle sécha ses larmes, rajusta sa robe de chambre, et me reconduisit à la porte, muette. Son manège de séduction avait échoué, et elle ne pouvait pas parler. Pourquoi ?

Je rentrai chez moi, pas mécontent de ma conduite – je ne l'avais pas rendue hostile –, mais un peu rêveur tout de même.

J'ai relu mon journal : le soir de ma première rencontre avec elle, le 9, sur la place Broglie, elle avait rejoint un homme, dont j'avais esquissé le portrait.

C'est peut-être la Loutre.

Je vais devoir informer Engelberger. C'est ennuyeux ; d'abord, il se moquera de moi, et ensuite, il fera coffrer Léa, pour qui je n'ai pas de sentiments hostiles. Elle va perdre sa place, et se retrouver fille soumise dans une maison du quai des Pêcheurs. Elle est sans doute plus victime de cette crapuleuse Loutre que vraiment coupable.

Dimanche 18 octobre.

Je serais bien allé au culte ce matin, ne serait-ce que pour entendre lire de beaux textes et méditer un peu, mais je dois corriger mes copies.

À deux heures, j'ai mis mes plus beaux atours et je suis allé rue du Puits. Je n'ai pas eu besoin de présenter mes hommages aux parents Durckheim : Émilie m'attendait dans l'entrée. Mais elle était avec son frère. Nous sommes allés lentement, en suivant le cours de l'Ill, jusqu'à la porte des Pêcheurs, et de là à l'Orangerie. Il soufflait un petit vent de sud-ouest bien doux. La rivière était couverte de barques de promenade. Des soldats en permission traînaient deux par deux sur le quai. Dans l'allée de l'Orangerie, les feuillages roussis des arbres bruissaient doucement. Il y avait de la musique dans les cafés. Les terrasses étaient bondées. Des femmes cousaient devant les cabanes des jardins, pendant que les hommes récoltaient les choux et les navets, derniers fruits de la saison. Sur l'allée, des couples et des familles se saluaient, riaient ou grondaient les enfants qui couraient partout. Et des fiacres chargés de jolies femmes se suivaient sans discontinuer.

Cela avait un air de Champs-Elysées.

Ma conversation avec Émilie était douce, interrompue de longs silences. Je n'osai pas lui prendre la main, ni même lui parler de ma lettre. Frédéric racontait sa semaine à Colmar. Il avait travaillé aux plans d'une nouvelle halle de marché, que le maire veut édifier à la place de la vieille église des Dominicains. Je pris la défense de l'art gothique. Il ne voulut rien entendre. Frédéric est très moderne. Pour lui, l'avenir est aux architectures de fer bien aérées, aux vitrages lumineux, aux lignes pures et nettes. Émilie n'avait pas d'avis.

À l'Orangerie, la foule était compacte, les allées étaient noires de monde. Nous trouvâmes un banc libre dans un recoin et nous regardâmes passer les promeneurs. J'aurais bien aimé suggérer à Frédéric d'aller faire un tour, mais je ne savais pas comment Émilie prendrait la chose.

Je parlai de Jean Humbert, évidemment sans dévoiler qu'il était l'ami de la pauvre Martha.

Frédéric le connaissait un peu.

« Attendez. Vous dites bien Jean Humbert ? Un élève du Collège ?

— Oui, mais il était en troisième la dernière année où vous y étiez. Je ne crois pas que vous puissiez le connaître.

— Non, mais vous m'avez dit qu'il venait de Colmar. J'y travaille. Son père est médecin ?

— Oui.

— Un grand gars toujours mal à l'aise ? L'air un peu sournois ?

— Oui, vous le connaissez ?

— Un peu… Je l'ai vu plusieurs fois à des réunions.

— Des réunions ? »

Il ne voulait pas en dire plus. Je mis les pieds dans le plat.

« Vous êtes aussi disciple de Fourier ? »

Frédéric écarquilla les yeux et me fit signe de me taire. Il ne voulait pas parler en présence de sa sœur. Elle demanda de quoi il s'agissait. Nous fûmes évasifs. Mais à la première occasion, je demanderai à Frédéric s'il y a des Sociétaires à Strasbourg. Si c'est le cas, ils cachent peut-être Jean.

Nous vîmes passer mon nouvel ami Ulrich, l'homme au cactus. Il n'était pas seul. Un beau jeune homme blond et bouclé, au visage impassible, l'accompagnait. Il me reconnut, et vint à nous, souriant, plantant là son ami. Il était en costume de cheval, avec de lourdes bottes. Je fis les présentations. Il conseilla à Émilie de cultiver les rhododendrons plutôt que les cactus. Je dus expliquer la plaisanterie. Émilie se força à sourire. Ulrich se rendit compte, en voyant le ruban noir qui ornait la manche d'Émilie, qu'elle était en deuil, la pria de l'excuser et changea de ton. Nous parlâmes du temps, clément pour la saison. Il avait fait un grand tour à cheval pendant la matinée, jusqu'à la Wantzenau, dîné dans une bonne auberge ; il était éreinté et boitait un peu. Il me rappela son adresse et m'invita à passer chez lui un de ces jours. Nous pourrions souper ensemble dans son quartier, et bavarder. C'est alors seulement qu'il nous présenta son compagnon : un cousin de Champagne, venu étudier la médecine à Strasbourg.

Nous en restâmes là. Ils s'en allèrent. Je dis à Frédéric que je soupçonnais Ulrich d'être un peu « extrémiste » en politique, et je tâchai d'orienter la conversation sur ce sujet. Mais Frédéric ne voulait pas en parler, ici et maintenant.

L'après-midi s'avançait ; les ombres s'allongeaient sous les arbres, et les promeneurs se firent plus rares.

Soudain, Émilie ordonna à son frère d'aller nous acheter des petits pains ou du nougat. Il commença par protester, mais elle fut très ferme. Il était surpris, et finit par obtempérer et s'en alla. C'était le moment. Enfin une minute seul avec elle !

« Émilie, vous me parlerez de la lettre que je vous ai donnée ? Croyez que... »

Je voulus lui prendre les mains, mais elle croisa les bras. Elle était mécontente, au bord des larmes à nouveau.

« J'avais cru comprendre que vous aimeriez être seul avec moi. Je vous en ai donné l'occasion, et vous n'avez cessé d'interroger mon frère !

— Mais qu'auriez-vous dit si je l'avais chassé ?

— Rien. Et c'est bien ce que je viens de faire, non ? »

Bref, j'avais raté une occasion, par pusillanimité. Je suis un grand rateur d'occasions.

Ce soir, j'ai avancé mon roman sur les Jacobins de Strasbourg. Je brode sur les *Souvenirs* de Charles Nodier, qui raconte comment il a rencontré Euloge Schneider.

XIV

Lundi 19 octobre.

Rendu le thème latin en quatrième. Ils continuent à écrire *libri lecti sunt* pour *libri leguntur*. Je me suis fâché théâtralement, vertueusement indigné par les crimes qu'ils commettent contre la bonne syntaxe.

Le censeur est venu me chercher pendant la récréation. J'étais avec Ernest et Jacques l'historien dans notre minable local de permanence, et j'essayais de lire *La Revue des Deux Mondes* en les écoutant discuter politique. Ratapoil avait l'air encore plus renfrogné que d'habitude ; cela semblait grave. Il me regardait par-dessus son lorgnon en agitant dangereusement le pommeau de sa canne à hauteur de sa moustache frémissante. Je pensais qu'il y avait du neuf dans l'affaire Humbert. Je le craignais depuis la fin de la semaine dernière, bien sûr.

En fait, il n'en était rien.

« Vous avez une visite, Krattz. On vous attend dans la loge du concierge. Une *personne* qui n'a pas voulu dire son nom. Suivez-moi. »

Il partit d'un trait. Ernest voulut nous accompagner, mais je lui fis signe de nous laisser. Je suivis Ratapoil dans les couloirs, perplexe. Il ne cessait de grommeler.

« Je ne me mêle pas de votre vie privée, mais j'espère bien que ce précédent n'aura pas de suites (*sic*)... Abstenez-vous à l'avenir de vous trouver dans ce genre de situation, qui jette une lumière quasiment scandaleuse sur le bon renom de notre collège. Mais avez-vous pensé à l'exemple désastreux que vous donneriez aux jeunes gens qui vous sont confiés, au cas où vos fréquentations, votre comportement, que je n'hésiterais pas à qualifier d'inconduite, étaient divulgués à leurs yeux ? »

Je n'y comprenais rien, mais tout s'éclaira à mon entrée dans la loge du concierge. C'était Barbara. Elle s'était mise dans ses plus beaux atours, fichu bleu orné de roses sur les épaules, nœud noir dans les cheveux, robe prune et bottines lacées. Elle était assise devant un bol de café au lait offert par notre Cerbère, répondant vertement aux mauvaises plaisanteries qu'il semblait lui débiter. Je repris l'avantage, en mentant un peu.

« Monsieur le censeur, la visite de cette demoiselle n'a rien à voir avec ma vie privée. Je l'ai rencontrée dans le cadre de mon enquête sur l'élève Humbert, et sa visite procède des plus respectables intentions. Ne connaissant pas mon adresse personnelle, elle n'avait pas d'autre moyen de me joindre que de venir ici, et elle nous apporte sans doute des informations importantes. Et c'est une jeune ouvrière parfaitement honorable.

— Je veux bien, mais vous allez m'expliquer ce qu'elle a à voir avec Humbert. »

Il fallait que j'invente quelque chose, mais Barbara, qui avait évidemment saisi l'hostilité de Ratapoil, me tira d'affaire en le saluant, les yeux baissés, d'une petite courbette pleine de grâce et de modestie.

« Monsieur le Directeur, j'ai bien l'honneur… Je viens pour l'affaire que monsieur le professeur m'en a informée, rapport au jeune homme qui a disparu. »

Le censeur s'adoucit, flatté et un peu séduit par la vivacité et la fraîcheur de la demoiselle.

« Bien, bien. Mais quels sont vos… rapports avec le jeune Humbert ?

— Je suis sa blanchisseuse.

— Ah bon ! Bien. Et vous avez des informations ?

— Il se cache, monsieur le Directeur. Un ami à moi l'a vu dans une taverne de la Krutenau. Il fait la vaisselle sous un faux nom au *Canard Pêcheur*. Vous voulez que je vous explique où c'est ?

— Inutile. Monsieur Krattz s'occupera de l'affaire. Et il me rendra un compte détaillé. »

Il salua d'un coup de menton, très raide, mais il me rendit un grand service en ordonnant au concierge d'aller inspecter sans tarder les lieux d'aisance, qui étaient dans un état de saleté « aussi déplorable que révoltant », et retourna à ses occupations. Je n'avais pas besoin d'un témoin pour interroger Barbara.

« Comment savez-vous qu'il s'agit de l'élève disparu ?

— Le gars ressemble à ce que vous en avez dit à Helmuth l'autre soir. Quand vous êtes venu nous raconter votre histoire, Helmuth m'a tout de suite dit : « Ce gars doit se cacher ; il n'a nulle part où aller, et il ne connaît personne. Il ne peut pas quitter la ville, puisqu'on surveille les passagers des diligences. » Helmuth sait ce qu'on fait dans ces cas-là, par expérience… On cherche un gagne-pain quelconque, et un coin où dormir. On traîne sur les marchés pour manger, on essaye de se faire embaucher au noir comme jardinier, palefrenier, maçon, ou laveur de vaisselle.

— Belle déduction. Il est bien, Helmuth. Meilleur que les policiers. »

Elle rit de bon cœur.

« Surtout ne lui dites jamais ça ! Il a fait tous les bistrots, de la Krutenau au Finkwiller, l'un après l'autre… mais sérieusement, hein ! Une bière par-ci, un petit verre par-là… Et il a interrogé les patrons, en disant qu'il avait un petit frère qui cherchait un travail discret. Au *Canard Pêcheur*, le patron lui a dit « Ah non ! Ici, ça n'ira pas. On vient d'embaucher un type… » Alors il a fait parler le loufiat, et il a vu votre Jean. Mauvaise mine, les yeux cernés, affamé, sale…

— Mais vous êtes sûre que c'est lui ?

— Non, bien sûr. Mais si j'étais vous, j'irais voir au *Canard*. »

Le soir. Minuit.

J'ai chaleureusement remercié Barbara. Mais je ne pouvais pas m'en aller comme cela. J'avais déjà manqué mercredi dernier ; je ne pouvais pas prétexter une maladie soudaine. J'ai dû attendre la fin de l'après-midi. Heureusement, Ernest a bien voulu prendre la dernière heure de surveillance de l'étude à ma place, mais j'ai dû lui dire qu'il y avait du neuf dans l'affaire Humbert.

Et je suis parti vers la Krutenau.

Le *Canard Pêcheur* n'est pas loin du quai des Bateliers. Il faut suivre le dédale d'écluses et de petits ponts du Rheingiessen, à partir du Pont-aux-chats. J'y arrivai à l'heure où les militaires, les maquignons du quartier de l'Abreuvoir et les pêcheurs s'y retrouvent pour manger un morceau ou boire un coup. La taverne est peu engageante. Une grande pièce aux murs lépreux, suintants, un poêle de faïence ronflant, quelques tables de bois grossier vissées au mur, des tabourets, des bancs luisants, le sol couvert de paille humide, et un gros chien noir et blanc qui dormait au milieu du brouhaha. Un garçon boiteux et peu amène m'indiqua du menton deux places libres. Je n'avais qu'à choisir. Je pouvais me glisser à côté de trois jeunes gens inquiétants aux mines sinistres, ou à une table déjà occupée par quelques maquignons et un pontonnier qui bavardaient amicalement. Je choisis ces derniers. Ils me paraissaient moins hostiles que les jeunes. Je les saluai, mais je n'avais pas le genre des clients de la maison, et les conversations cessèrent instantanément. Ils me regardaient en silence. Je jouai au touriste qui vient s'encanailler, hochant la tête en souriant stupidement. Je commandai un plat du jour et un demi, je sortis de ma poche le petit carnet qui ne me quitte jamais, et fis semblant de me plonger dans des additions complexes. Les autres finirent par ne plus faire attention à moi et reprirent leur conversation.

Derrière le comptoir, une ouverture donnait sur la cuisine. Quand un plat était prêt, le cuisinier s'y montrait et appelait le garçon. Il claudiquait vers le comptoir, une main apparaissait, tendant l'assiette de tambouille, il s'en emparait et allait servir.

Il fallait que j'entre à la cuisine. J'avais bu ma bière, et au moment où le garçon m'apporta ma salade de pommes de terre et mon hareng, je simulai un besoin urgent... Il me regarda curieusement, et fit un geste vague. Le pontonnier vint à mon aide.

« Faut aller au bord du canal, monseigneur !

— Ah ! Oui, bien sûr... »

Je me levai au milieu des rires, et je sortis. Je fis le tour de la bâtisse, jusqu'à la porte arrière, celle de la cuisine, et j'entrai. On ne fit pas tout de suite attention à moi. C'était l'heure du coup de feu et tout le personnel, cuisiniers, gâte-sauces et garçons, était très occupé. Mon élève Jean Humbert était là, devant l'évier, les manches retroussées, vêtu d'un grand tablier crasseux, devant une montagne d'assiettes sales. Il me tournait le dos. Je m'avançai vers lui. Le cuisinier me remarqua à ce moment-là et m'interpella. Jean se retourna, me reconnut, laissa tomber l'assiette qu'il tenait et se figea. Je fis face au cuisinier, marmonnant n'importe quoi en anglais. Évidemment, il ne comprit rien, mais pendant ce temps, Jean s'était rué vers la porte. Je le suivis, bousculant le cuisinier.

XV

Jean courait sur le quai étroit qui longeait le canal, vers la rue de l'Abreuvoir. Je le hélai. Le quartier était obscur, mal éclairé par quelques lanternes. Mais le fuyard était bien visible avec son tablier blanc. Il se heurta à un groupe de pêcheurs en goguette, qui le prirent mal, et se mirent à le courser eux aussi, en l'injuriant. Je les rattrapai, j'en saisis un par le col de sa blouse.

« Laissez-le ! Il n'a rien fait de mal. C'est un élève du Collège qui a fait le mur. Je m'en occupe. »

Cela les fit rire, et ils me suivirent sans se presser, curieux du spectacle que nous allions donner. Quelques jeunes gens qui traînaient dans les parages se joignirent à eux.

Il longeait les fossés de la Citadelle. Je criais : « Vous n'avez rien à craindre ! Attendez-moi ! » Cela ne servait à rien. Il était désemparé. Manifestement, il courait au hasard, il fuyait sans savoir où aller. Je craignis qu'il ne se jetât dans l'eau, et je jouai le tout pour le tout.

« On a retrouvé le corps de Martha ! »

En entendant le nom, il s'arrêta net et se retourna. Je le rejoignis en marchant lentement, retrouvant peu à peu mon souffle.

« Je sais bien que vous êtes innocent, mais la police vous recherche. On a retrouvé le corps de Martha... »

Nous étions au bord des fossés. À ma droite, les fortes murailles de la Citadelle se devinaient dans la nuit. L'eau luisait vaguement en contrebas. Derrière Jean, à vingt pas, le pont-levis, éclairé par une pauvre lanterne. À gauche, le bord de l'Esplanade, un terrain vague couvert de bardanes et de ronces. L'endroit était désert.

Il était en larmes. Je le saisis par les coudes, en répétant qu'il n'avait rien à craindre.

« Il faut tout me raconter. Je vous cacherai, et je m'occupe de tout, le Collège, monsieur Maurer, la police… On arrangera tout. »

Derrière moi, les pêcheurs s'étaient arrêtés, ils avaient compris que la scène n'aurait rien de distrayant, et plusieurs d'entre eux commençaient à s'en retourner lentement vers le quartier de la Krutenau. Mais je distinguai vaguement, au loin, devant moi, derrière Jean, un homme enveloppé dans un grand manteau noir, la tête couverte d'un chapeau massif, qui s'approchait de nous à pas lents. Il s'arrêta ; j'imaginai un promeneur perplexe, ne voulant pas être mêlé à notre histoire.

Jean me fit confiance. Il était à bout. Il me raconta tout, haletant, bredouillant. Il ne pouvait finir ses phrases. Sa voix se brisait tour à tour en sanglots et en cris aigus.

« On voulait partir pour Paris, et ensuite en Angleterre ou en Amérique. J'avais acheté les billets de la diligence avec de l'argent que…

— Je sais.

— On attendait des passeports… des faux. Un ami s'en occupait.

— Qui ?

— Une connaissance. Il exigeait le secret. En attendant, il nous a indiqué une cachette, une tour, au fond d'une cour, derrière une menuiserie, à côté de la Grand-rue.

— Je sais cela aussi.

— Il nous avait donné un rendez-vous rue des Fribourgeois ; il nous a menés à cette tour. »

Ce bonhomme, c'était sans doute la Loutre, mais j'évitai d'interrompre Jean dans la voie de ses aveux.

« Vendredi soir, on a entendu tout à coup du bruit dans l'escalier. Martha… m'a dit de me cacher. Je suis monté sur le toit par le vasistas. Elle a ouvert le volet, pour appeler à l'aide s'il le fallait. Un homme est entré. Il devait être masqué. Il a exigé de Martha qu'elle lui donne notre argent. Elle a refusé… »

Sa voix se brisa. Il pleurait comme un enfant. Je lui serrai l'épaule du poing.

« Continue, Jean ; il faut tout me dire.

— Elle a essayé de discuter, de l'amadouer. Il ne voulait rien entendre et se fit menaçant. Tout à coup, elle a crié : « Mais vous êtes… »

Et il l'a tuée. Il a éteint la lampe. Il a jeté Martha par la fenêtre, avec nos bagages, dans le petit jardin abandonné. Il a lavé le sol avec l'eau du broc, dans l'obscurité, et il est parti… Parti. Il a tout volé.

— Et vous ?

— Moi ? Je suis redescendu dans le grenier et j'ai fui. Par la menuiserie. J'ai cassé les serrures… »

Il y eut un silence.

« J'ai été trop lâche. Je ne sais pas pourquoi je vis encore.

— Vous n'aviez pas le choix. Personne ne vous accuse. Mais il faut tout dire à la police. On va venger Martha. Vous seul pouvez nous aider. Parlez-moi du bonhomme qui vous a indiqué le grenier. Qui vous l'a présenté ?

— C'est Léa.

— Je m'en doutais. Son nom ? Décrivez-le.

— Petit, assez bien habillé, crâne rasé, pas de barbe, menton fuyant, cheveux noirs, une moustache de chat…

— Son nom ?

— Je ne sais pas.

— La Loutre ?

— Il ressemble assez à une loutre, c'est vrai.

— On va s'en aller d'ici. Vous venez avec moi, on va passer par le nord, jusqu'à la porte des Pêcheurs, puis je vous logerai chez moi. Et demain, je vous conduis au commissariat. Ensuite, on verra avec le commissaire ; c'est un homme juste et républicain. Il n'est sans doute pas bon que vous rentriez trop vite chez monsieur Maurer, à cause de Léa. Elle va être plus ou moins accusée de complicité. On vous trouvera un hôtel. Vous avez de l'argent ?

— Non.

— Si. Vous avez revendu les billets de la diligence.

— Non. Le criminel les a pris.

— Attention ! »

Le promeneur en grand manteau noir s'était rapproché. À une vingtaine de mètres derrière Jean, il était maintenant à la hauteur du pont-levis de la Citadelle, éclairé à contre-jour par la lanterne. Il dissimulait son visage sous le col relevé de son manteau. Sans hésiter, il leva le bras. Il tenait un pistolet.

La sentinelle sur le pont l'interpella. Jean se retourna, il vit l'homme et son arme. Il me bouscula et s'enfuit en courant le long du fossé. C'est alors que l'homme tira. J'étais pétrifié. La balle passa à quelques pouces de moi. Mais Jean, qui avait atteint l'autre côté de l'angle d'un bastion, fut touché. Il se plia en deux, bascula et tomba au bord du fossé. Du moins, c'était ce que je devinai à l'avare clarté de la lune.

L'homme se retourna et s'enfuit à toutes jambes vers les casernes, poursuivi par la sentinelle. Je m'élançai à leur suite. Son manteau volait derrière lui comme les ailes d'une chauve-souris. Il courait à une vitesse prodigieuse. Le soldat criait « À la garde ! À l'assassin ! », mais s'arrêta bientôt.

Je l'eus rejoint en une seconde. C'était un tout jeune homme. Le képi de travers, il roulait des yeux effarés.

« J'ai pas de cartouches, monsieur ! Sinon je l'aurais abattu. Venez avec moi au poste, vite !

— Je vous suis, mais je veux voir d'abord où est le jeune homme... »

C'est alors que j'entendis le bruit d'un corps qui tombait dans l'eau.

Je retournai à l'endroit d'où Jean était tombé et je tentai de discerner son corps en contrebas. On entendait des clapotis, mais on n'y voyait vraiment rien. Les pêcheurs et les promeneurs avaient disparu.

À la Citadelle, ce fut le branle-bas. Je traversai le pont-levis. On me reçut au poste de garde. J'essayai de raconter une histoire plausible au lieutenant de service.

Il envoya un piquet de trois hommes sonder le fossé, mais le corps de Jean fut introuvable. Il était pourtant bel et bien tombé dans l'eau du fossé. On avait dû l'en retirer, blessé ou mort...

Mais comment cet assassin était-il arrivé là ? Il nous avait peut-être repérés pendant que je poursuivais Jean. Il faisait peut-être le guet au *Canard*. Mais il était arrivé par derrière.

Je suis rentré me coucher, mais je vais avoir du mal à m'endormir.

XVI

Mardi 20 octobre.

Mal dormi, évidemment. Je n'ai cessé de me retourner sur mon grabat. Méphisto, étalé sur mes pieds, n'appréciait pas mes mouvements brusques. Quand il en a eu assez, il s'est mis à gratter à la porte pour que je le laisse s'en aller dans le grenier.

Je me suis contenté d'une bretzel et d'un bock à midi, parce que je devais aller voir Engelberger au plus vite. En un sens, cela m'a fait du bien. J'ai de plus en plus de mal à digérer l'éternel ragoût de mouton du réfectoire ; mais ce soir, je crevais de faim. Je me suis offert une tranche de jambon à la *Hache*, avec Théo, qui était disponible.

Engelberger ne veut pas que je dise quoi que ce soit à Théo, et je ne lui ai donc pas raconté mes aventures avec Léa, ni, surtout, l'épisode de la Citadelle. Cela ne nous donnait pas beaucoup de sujets de conversation. Je lui ai quand même parlé de mon dimanche à l'Orangerie, et des reproches imprévus d'Émilie. Il a secoué la tête en souriant, et m'a dit :

« Mais mon vieux, c'est bon signe ! Elle aurait voulu être seule avec toi.

— Sans doute, mais j'ai raté l'occasion. Et toi ? Tu ne me dis jamais rien sur tes amours.

— Quelles amours ?

— Mardi dernier, tu avais un rendez-vous.

— Qu'est-ce que tu en sais ? Ton copain le flic t'a ordonné d'enquêter sur moi ? Tu as vraiment raté ta vocation ! »

Il était devenu presque hostile. J'en ai conclu qu'il valait mieux que je me taise ; il a sans doute quelque chose à cacher. Nous en restâmes là.

En début d'après-midi, libre de cours jusqu'à quatre heures, je suis donc allé voir Engelberger, pour lui faire un récit complet. Évidemment, je n'avais rien raconté à Ratapoil, qui attendait un compte-rendu après la visite de Barbara : je lui ai dit que l'information était erronée.

Engelberger envoya immédiatement un agent à la Citadelle, pour demander un rapport d'extrême urgence. Le point le plus important dans le récit de Jean était évidemment que Martha avait reconnu son agresseur. Elle avait peu de relations, elle évoluait dans un tout petit monde : l'école, Émilie, sa logeuse, et Jean. L'assassin, a priori, ne peut être que quelqu'un de son immeuble, voire de son quartier, ou quelqu'un qui est lié à son école. Il faudra donc interroger sa logeuse, perquisitionner dans sa chambre, interroger les voisins, interroger les institutrices. Je devrai me charger d'Émilie, au plus tôt. C'est le plus urgent.

Je lui ai parlé de Léa, avec sa tentative de séduction et mes conclusions sur ses relations avec la Loutre. Il m'a écouté sans sourire un seul instant. Il pense comme moi : Léa devra nous servir d'intermédiaire pour retrouver la Loutre, mais pas question de l'arrêter. L'idéal serait de la faire suivre, mais une fois de plus, il n'a pas assez de policiers à sa disposition pour cela.

« Écoutez, Krattz. Vous êtes un auxiliaire remarquable ; vous êtes le seul en mesure de faire parler Léa. Vous ne pourriez pas un peu… prendre sur vous, et la faire parler ? Je comprends bien que… Néanmoins… Pensez aux enjeux ! Elle pourrait nous mettre sur la piste de la Loutre, et de là, sur celle du Chef. »

Il n'arrivait pas à finir ses phrases, il multipliait les gestes vagues. Je lui répondis que je ne pourrais jamais obliger Léa à collaborer si je ne lui livrais pas des informations que lui et moi étions les seuls à détenir. Quant à céder à ses avances, certes l'idée ne me déplaît pas, mais j'ai quand même quelques principes.

« Et dans la chambre de Jean, quelque chose d'intéressant ? À part les charmes de Léa ? Vous n'aviez peut-être pas trop la tête à une fouille en règle ?

— S'il vous plaît, ne commencez pas à vous moquer. J'ai fait de mon mieux. Pas de lettres, des journaux socialistes, des livres de classe, des romans. »

Je me rends compte maintenant que j'ai oublié de lui parler de « Johann », le pseudonyme. Il faut que je l'informe, mais je vais peut-être passer d'abord chez Massiot. J'ai quelques idées qui me trottent dans la tête.

Quoi qu'il en soit, nous avons décidé de garder le secret – un de plus – sur la réapparition et la nouvelle disparition de Jean. Le Proviseur et le censeur se passeront d'informations, ainsi que ses parents. C'est triste et pénible pour eux, mais l'enquête doit rester secrète. Quant à Maurer, il est bon qu'il en sache le moins possible, et qu'il s'inquiète.

Engelberger est allé voir Massiot vendredi dernier. Il l'a menacé de lui faire retirer sa licence s'il ne collaborait pas pleinement avec la police, mais n'a rien appris de neuf. Sur la cave, il me fit un rapport complet.

« Nous avons trouvé à qui elle appartient. Elle fait partie des dépendances d'un hôtel. La porte donne sur une sorte de débarras au fond des écuries. Le patron de l'hôtel le sous-loue à un personnage qu'il n'a jamais vu ; il ne se rappelle que le gars qui a servi d'intermédiaire. J'ai son signalement et son nom, sans doute un pseudonyme. C'est un marchand de vin de Barr, un certain Goerger, qui voulait la cave pour y entreposer des choses. Mais il n'y a pas de marchand de vin de ce nom à Barr... C'est presque le même procédé qu'avec le grenier : quelqu'un venait à l'hôtel avec la clé, et s'en allait dans la cave. Les gens qui venaient avaient des sacs. C'est bien pratique pour les voleurs : on évite les intermédiaires, recéleurs qui risquent toujours de « voler » le butin. Et si la cave est découverte, le butin est perdu, mais personne ne risque rien. J'ai installé une souricière ; un inspecteur passe ses journées à l'hôtel. »

L'enterrement de Martha aura lieu après-demain. Je devrai m'y trouver, puis nous irons perquisitionner chez sa logeuse. Il me rappela la version officielle du drame, « mais vous essayerez de savoir si une de ses collègues était au courant de sa liaison ».

Nous avions fini notre examen de la situation, il était trois heures, j'allais m'en aller, lorsqu'on annonça un sergent, envoyé par le commandant de la garnison de la Citadelle pour nous faire un rapport détaillé. C'était un petit Corse, râblé, trapu, très brun, qui semblait fait pour le bel uniforme qu'il portait. Il s'appelait Ange Giudicelli et aimait s'écouter parler.

« Subséquemment aux événements dramatiques de la nuit dernière, mon supérieur hiérarchique, le lieutenant Ribérac, exigea un rapport circonstanciel sur lesdits événements, et ordonna la procédure d'une enquête approfondie. Nous procédâmes à un examen soigneux des lieux susmentionnés, à savoir le fossé de la Citadelle, conformément...

— Oui, oui, mon sergent... Et qu'avez-vous trouvé ?

— Aucune trace du quidam prétendument objet d'une agression nocturne, nonobstant...

— Rien ?

— Si, une grosse pierre a été jetée dans l'eau, par un ou plusieurs inconnus, dans l'intention probable de faire croire à une chute dudit quidam dans le fossé.

— Vous voulez dire que Jean Humbert n'est pas tombé dans l'eau ?

— Ben oui, dame ! C'est ce que je dis, non ?

— Mais c'est très important, ça. S'il avait été tué, ou s'était noyé, on l'aurait retrouvé. Il est sans doute blessé, mais on l'a sauvé, ou enlevé... Cela change tout. »

Engelberger se leva.

« Mon sergent, les renseignements que vous venez de nous donner ont une grande valeur, et je vous remercie chaleureusement pour l'aide appréciable que vous apportez. Vous voudrez bien transmettre au lieutenant Ribérac l'expression de ma reconnaissance, avec mes salutations les plus cordiales. »

Le sergent, ravi de cette belle envolée oratoire, salua et s'en alla. Je fis remarquer à Engelberger qu'on ne dit pas « Mon sergent », mais « Sergent ».

« Je m'en f... Vous avez vu Jean tomber à l'eau ?

— Non. Je l'ai vaguement vu tomber au bord du fossé, et je l'ai seulement entendu tomber dans l'eau.

— Et nous venons d'apprendre qu'il n'y est sans doute pas tombé. Il y a donc un mystère en plus. D'abord, quelqu'un savait que vous aviez retrouvé Jean : soit c'était le tireur lui-même, soit quelqu'un qui l'a prévenu. Ensuite, on a enlevé ou sauvé Jean. Avez-vous été suivi ? À partir du *Canard* ?

— Oui, mais par des pêcheurs et des jardiniers, qui se sont dispersés quand les militaires ont commencé à agir.

— Et au *Canard*, personne de suspect ?

— Il y avait un groupe de jeunes gens d'assez mauvaise mine.

— C'est-à-dire ? Des voyous ?

— Pas vraiment.

— Plutôt des étudiants extrémistes par exemple ?

— Oui. Pourquoi pas ? »

Engelberger soupira.

« C'est peut-être une piste. On pourrait imaginer qu'il agit d'amis politiques de Jean. Ils vous auraient suivis, et l'auraient sauvé et récupéré. Mais là, on fait un roman. Il faut vraiment que j'aille voir les collègues de la surveillance politique... Bon, en attendant, on va aller au *Canard* pour interroger tout le monde. Il vaudrait mieux y aller en force, parce que la boîte a mauvaise réputation, mais je n'ai personne sous la main.

Et le tireur ? Votre signalement du bonhomme est vraiment insuffisant. Est-ce la Loutre ? Le tueur à la hache ? Un autre homme de la bande du Cogneur ? Il faut trouver comment il est arrivé à vous retrouver. Quelqu'un a dû parler... Vous êtes sûr de la franchise de Helmuth ?

— Le Cogneur, c'est le nom du Chef ?

— Je vous parle de Helmuth.

— Helmuth veut qu'on lui fiche la paix. Il nous a aidés, mais il a un casier judiciaire trop chargé pour se compromettre en quoi que ce soit. Mais quand même, le Cogneur ? À la fête de Charité, vous m'aviez appris que votre indicateur vous avait dit le nom du Chef. C'est le Cogneur ? »

Il avait parlé trop vite, à moins qu'il ne l'eût fait exprès pour me renseigner sans en avoir l'air.

« Chut. Je n'ai rien dit. Autre chose : Jean vous a donné une information très importante : ce n'est pas lui qui a revendu les billets pour Paris. C'est le tueur. Massiot doit continuer à interroger les gens autour du bureau des diligences.

Maintenant, venez avec moi. Je vous offre une bière au *Canard.* »

Nous partîmes pour la Krutenau, à pied, sous une petite pluie douce et fraîche. La salle était presque vide en ce milieu d'après-midi, et le patron faisait la sieste. Engelberger se présenta, sans rien dire sur ma présence, et fit réveiller le taulier. Il ne tarda pas à arriver, ajustant tant bien que mal ses bretelles sur sa bedaine. Il avait l'air grognon et malveillant, mais pas très sûr de lui.

« Vous avez embauché un jeune homme le 3 octobre…

— Non.

— Si. Monsieur est témoin. »

Le patron me jeta un regard noir.

« C'est vous l'Anglais qui est entré tout à coup dans la cuisine ?

— Oui. Ce jeune homme est un élève du Collège qui a été témoin… »

Engelberger m'interrompit. J'allais en dire trop.

« On le recherche, pour son bien. Que savez-vous de lui ?

— Rien. Il est arrivé le lundi 5, affamé. On lui a donné du travail et du pain. C'était de la charité. On n'a pas le droit ?

— Un lit ?

— Non. Il dormait sans doute sous un pont, dans un hangar, une cabane de jardin. Je ne sais pas, moi.

— Il ne vous a pas dit qu'il cherchait un lit ?

— Si.

— Écoutez, mon ami, vous avez intérêt à dire ce que vous savez et à ne pas continuer à vous moquer de nous en répondant comme ça. Il y a suffisamment de soupçons et de bruits qui courent sur votre baraque pour que je la fasse fermer… et vous, en taule. »

Engelberger savait à merveille simuler la colère du représentant de la loi outragé. Le patron frémit.

« Il m'a dit qu'il allait se faire loger par des amis, dans quelques jours. Que ces amis viendraient le chercher, hier. Mais il s'est enfui quand monsieur est entré dans la cuisine.

— Et ses amis, ils se sont signalés ? Il y a des gens qui pouvaient être ses amis dans la salle ? Vous n'avez rien remarqué ?

— Vous savez, moi, les clients, ils commandent, ils consomment, ils paient et ils s'en vont. »

Je décidai de jouer le rôle du « gentil ».

« Monsieur, la précision de vos réponses sert les intérêts de tout le monde. Les vôtres aussi. Le jeune homme est recherché par ses parents qui veulent le protéger. J'ai vu un groupe de jeunes gens dans le coin, ici, à droite.

— Oui, peut-être… Des têtes de conspirateurs, pas des habitués en tout cas. D'ailleurs, ils sont partis tout de suite après le gars et vous.

— C'est bon, dit Engelberger. On repassera. Maintenant, on s'en va. »

Nous partîmes sans un mot. Engelberger ne m'offrit pas de bière.

Il va essayer de passer chez la logeuse de Martha demain ou jeudi, et m'a donné rendez-vous vendredi chez elle, pour que je jette aussi un coup d'œil sur les affaires de Martha.

Jeudi, je reverrai Émilie, à l'enterrement de Martha. Je vais la consoler en lui disant des choses très douces. Je lui dirai que j'aide la Justice en participant à la perquisition chez la logeuse de Martha vendredi, et que je lui en révélerai les résultats dimanche, si elle veut bien me donner rendez-vous pour une promenade. J'essaierai aussi de l'interroger sur l'assassin, puisque Martha l'avait reconnu. Méphisto m'approuve.

Mercredi 21 octobre.

Rien. J'ai mis de l'ordre dans mes affaires après mes surveillances et pris un bain au Bain-aux-Roses à côté du Collège. La poussière s'accumule sur mes bouquins de grec ; je n'ai plus rien fait pour l'agrégation depuis des semaines. J'espère qu'Engelberger a pu faire progresser l'enquête.

Je suis passé chez Massiot. Manifestement, il ne fait plus rien. Il s'est contenté de ramasser quelques racontars sur les mœurs de Maurer, ce qui ne fait pas avancer l'affaire. Il n'a pas enquêté sur les faussaires susceptibles de faire de faux passeports. Il est en colère contre Engelberger, parce qu'il l'a menacé. Je lui ai dit de retourner au bureau des diligences : Jean a sûrement acheté les billets au nom de Johann. Il faut qu'il vérifie. Je lui ai aussi parlé d'une de mes idées vagues.

Maurer m'avait dit, à notre première rencontre, que Massiot avait travaillé pour Vidocq, et lui-même avait gardé des amis « rue de Jérusalem ». Or, Jean était peut-être en relation avec des sociétaires parisiens, et on peut imaginer un lien avec ceux de Strasbourg, un nom, un début de piste.

J'ai demandé à Massiot de se renseigner là-dessus, et sur quelques autres points encore. Évidemment, dans l'état actuel de l'histoire, cela n'a sans doute plus beaucoup d'importance. Mais on ne sait jamais, il ne faut rien laisser au hasard.

XVII

Jeudi 22 octobre.

Il pleut. J'ai passé la matinée à Saint-Nicolas, pour assister à l'enterrement de Martha. La paroisse a tout payé, sur les instances de papa Durckheim, qui officiait. Il y avait du monde, mais peu de proches : le comité directeur de l'école au complet, des institutrices, la logeuse. Émilie était en larmes, entre sa mère et la directrice. Je n'ai pu que la saluer ; mes beaux projets d'hier soir sont remis. Un groupe de demoiselles de l'école d'institutrices, dont j'avais fait la connaissance à la fête de Charité, vint me demander si je savais quelque chose sur les circonstances du drame, et pourquoi on avait mis tant de temps à identifier le corps. Je répétai la leçon d'Engelberger, qu'elles connaissaient déjà, et qui ne les satisfit pas.

Le pasteur Durckheim prêcha, longuement. Il fit l'éloge des qualités professionnelles de la défunte, « ravie cruellement à l'affection de ses élèves inconsolables, victime d'une de ces créatures vulgaires qui traînent leur vie dans une ornière obscure et vile… », ce qui accréditait la thèse officielle d'un assassinat dû à un rodeur. Il ne dit pas un mot des circonstances, que nous étions, lui, Émilie et moi, les seuls à connaître, ni, bien sûr, de Jean, qui pourtant aimait bien profondément la pauvre Martha. L'orgue attaqua soudain « *O Haupt voll Blut und Wunden* [1]», ce qui me mit dans un état pénible : c'était vraiment le cantique à éviter dans un tel cas…

Engelberger n'était pas là, mais il avait envoyé Voisenot, qui me salua d'un air rogue. Nous étions placés tous les deux au fond de l'église, chacun appuyé contre une colonne, pour voir au mieux l'assistance. Il y avait quelques jeunes gens, des frères d'institutrices sans doute, mais aucun « de mauvaise mine ». Personne de suspect.

Il y eut le moment des condoléances. On embrassa la logeuse de Martha, qui lui tint lieu de famille, et ses collègues les plus proches. Jérôme le théologien était là aussi. J'ai un peu bavardé avec lui. Je lui ai demandé comment il savait que Martha « fréquentait » – il me l'avait dit à la fête de Charité –, et s'il avait vu son amant. Il répondit franchement, mais gêné, le regard fuyant.

« Je lui avais parlé de son avenir d'institutrice.

— Son avenir d'institutrice ?

— Oui… Je lui ai dit qu'elle n'en avait pas, qu'elle devait envisager une situation conforme à son âge et à son sexe, et…

— Elle l'a mal pris.

— Plutôt. Elle s'est moquée de moi et s'est lancée dans une véhémente diatribe contre la condition féminine. Elle voulait rester libre, mener sa vie à sa guise, et prendre part à la lutte pour l'émancipation des femmes et des classes laborieuses. J'en ai déduit qu'elle était sous influence.

— Tu penses qu'elle ne pouvait pas avoir eu ces idées toute seule ?

---

[1] « Ô tête couverte de sang et de blessures », cantique de Bach (dans *La Passion selon saint Matthieu*) ; en français « Pécheur, sur le Calvaire… »

— Non, ce ne sont pas des idées de femme.

— Mais tu n'as jamais vu l'homme en question ?

— Jamais. Un godelureau d'étudiant en droit ou en lettres, sans doute. Je me suis fait une raison. J'ai porté mes vœux ailleurs. »

Il me regarda enfin franchement.

« Avec plein succès ! Une fille très belle aussi, mais une future épouse soumise et polie, l'idéal pour moi.

— Et je peux savoir de qui il s'agit ? Je connais toutes les demoiselles de l'école.

— Pas encore. Je dois finir de discuter avec son père, mais c'est en bonne voie. »

Je laissai là l'heureux futur pasteur, car le chirurgien Becker, président du directoire, me faisait de petits signes depuis un bon moment. Il voulait me parler. Il a un profil de Romain de la République. J'imagine toujours Cincinnatus sous ses traits, et la toge lui irait à ravir. Il avait l'air d'un juge, et me mit mal à l'aise d'emblée.

« Monsieur Krattz ? Nous avons fait un peu connaissance à la fête de charité du 11. Vous étiez un proche de Martha ?

— J'ai des relations d'amitié avec la famille Durckheim, mais je ne connaissais pas bien Martha. Elle était la meilleure amie d'Émilie.

— Oui. »

Il hocha la tête d'un air entendu, et reprit :

« Elle *aurait* donc été tuée par un rôdeur, un soir, place du marché Gayot ? Et le rôdeur *aurait* dissimulé son corps ? Comme ça, sans témoins ?

— C'est la seule hypothèse possible pour la police, et "le vrai peut quelquefois n'être pas vraisemblable".

— Épargnez-moi vos citations de cuistre, jeune homme. Nous ne sommes pas dans une tragédie classique. Je ne crois pas un mot de cette version. J'ai bien l'impression que la police nous cache la vérité. Je me trompe ? Gottfried Durckheim m'a dit que le corps a été retrouvé dans un puits.

— Ah bon ?

— Comment la police a-t-elle eu vent de ce puits ?

— Mais je ne sais pas… Je ne suis pas de la police.

— Vous collaborez évidemment avec elle, et vous nous cachez quelque chose. »

Il y eut un lourd silence.

« Monsieur Becker, je n'en sais pas plus que vous.

— Admettons.

— Si vous avez des informations ou des soupçons, vous devriez rencontrer monsieur le commissaire Engelberger ; c'est lui qui est en charge de l'affaire.

— Je suppose que votre commissaire enquête sur les crimes récents ? Et les disparitions de filles qu'on retrouve dans l'Ill ?

— Évidemment, mais je ne suis pas dans tous ses secrets. Il faut laisser la police agir selon ses méthodes.

— Bien sûr, monsieur Krattz, je vous comprends. Je sais bien que ces filles n'étaient pas des institutrices… »

Il s'était adouci. Il cessa de me toiser et hocha la tête.

« Mais j'ai de bonnes raisons de penser que les institutrices ne sont pas à l'abri. La pègre s'agite beaucoup, paraît-il… Il rôde des gens douteux autour de l'école. Le savez-vous ? Vous connaissez bien Émilie Durckheim ; renseignez-vous.

— Je le ferai, soyez-en sûr, mais puisque vous avez « de bonnes raisons » de craindre, il faut en parler à Engelberger.

— Je n'ai que des soupçons, et je ne voudrais pas créer un scandale en jetant la suspicion sur des personnes respectables. Je vais enquêter de mon côté, et je vous informerai si je subodore quelque chose. Mais la police doit jouer franc-jeu ! Pourquoi craint-elle d'informer clairement les Citoyens de ce qui s'est passé ?

— Je vais vous dire quelque chose, monsieur Becker : l'enquête est très délicate, parce que deux affaires se mêlent, et la police ne tient qu'un petit fil fragile, au bout duquel il y a sans doute une affaire considérable. C'est pourquoi des éclaircissements sur vos soupçons seraient peut-être d'une grande importance.

— Je veux vous aider, croyez-le bien. »

Il me salua presque chaleureusement et me laissa. Il faut que j'informe Engelberger, et que j'interroge Émilie.

Sur le long chemin du cimetière Sainte-Hélène, il pleuvait à verse. La rue de la Mésange et la place Broglie étaient vides. Au-delà de la porte de Pierre, le long des jardins, nous n'étions plus qu'une poignée derrière le corbillard pauvrement fleuri. Émilie tenait un parapluie au-dessus de la tête de son père. La pluie et les larmes se mêlaient sur ses joues – sur les miennes aussi. Voisenot, pressé de s'en aller, comptait les assistants en faisant semblant de chanter le dernier psaume. Le pasteur Durckheim, avec sa fille immobile et figée à côté de lui, donna des poignées de main aux derniers assistants, et s'en alla ; je serrai les mains d'Émilie, sans un mot. Je restai seul un moment et je m'en retournai aussi.

L'après-midi, ce fut de nouveau mon tour d'accompagner la quatrième en promenade. Ils n'avaient aucune envie de patauger dans les flaques d'eau, en pèlerines et en rangs, mais ils préféraient quand même cela à l'étude froide et puante. Je les menai à la porte de Pierre, vers Schiltigheim. En passant devant le cimetière, j'y jetai un coup d'œil. Une tache bleue attira mon regard. Je laissai les gamins une minute sans surveillance et je courus à la tombe de Martha. Un modeste bouquet de fleurs bleues, noué d'un ruban rouge, reposait sur la dalle neuve. Quelqu'un était passé...

Ce ne pouvait être que Jean. Il est vivant et il se cache.

Vendredi 23 octobre.

J'avais rendez-vous avec Engelberger rue des Veaux à midi, et j'ai encore sauté un repas, puisque j'avais cours à une heure. Toujours le remplacement de Burcher. Les collègues m'envient ces cours prestigieux... Expliquer le *Pro Milone* en début d'après-midi dans des circonstances normales est déjà, d'ordinaire, une tâche assez difficile ; mais avec l'estomac qui gargouille et des vertiges de faim, je dus me surpasser.

Ernest voulut à toute force savoir où j'allais, et pourquoi je ne mangeais pas avec lui. Je gardai le secret.

« Mais enfin, tu peux bien me dire où tu vas ! Tu as rendez-vous avec ta fille de pasteur, c'est ça ? »

Déjà lundi soir, je lui avais demandé de me remplacer pour l'étude sans lui donner d'explications ; il s'énerve, et notre frêle amitié est mise à rude épreuve, mais je ne peux rien lui dire.

Engelberger était à l'heure. Il n'avait pas pu passer chez la logeuse à cause d'une « scène de crime » particulièrement sanglante, et dont il ne me dit rien de plus. La logeuse nous mena à la chambre de Martha, sise tout en haut, sous les toits. Une petite fenêtre, avec des capucines grimpantes, donnait sur la rue. La vieille dame avait adopté le canari et le chat de la disparue. Je me sentis accablé en voyant cette triste chambre vide et froide, bien plus que lors des obsèques. Engelberger me comprenait. Il eut un geste un peu brutal, mais qui révélait un vrai sentiment d'amitié. Il me prit par les coudes et me secoua.

« Allons, Floréal ! Je ressens la même chose que vous. Mais notre devoir est là. Pensez que nous œuvrons pour que justice soit faite. »

Dans la petite armoire, un châle, des robes, un vieux manteau d'hiver – rien dans les poches –, du linge sur une étagère, des cartons à chapeaux sur le dessus. Rien sous le matelas. Elle avait emporté ses économies dans la tour...

Sur la table devant la fenêtre, ses cahiers de préparations, quelques manuels de lecture, des romans français et anglais – elle lisait Dickens dans le texte – et des recueils de cantiques, un encrier, des plumes de fer, les lettres qu'Émilie lui avait fait porter au début du mois, toutes fermées, sauf la première. Elle ne tenait pas de journal.

C'est tout simplement dans le tiroir que nous avons découvert un brouillon de lettre.

« 30 septembre

Ma chère Milie,

Je viens de recevoir ton mot. Oh ! Je sais à quel point tu es inquiète de ne plus me voir, et le cœur me manque quand je pense à ce qu'il faut que je t'avoue. Chaque dimanche, en venant chez toi, je me jurais de tout te dire, mais, en ta présence, si pure, si raisonnable, si éloignée des tentations et des passions, je n'en avais jamais le courage.

Je ne viendrai pas chez toi dimanche, ni les dimanches suivants... Je vais quitter Strasbourg. Nous ne nous reverrons plus jamais sans doute. Je ferai mon possible pour te donner de mes nouvelles quand nous serons installés à Paris, ou à Londres ou peut-être en Amérique...

Oui, nous... Milie, j'aime ! J'ai rencontré un jeune homme, nous nous sommes parlé. Il me plaisait. Il s'est déclaré. Nous nous aimons. Il est étudiant en lettres.

Je vais partir avec lui. Nous allons fuir. Ses parents sont des notables qui n'accepteraient pas un mariage avec moi ; en tout cas, pas avant la fin de ses études. Jean (il s'appelle Jean) ne veut pas de la vie que lui préparent ses parents et les professeurs du Collège. Il ne veut pas d'un avenir de notaire ou d'avocat. Il rêve de participer à la construction d'un monde plus juste, de réformes du travail et du capital, d'un partage sans révolution. Un monde où l'homme et la femme, le travailleur et le propriétaire seront égaux et dignes.

Émilie !... Il est le grand amour de ma vie, à laquelle plus rien ne m'attache, sauf mon amitié pour toi. Tu es la seule à qui je dis cela. Garde le secret, pour l'amour du Christ... Ne serait-ce que quelques jours, jusqu'à ce que nous soyons en sûreté à Paris.

Des personnes nous aident ; il les voit seul, ne voulant pas me compromettre. Sûrement des gens peu fréquentables, mais nous sommes obligés de passer par eux. On nous fait des faux passeports, soigneusement gravés par un spécialiste. Jean a acheté des billets pour Paris ; je ne peux pas te dire comment il a trouvé l'argent, mais, avec mes économies, nous avons quelques mois de sécurité et de bonheur devant nous. On a promis du travail à Jean dans une imprimerie.

Nous partons lundi. En attendant nos passeports, on nous a procuré un logis.

Je ne peux pas t'en dire plus !

Encore un mot : garde-toi de certaines personnes autour de notre école. J'en sais plus que toi qui es si pure et si confiante. Il y a Jérôme Keller, l'étudiant en théologie qui a multiplié les petites visites dans ma salle de classe après les cours, et les invitations, et les petits cadeaux, et les frôlements indécents... Je l'ai fermement tenu à distance. Ses intentions sont légitimes, bien sûr : il veut se marier au plus vite, mais il a des manières... Il m'a fait des propositions scandaleuses. Il y a aussi un monsieur un peu sur l'âge, que je ne nommerai pas, et qui m'a invitée à donner des leçons particulières de français à sa bonne. J'y suis allée une fois. Elle s'est moquée de moi et m'en a raconté de belles. Bref, tiens-toi à l'écart, reste fille si tu veux, ou attends un prétendant aux mains et aux intentions pures. Le petit pion poète timide est gentil ; ne le décourage pas trop vite...

Je te laisse, chère Émilie. L'avenir qui s'ouvre devant moi me remplit à la fois de bonheur et de crainte. Romantique mélange, mais je ne reculerai pour rien au monde.

Je t'embrasse tendrement et je te jure de t'écrire dès que je pourrai. »

Engelberger me laissa recopier la lettre, tout en m'interdisant de la montrer à Émilie pour le moment. Mon portrait en « petit pion poète timide » est vexant, mais ne m'humilie pas. Mais que signifie exactement « ne le décourage *pas trop vite* » ?

Nous sortîmes de la chambre. Madame Schneider s'efforçait de tricoter, mais elle était triste et tendue. Elle avait l'intention de donner les affaires de Martha au Diaconat, et nous demanda si nous avions trouvé quelque chose dans la chambre.

Engelberger répondit : « Des confirmations, mais rien de neuf. Gardez les affaires de Martha encore quelque temps ; il se peut que nous ayons besoin d'y revenir. »

Elle nous servit une tisane et Engelberger entreprit de l'interroger.

« Avez-vous remarqué des visites de gens inconnus chez Martha ?

— Non, elle ne recevait pas de visites. Oh ! J'avais bien remarqué qu'elle « fréquentait ». Elle sortait le soir, pour se promener, disait-elle ; elle rentrait tard, un peu échevelée. Elle avait l'air si heureuse ! Je me suis permis de la mettre un peu en garde, mais elle ne m'écoutait pas.

— Avez-vous vu son ami ?

— Jamais.

— Il n'est jamais venu ici ? Vous êtes-vous absentée pendant quelques jours, ces derniers mois ?

— Je suis allée à un enterrement à la mi-septembre. Une cousine de Mulhouse. Vous pensez que…

— Monsieur Krattz, ici présent, est du Collège. Il a appris que l'élève qui était l'ami de Martha a découché plusieurs fois.

— Alors vous voulez dire qu'ils ont dormi ensemble, ici ? Quand je n'étais pas là ? Martha ! Une institutrice ! »

Madame Schneider était scandalisée par cette révélation. Engelberger haussa les épaules, mais je pensai qu'il fallait apaiser la vieille dame.

« Ils s'aimaient et voulaient se marier. Ils étaient unis par la profondeur de leur sentiment… »

Engelberger repartit à l'assaut.

« Recevait-elle des lettres ? Il lui envoyait des billets ?

— Elle recevait des billets, mais ils étaient écrits par une femme. Sans doute son amie de l'ouvroir.

— Se sentait-elle menacée par quelqu'un ?

— Non, pas du tout.

— Y a-t-il encore d'autres affaires à elle quelque part chez vous ? Elle recevait des lettres ? Elle tenait un journal ?

— Elle a emporté avec elle ce qu'elle avait de plus personnel. Et l'assassin lui a sans doute tout volé ! »

Et la pauvre Mme Schneider fondit en larmes. Engelberger attendit un moment, en marmonnant des paroles aussi apaisantes que maladroites.

« Une dernière chose, Mme Schneider. Vous êtes une des rares personnes à connaître la vérité sur la manière dont Martha a été assassinée. Il importe au plus haut point, pour notre enquête, que vous n'en parliez à personne tant que nous n'aurons pas mis la main sur le coupable. Dites-moi franchement si vous en avez parlé à quelqu'un. »

Elle secoua la tête, sans nous regarder. Je pense qu'elle mentait. Elle ment mal.

Engelberger a pris la lettre ; il la donnera à Émilie quand l'affaire sera terminée. Il m'a raccompagné au Collège.

« Nous avons la certitude, après ce que vous a dit Jean, qu'elle connaissait son assassin. C'est donc pour cela qu'il l'a tuée, sinon il se serait contenté de voler. Nous savons aussi que l'assassin est l'exécuteur des basses besognes du Chef. Mais il ne s'agit sans doute pas d'une « mission » donnée par ce chef. Il me paraît certain que l'assassinat n'est pas lié aux « grandes manœuvres » souterraines dont je vous ai déjà entretenu. Jean et Martha étaient parfaitement inoffensifs. Le tueur savait que Jean et Martha allaient habiter le grenier de la tour. Ce serait alors un crime crapuleux, exécuté pour son propre compte par le bourreau du chef occulte. »

Il n'y avait rien à répondre à ces déductions. Elles s'imposaient.

Je lui ai parlé du pseudonyme « Johann », de ma visite chez Massiot, et des soupçons du chirurgien Becker. Sur Massiot, il était déjà au courant : le détective lui a fait remettre une note confirmant que Jean s'est inscrit jeudi le 1er au bureau des diligences sous le nom de monsieur Johann, mais personne ne se souvient de lui, et personne n'a vu l'assassin revendre les billets.

« Becker pense que les institutrices sont menacées ; c'est bien vague, mais c'est confirmé par la lettre de Martha : le « monsieur un peu sur l'âge ». Il faut interroger les gens de son école et Émilie Durckheim. Vous vous chargez d'Émilie. Il ne sera sans doute pas trop difficile d'identifier le monsieur qui veut des leçons particulières. C'est vilain, mais à première vue, pas criminel. Il faut quand même savoir son nom. En tout cas, ce n'est pas quelqu'un de connu par ces dames. On n'a rien d'autre à se mettre sous la dent.

— Et la cave ? Cet hôtel ? Et la souricière ? Personne n'est venu avec la clé à l'hôtel ces derniers jours ?

— Non, et cela m'inquiète beaucoup. Les malfaiteurs et leurs chefs ont dû apprendre que leur lieu de recel est brûlé. Quelqu'un a trop parlé », ajouta-t-il en me regardant, les sourcils levés.

« Je vous jure que…

— Je ne vous soupçonne pas, Floréal. Mais il y a Théo, Émilie, Helmuth, la logeuse de Martha – avez-vous remarqué son trouble ? – le père Durckheim, les doutes de Becker, et… les policiers. Si vous ajoutez les intimes de ces gens, cela fait du monde.

— Vous soupçonnez quelqu'un ?

— Il n'y a pas de délit. Juste du bavardage intempestif.

— Mais ils ont peut-être tout simplement repéré le policier que vous avez placé en surveillance. S'il était aussi discret que les bonshommes de Voisenot…

— Non. J'avais pris des précautions. L'inspecteur que j'ai installé dans une chambre de l'hôtel jeudi dernier y passait ses journées, enfermé dans sa chambre, à regarder les allées et venues. Cela n'aurait évidemment pas pu durer très longtemps, et depuis le nouveau crime qu'on vient de découvrir, j'ai dû mettre tous mes gens sur l'enquête… qui ne donne rien.

— Je peux savoir ?

— Un batelier a découvert trois cadavres mercredi matin, dans son hangar de la Robertsau, tués d'une balle dans la nuque, les mains ligotées. Des gens connus de nos services, mais du menu fretin, des petits voleurs d'argenterie sans envergure.

— Encore un coup du Cogneur ?

— Sans doute. J'ai aussi pris des renseignements sur les « sociétaires », les fouriéristes. C'est malheureusement Voisenot qui est chargé de les surveiller. Il ne veut rien me dire, à moins que je lui raconte tout ce que je sais, que je lui livre mes indicateurs.

— Et il n'en est pas question ?

— Non. D'abord, il prendrait toute l'enquête en mains. Et avec ses méthodes brutales, il coffrerait tout le monde, à commencer par Léa, et on n'apprendrait plus rien. Ensuite… – Je peux compter sur votre discrétion ? – Il est ambitieux, et bien vu en haut lieu. S'il arrivait à jeter la suspicion sur moi et mes compétences, je serais dans le pétrin. Je suis déjà mal vu, car on devine mes opinions politiques.

— Si les policiers se font la guerre aussi, l'enquête risque de durer.

— À qui le dites-vous, mon pauvre ami ! »

XVIII

Le soir.

À six heures, j'ai couru à l'école d'Émilie. Elle corrigeait les cahiers d'écriture de ses élèves dans sa salle de classe, près de la fenêtre, joliment éclairée. Son chignon était un peu défait, et des boucles brunes tombaient sur sa nuque. De temps en temps, elle levait les coudes pour rajuster sa coiffure ; en vain. J'aurais pu rester là des heures, à la regarder… La directrice a voulu assister à notre entretien. Je n'ai pas raconté en détail la perquisition chez Martha. Je leur ai simplement dit qu'elle avait confirmé ce que nous savions déjà, et j'ai demandé si Martha avait éventuellement été victime de menaces, ou avait été importunée par quelqu'un. La directrice répondit à la place d'Émilie, qui nous regardait alternativement, sans dire un mot.

« Non, mais elle était très secrète sur sa vie personnelle. Et on nous a dit que c'était un crime de rôdeur. Vous pensez qu'elle a été tuée par un homme qui la connaissait ?

— Peut-être. On ne peut rien laisser au hasard.

— Il y a un monsieur qui a voulu avoir son adresse. Soi-disant pour qu'elle donne des leçons d'écriture à ses filles. Martha était prête à accepter.

— Ah bon ? dit Émilie. Je n'en ai rien su.

— Mais si ! C'était le mois dernier, peu après la rentrée. Ce monsieur qui nous avait recommandé le garçon de cuisine. Vous vous rappelez ?

— Celui que vous avez chassé ?

— Oui. C'était un monsieur bien mis, déjà un peu sur l'âge. Le genre qui s'intéresse aux jeunes institutrices, soi-disant pour la bonne cause. Il ne pouvait pas demander sa main à son père, la pauvre orpheline ! Ou il était déjà marié… En tout cas, j'ai dit à Martha de se méfier. Il s'est présenté comme un propriétaire de Brumath, qui faisait dans les œuvres charitables, et qui avait un jeune paysan, issu d'une famille nombreuse et méritante à placer. »

J'intervins, soudain illuminé.

« C'est le garçon de cuisine ?

— Ah ! Celui-là ! Il était sale, vulgaire et paresseux. Il donnait un fort mauvais exemple, je le trouvais même dangereux pour nos élèves, et grossier avec cela. Son protecteur m'avait laissé son adresse personnelle, à Brumath. Je lui ai écrit un mot pour me plaindre de son protégé, mais la lettre est revenue : il n'y a pas de propriétaire à Brumath de ce nom. Ce garçon n'était bon à rien, sauf à préparer les viandes pour la cantine. M'est avis qu'il était plutôt garçon boucher que paysan.

— Et alors ?

— Je l'ai congédié au bout d'une semaine.

— Avez-vous son nom ? Son adresse ? Son signalement ?

— Pourquoi ? Vous ne pensez tout de même pas que… Quand j'ai dit qu'il était dangereux, je parlais de sa conduite sur le plan moral, avec les jeunes personnes… Vous voyez ce que je veux dire.

— Mais nous devons suivre toutes les pistes. S'il n'a rien à se reprocher, il n'aura rien à craindre. »

Émilie poussa un cri.

« Un boucher ! »

Je lui fis signe de ne rien ajouter.

« Ma sœur, j'ai vraiment besoin de tous les renseignements que vous pouvez détenir sur ce bonhomme.

— Il s'appelle Ignaz ; il habite dans une pension près des casernes de la Finkmatt.

— Et son portrait ?

— Répugnant. Sale. Vicieux.

— Mais encore ? Il faut un signalement pour la police.

— Cinq pieds, trapu, cheveux noirs, une grosse tête, le menton lourd, de grosses mains, presque bossu.

— Et le monsieur de Brumath ?

— Nous ne l'avons pas beaucoup vu. La cinquantaine, plutôt lourd, avec une perruque, grisonnant. Il s'appelait Schuller. »

Je pris note de ces signalements pour les communiquer à Engelberger. Nous avions bien avancé.

J'espérais que la directrice s'en allât, pour rester seul un moment avec Émilie, et lui parler de dimanche dernier. Je pensais aussi qu'elle aimerait savoir ce que nous avions trouvé chez Martha. Je restai donc silencieux, hochant la tête en compulsant mon carnet. Mais Émilie se mit à lui parler des manuels scolaires, en me tournant le dos. Je n'avais qu'à m'en aller. Elle doit sûrement m'en vouloir encore.

J'ai apporté un billet pour Engelberger au commissariat, et me revoici avec Méphisto. Ce soir, c'est pommes de terre au fromage blanc, offertes par Rosalie, et *Joseph Balsamo*.

Samedi 24 octobre.

Mes cours n'étaient pas bien préparés. Je fus vaseux, répétitif et ennuyeux. J'ai dû punir. Tant pis.

J'ai rendez-vous avec Théo et les copains tout à l'heure. Je devrais ranger, jeter les vieux papiers, relire mes cours et mes romans ébauchés, mais ne peux rien faire d'autre que de repenser, encore et encore, à tous ces événements.

Cette enquête prend une mauvaise tournure. À cause du secret qu'il faut garder sur tout ce que nous faisons, nous avons, Engelberger et moi, provoqué des soupçons chez des gens estimables, Becker et l'avocat Froelich.

On a trouvé qui a tué Martha, et même son mobile, mais l'assassin se cache, comme la Loutre, et Jean a disparu. Qui pourrait nous donner prise sur eux, et à travers eux, sur le « Chef », le « Cogneur » ? La cave, caverne d'Ali-Baba, aboutit à une impasse : le « monsieur de Barr » qui n'existe pas. Le Boucher a été placé à l'école d'Émilie par un autre « monsieur de Brumath », qui n'existe pas non plus. Le monsieur de Brumath nous renvoie sans doute à Maurer et autres joyeux noceurs.

Je ne vois que deux bouts de fil qui dépassent de l'écheveau : Léa et les « noceurs ». Si nous pouvions les faire parler, ils nous donneraient des pistes à suivre. J'ai beau relire mon journal, je ne vois rien d'autre. À moins que je ne retourne chez Mme Schneider. On a bien eu l'impression qu'elle mentait, l'autre jour.

Minuit.

J'ai retrouvé les autres au *Stadtwappe*. J'étais plutôt d'humeur morose et peu causante. Théo, qui en sait beaucoup sur l'affaire, devine que l'enquête avance mal. Il rabroua Ernest qui plaisantait bêtement sur mes amours, « enfin couronnées par l'objet des vœux de notre Floréal, semble-t-il ». Je passe de moins en moins de temps avec lui au Collège, je lui ai demandé deux fois au moins de me remplacer, et il croit vraiment que c'est à cause d'Émilie. C'est une forme de jalousie. Il est solitaire, peu liant – personne ne s'intéresse à lui. Je ne peux pas le détromper, et sa curiosité se fait indiscrète. Quant à Léon, il était, pour une fois, soucieux. La conversation tourna autour de nos projets d'avenir ; c'est dire qu'elle fut sinistre...

Il y eut un petit incident. Un jeune homme est entré, vers dix heures. Il avait son chapeau enfoncé sur les yeux, un vaste foulard et un grand manteau. La salle était bruyante et pleine, des nuages de fumée et de vapeur la remplissaient d'une sorte de brouillard. Il est resté à la porte un moment. Il semblait chercher une place vide du regard. Je l'ai reconnu à sa chevelure blonde quand il a enlevé son chapeau. C'était le cousin d'Ulrich Reinhard, le carabin champenois. Je me suis levé pour aller vers lui, et l'inviter à notre table.

« Venez vous joindre à nous. Il reste une place dans le coin, si vous n'avez pas peur d'être assis à l'étroit. Ou bien vous cherchez des amis ? »

Il ne répondit pas, et me fixait de son regard clair et froid. Il ne me reconnaissait pas.

« Je suis un ami d'Ulrich. Nous nous sommes vus à l'Orangerie dimanche dernier.

— Ah oui ! Excusez-moi. Je ne vous remettais pas.

— Tonton va bien ?

— Qui ça ?

— Votre oncle, Ulrich Reinhard.

— Oui, bien sûr... Je n'ai pas l'habitude qu'on l'appelle Tonton.

— Et la médecine, ça avance ?

— Oui.

— Venez, je vais vous présenter à un ami qui prépare l'internat. Vous le connaissez sans doute, vous devez avoir le même âge. De fait, en le voyant de près, je constatai qu'il n'était plus un tout jeune homme.

— Non. Je cherche quelqu'un, je n'ai pas le temps. »

Il resta immobile, figé. Ses yeux parcouraient la salle. J'étais à côté de lui, sans savoir quoi dire de plus. Il attendait que je m'en aille. Il fit un léger mouvement du menton, se retourna, mit son chapeau et sortit.

Je retournai auprès de mes amis, perplexe. J'avais l'impression qu'il voulait seulement se montrer à quelqu'un. Théo ne le connaissait pas, mais il ne fréquente pas les carabins débutants, tous des « petits imbéciles prétentieux, qui ont un tiroir-caisse à la place du cœur, et qui s'évanouissent quand on leur demande de nettoyer un abcès. »

À ce sujet, il en avait une bien bonne à nous raconter, mais nous le priâmes de garder son anecdote pour lui.

Dimanche 25 octobre.

Je suis allé au Temple-Neuf, pour revoir Émilie. Elle y était, avec son frère. Mais ils filèrent dès la fin du dernier psaume, sans saluer quiconque. Ils baissaient la tête tous deux, le visage fermé. Que s'est-il donc passé ? Émilie m'en veut-elle encore ? Ce n'est pas possible. Elle se retourna en sortant – pour voir si j'étais là ? Sous sa voilette, je crus voir qu'elle avait les yeux rougis.

Rosalie est venue m'apporter une cuisse de lapin et des choux. Son mari s'en va pêcher cet après-midi à la Montagne-Verte avec ses copains et un tonnelet de bière. Elle devait tenir compagnie à une voisine qui a accouché. Est-ce que j'accepterais de promener ses enfants ?

Le couple me rend tant de services que je ne pus refuser, et j'étais d'une humeur si morose que n'importe quelle activité m'apparaissait bienvenue. Mais ses enfants, Bertha, Ludovic et la petite Clara, sont terribles. Il y en a toujours un qui a mal au ventre, un autre qui lance des cailloux aux chiens errants, pendant que j'essaie de rattraper le troisième qui grimpe sur les rambardes des ponts... Nous avons fait un grand tour, bien fatiguant, jusqu'à la Plaine des Bouchers, en passant par la porte d'Austerlitz. Mais il a fallu d'abord aller revoir les momies de Saint-Thomas. Affreuses choses, squelettes vernis en habits de fête ; une honte pour notre église. Et je ne suis pas assez romantique pour y trouver un sujet de poétiques méditations.

J'en ai profité pour faire un tour dans l'hôtel dont les écuries abritent le débouché de la cave des recéleurs. Rien à en dire. On y entre comme dans un moulin, on peut traîner partout sans éveiller l'attention de quiconque. Il n'y avait personne dans les écuries ; Engelberger a mis fin à la planque. Mais la porte du fond est verrouillée, scellée. Ludovic y a volé un fouet de palefrenier et terrorisait ses sœurs en le faisant claquer. « Je serais un hussard ! Garez-vous, petits poussins ! » Bertha lui mit une gifle. Je rétablis la situation en leur racontant une histoire : celle de l'avare qui adopte un enfant boiteux le soir de Noël. Elle eut beaucoup de succès ; il faudrait que j'en fasse quelque chose. Peut-être une histoire d'almanach. Comme c'est une histoire sérieuse, je la racontai en allemand. Les enfants ont un goût très sûr en matière de belles-lettres. Si c'est drôle, ils acceptent l'alsacien ; si c'est romanesque, il faut l'allemand ; si c'est tragique, épique et patriotique, le français s'impose. Évidemment, ils ne savent pas encore bien le français, mais Rosalie est raisonnable et prévoyante ; elle a mis les aînés dans des écoles sérieuses, où l'on apprend bien les deux langues.

XIX

Lundi 26 octobre.

Ratapoil est venu m'apporter un billet d'Engelberger en plein cours de Quatrième. Il me félicite pour ma découverte de vendredi dernier – l'identité du Boucher – et me convoque pour quatre heures au commissariat.

Il était dans son bureau. Il avait passé l'après-midi à rédiger des rapports, à réfléchir à l'enquête, en fumant la pipe. Je n'ai rien contre le tabac, sauf au restaurant ou quand il y a des dames, mais le commissaire avait vraiment abusé. L'air était devenu irrespirable. Il a accepté d'aérer, et nous nous sommes mis à la fenêtre en regardant tomber les feuilles des platanes devant Saint-Pierre-le-Jeune. Il fallait un bilan de la situation.

Il a interrogé tout le monde à l'école d'Émilie ; il n'a rien appris de plus que moi. Il a essayé de faire préciser le signalement du « monsieur bien mis » qui a fait embaucher le « Boucher », mais cela reste très vague.

Je lui ai expliqué mes conclusions de samedi. Il les partage.

« Oui, mon cher Floréal, nous pensons tous deux que le « monsieur bien mis de Brumath » pourrait faire partie de la bande de bourgeois noceurs qui grenouille autour de Maurer et du notaire.

— Pourquoi ne pas en arrêter un ?

— Sous quel prétexte ? Il faudrait une plainte. Et ce sont des gens puissants, qui se protègent bien. Si j'arrête Maurer, d'abord il ne dira rien, ensuite son avocat fera un scandale, et le « monsieur » en question aura bien le temps de se cacher.

— Pas si c'est un notaire ou un banquier ou un avocat.

— Je vois à qui vous pensez. Admettons. On le trouve, on le coffre. Il avouera qu'il a connu le Boucher quelque part, dans un mauvais lieu, et qu'il voulait lui rendre service. Il ignore sûrement que le Boucher est le tueur du Chef, il ignore même sans doute qui est le Chef, et même qu'il y a un Chef…

Le Chef est au centre d'une toile d'araignée complexe ; seuls deux ou trois malfrats doivent le connaître. Ensuite, un cercle plus large : ses hommes de main et ses encaisseurs, comme la Loutre et le Boucher, qui ne sont que des sous-fifres. Et un autre cercle : la pègre, les bordels, les bistrots, les bals publics, les paris, les jeux, les contrebandiers, sans doute aussi les mendiants… Ceux que le Chef soumet à son organisation, qu'il fait chanter ou qu'il rançonne, ou « protège », moyennant un pourcentage, comme un proxénète. Un proxénétisme étendu à l'ensemble de la société souterraine. C'est le crime moderne, le crime de l'âge scientifique et industriel.

Personne ne parle ; personne ne peut parler, car, à chaque niveau, un seul personnage connaît le niveau supérieur. Et il est probable qu'il ne connaît pas vraiment l'individu. Il doit y avoir un système de boîtes aux lettres clandestines, et une surveillance de ces boîtes aux lettres. Les intermédiaires sont tenus par la terreur et le chantage. »

Je lui dis que cette organisation rappelait celle des sociétés politiques secrètes. Le Chef a pris modèle sur les Carbonari.

Il acquiesça : « Mais le but n'est pas une libération des classes opprimées, la finalité est crapuleuse ».

Il développa son idée assez longuement, et fut impressionnant.

« Abandonnez l'idée du coup de pied dans la fourmilière. Ce n'est pas imaginable en l'occurrence. On n'est pas dans les *Mémoires* de Vidocq. Vidocq aurait envoyé ses agents saouler tous les voyous d'Alsace et de Bade, puis il aurait arrêté tout le monde, et parsemé la prison de moutons. Mais on n'en est plus là. Comme vous l'a dit Becker, on n'est plus au temps de l'Empire ou des Bourbons. La police ne peut plus faire n'importe quoi. On est au temps de Guizot et de Louis-Philippe Premier, roi des Français. »

Je lui parlai aussi du dernier crime découvert, les trois voleurs assassinés à la Robertsau : « S'ils ont été tués d'une balle de pistolet, cela pourrait indiquer que l'exécuteur au service du Cogneur n'est plus le Boucher au tranchoir.

– C'est ce que je pense aussi.

– Et j'ai encore eu une autre idée... Le Cogneur... Cela ressemble à un surnom de bagnard. Ce type doit avoir de lourds antécédents. En étudiant l'histoire du crime strasbourgeois, les biographies des condamnés, on pourrait trouver quelque chose ? Un indice ? Un signalement ?

– Mais mon pauvre ami, vous voulez m'apprendre mon métier ou quoi ? C'est la première chose que j'ai faite, en avril, quand tout a commencé. Aucun résultat ! Le type ne doit pas être du milieu. Il vient d'ailleurs. »

Il alla prendre sa pipe sur le bureau, la bourra, l'alluma, et en tira quelques bouffées pour se calmer. Sans résultat. Il grommelait en hochant la tête.

« Cela dit, on pourrait effectivement repartir dans cette direction… Ou mettre le paquet sur son nouveau tueur. Vous l'avez vu devant les fossés de l'Esplanade…

Mais il y a deux autres conclusions plus graves à tirer de tout cela. D'abord, il ne se passe plus rien ailleurs. Ce n'est pas bon signe. »

Je ne comprenais pas.

« Cela signifie que le Chef a effectivement réussi à mettre de l'ordre dans notre pègre. Les bordels fonctionnent sans anicroche, les indicateurs sont muets, la contrebande de tabac est florissante, mais les filières sont insaisissables, les petits voleurs semblent rangés. Le Chef est en train de réussir. Les trois pauvres types ont dû vouloir jouer pour leur propre compte, et ont été punis. J'imagine que le Boucher, lui aussi, a exécuté Martha pour son propre compte. Le Chef l'a sans doute mis sur la touche, ou le fera tuer. Il se peut même qu'il nous le livre pour s'en débarrasser…

L'autre conclusion est que je me suis fait sévèrement rappeler à l'ordre par le Commissaire Principal. Il me reproche de me concentrer sur le « meurtre du puits » et de négliger les autres activités criminelles. Je lui ai expliqué que tout cela était sans doute lié, et qu'il fallait faire feu de tout bois. Mais je suis désormais mal noté. »

Un de ses inspecteurs a trouvé le logis du « Boucher » : une pension mal famée pas loin de la caserne Finkmatt. Il a disparu depuis le début du mois. Dans sa chambre, des bouteilles vides et quelques hardes, pas d'argent, pas de papiers. Engelberger rêvait de trouver l'arme du crime, mais c'eût été trop beau, si j'ose dire. Le gars s'appelle Ignaz Schaaf, né à

Bischwiller. Il a des antécédents fâcheux. Apprenti boucher, il a travaillé aux abattoirs, mais a été chassé à cause de son vilain caractère. Il s'est battu avec des collègues et a fait un peu de prison, en 44. Ensuite, il est devenu « videur » dans une maison close du quai des Pêcheurs, où il avait ses habitudes.

« Je ne crois pas qu'il s'y cache, mais on va y aller. On devrait faire surveiller de près les quartiers chauds, parce qu'il dépense sûrement l'argent volé quelque part ; mais comme vous le savez, je n'ai pas assez de monde pour cela. On va rechercher parmi nos indicateurs des gens qui l'ont connu et on va faire travailler le mouton.

— Toujours rien de ce côté-là ?

— Non. Les repris de justice craignent plus le Chef que la police et les juges. »

Mardi 27 octobre.

Temps sombre et couvert, sur le monde et dans mon âme.

J'ai échappé de peu à un nouveau scandale au Collège. C'est Ernest qui est venu me prévenir, alors que je surveillais la récréation :

« Encore une dame pour toi chez le concierge ! Ma parole, mon ami, tu es un vrai Lovelace ! Vas-y vite, elle t'attend… »

Cette fois, c'était Léa. Elle était devant la loge, sur le pas de la porte qu'elle tenait ouverte, ne voulant pas entrer. Elle m'a fait signe de la suivre, et est partie sur la place du Château, vers le Palais des Rohan. Elle s'est arrêtée sous le porche monumental. Je l'ai rejointe. Elle portait un manteau noir, avec une vaste capeline et une voilette. Sans un mot, elle l'a relevée pour me montrer son visage. *Quantum mutata ab illa* [1] ! Elle avait un œil poché, à demi-fermé, une joue enflée, et la lèvre fendue. Elle pleurait.

« C'est à cause de vous ! Regardez dans quel état il m'a mise ! »

Je compris tout de suite qu'il s'agissait de la Loutre, dont j'avais déjà deviné, ou déduit, qu'il était son amant, et qu'elle avait servi d'intermédiaire entre Jean Humbert et lui ; mais je jouai les ignorants, avec une cruauté qui me fit un peu honte.

« Maurer vous a battue !

— Mais non, pas Maurer ! Maurer, il va me virer, oui ! Vous ne comprenez pas ?

— Ah ! Vous avez un ami qui…

— Il est jaloux de vous.

— Mais vous savez bien qu'il n'y a rien entre nous. Nous sommes amis au sens… amical du terme. Il ne peut pas être jaloux. Il ne m'a jamais vu.

— Si. Il m'a vue avec vous, l'autre soir, il y a trois semaines, place Broglie devant le théâtre, quand je vous ai parlé. Il pense que je suis une « rapporteuse » et que vous êtes de la police.

— Voulez-vous que je le rencontre ? Je peux lui expliquer que vous n'êtes qu'une amie pour moi, et qu'il s'agit du jeune Humbert qui a disparu.

— Non, il se cache.

— Où ça ? Pourquoi ? Qu'a-t-il fait ?

— Je n'en sais rien. Je vous le jure. Je ne veux plus le voir. Il m'a donné rendez-vous au marché Gayot hier soir. J'avais peur, parce que c'est là que cette jeune fille s'est fait tuer. Il m'a dit que ses affaires allaient très mal. Que ses « supérieurs »

---

1 « Comme elle était changée ! » : Virgile, *Enéide*, II, 274.

ne lui faisaient plus confiance. Qu'ils ne font plus confiance à personne. Il m'a accusée d'avoir parlé à la police. Et il m'a frappée. Même que le patron d'un bistrot est sorti pour voir. Il m'a dit qu'il me ferait bien pire si je ne me taisais pas, ou qu'il enverrait un copain à lui me régler mon compte. J'ai laissé un mot à Maurer pour dire que je dois veiller une amie malade. »

Elle se tut, secouée de sanglots. Comment faire pour qu'elle en dise plus ? Je détournai la conversation.

« Et Maurer ? Il va vous chasser ?

— Je ne sais pas. Il m'a offert de l'argent, en me disant : « Je vous donne cela, et vous vous taisez. Je peux encore être très généreux, si vous êtes très discrète. » Je lui ai dit que je n'en voulais pas de son argent, et que je savais que Jean en avait volé, et qu'il n'avait rien dit. Alors il m'a menacée de me mettre à la porte. Je lui ai dit : « Vous n'avez pas intérêt. »

Il fait… la noce. Avec des filles, vous savez bien. C'est pas lui qui organise, c'est un autre, mais une patronne de maison close lui fournit les filles. Il y en a qui ne voulaient pas y retourner, ou qui ont voulu le faire chanter. C'est elles qu'on retrouvait noyées ces derniers temps. Alors, si la police se met à interroger tout le monde, il est fichu. Ce serait bien fait pour sa gueule…

— Mais ce n'est pas lui qui les noyait !

— Non. C'est l'autre, qui connaissait des gens, ou la maquerelle. Ils ont l'air d'être du beau monde, mais par-derrière, c'est tout truands et compagnie…

— Et la fille qu'on a retrouvée dans un puits ?

— Celle qui a été poignardée au marché Gayot ? Je ne crois pas. Non. C'était une institutrice. Rien à voir.

— Et votre ami là-dedans ?

— C'est pas la même histoire. Il a aidé Jean, pour rendre service. Enfin, il s'est fait payer, bien sûr. C'est pas un ange.

— Il faudra bien que vous en parliez à quelqu'un, de votre ami, tôt ou tard. »

Elle se tut, et recommença à parler de Maurer. Le détective était revenu le voir, en plein magasin. Il lui a demandé de l'argent, devant tout le monde.

« J'ai tout entendu. Beaucoup d'argent, sinon, il allait raconter des tas de choses. Et tout ça, c'est de votre faute ! Vous lui aviez dit que Jean avait pris de l'argent dans la caisse.

— Non. Le détective l'avait deviné. Il a enquêté, et il sait pas mal de choses sur les mœurs de votre patron. Et moi, je sais même qu'on l'appelle « monsieur Arthur », et qu'il est devenu vertueux.

— En tout cas, il est à bout, puisqu'on ne retrouve pas le Jean Humbert. Il s'affole. Il tremble dès que quelqu'un passe la porte de sa boutique. Il transpire tout le temps.

— Faites attention ; un homme comme lui, dans cet état, peut devenir très méchant aussi.

— Je le sais bien ! cria-t-elle. Je n'aurais pas dû le menacer ! J'ai fait une bêtise. J'aurais dû prendre les sous qu'il m'offrait et m'en aller. Je ne veux plus revenir chez moi. Si ce n'est pas mon ami qui me tue, ce sera Maurer. Il faut m'aider. C'est de votre faute, tout cela... »

C'était un peu vrai.

« Je ne vois pas ce que je peux faire pour vous, là, maintenant. Il faut dénoncer votre ami à la police. Allez chez le commissaire ; racontez-lui tout, et surtout, dites qui est votre ami, ce qu'il a fait, et où il se cache.

— Mais il me tuera ! Il viendra chez Maurer !

— Pas si vous vous cachez. Vous avez des amis, des parents, qui peuvent vous loger ?

— Oui, mais ils sont loin. Mes parents sont à Avolsheim ; c'est tout petit chez eux, et ils sont très pauvres. Et mes frères et sœurs sont à Mulhouse, dans les manufactures ; et ils sont encore plus pauvres. »

J'avais ma récréation à surveiller. Il fallait prendre une décision, vite.

« Allez m'attendre à la *Zehnerglock*. Vous savez où c'est ? Je viendrai vous y prendre à midi. Je vais trouver une solution. »

Je suis retourné au Collège, bien songeur. Dans l'entrée, il y avait le concierge et Ernest. Il se jeta sur moi.

« Ce n'était pas la fille du pasteur, hein ? J'ai vu qu'elle avait un œil poché. C'est qui ? Tu sais, Ratapoil te surveille de près. Il n'apprécie pas que tu n'assistes jamais aux conférences pour les répétiteurs et que tu écrives de la poésie. S'il fait un rapport au Proviseur ou à l'Inspection d'Académie sur toi et tes fréquentations, tu es cuit.

— Pas du tout. C'est Ratapoil qui m'a demandé d'enquêter sur la disparition de Jean Humbert ; et je rencontre des gens...

— Ah ! C'est pour cette histoire ? Mais pourquoi ne fais-tu pas un rapport clair au Proviseur ? Il croit sûrement que tu as des choses à cacher.

— La police s'en mêle. Je ne peux rien dire au proviseur tant que l'enquête continue.

— La police ? Pour une fugue ? Mais le gars doit être en Angleterre depuis longtemps ! On a retrouvé sa trace, oui ou non ? Raconte-moi tout, et tu pourras compter sur ma discrétion. »

Je ne l'avais jamais vu dans un tel état de passion. La curiosité le dévorait et le rendait méprisable. Et en fait, il me menaçait. Encore un maître-chanteur, et cette fois, c'était moi la victime. Il était capable d'inventer des histoires douteuses sur ma moralité et mes fréquentations. Le Proviseur et le censeur ne s'occupent pas trop de la vie privée des répétiteurs, mais ils craignent tout ce qui pourrait créer un scandale. Je n'avais pas intérêt à me mettre Ernest à dos ; je choisis de temporiser.

« Je te raconterai tout, mais seulement dans quelques jours, après la Toussaint. Je crois qu'on est près d'aboutir à quelque chose.

— C'est-à-dire ? Il va être ramené chez Maurer entre deux gendarmes ? C'est ça, le grand secret ?

— C'est plus compliqué que cela. »

La cloche annonça la fin de la récréation. Je mis ma classe de quatrième en rang, et en avant pour deux heures de Salluste...

J'avais besoin de réfléchir. J'expédiai ma traduction en vitesse, et je leur ordonnai de transposer le discours de Catilina aux conjurés au discours indirect. Ils détestent ce genre d'exercice, mais cela me laissait une demi-heure de méditation. J'arpentais la salle, les mains dans le dos, et je me livrai à un examen approfondi de la situation, ponctué de « Chut ! Silence, messieurs ».

Ernest connaît l'affaire Humbert, mais il n'a pas affaire à la classe de rhétorique. J'avais exigé la plus grande discrétion aux collègues de Jean quand j'ai examiné le contenu de son pupitre. Et je ne leur ai plus parlé de la disparition depuis. Personne au Collège ne sait que Jean était avec Martha dans le grenier de la tour. Quant à l'assassinat de Martha, pour tout Strasbourg, c'est un crime de rôdeur, à la brune, au marché Gayot. Il n'y a que Froelich et le chirurgien Becker qui soupçonnent autre chose. Je n'aurai pas de mal à inventer un beau roman qui calmera Ernest d'ici lundi prochain.

Mais que faire de Léa ? Elle n'acceptera pas de parler à Engelberger si elle ne se sent pas en sûreté. Si je lui dis de prendre une chambre chez un logeur, elle pensera à juste titre que je veux me débarrasser d'elle. L'amener chez moi ? Je rêvai un instant sur le projet... Mais il n'y a qu'une seule solution : je vais lui proposer de prendre la chambre de Martha, et de ne pas la quitter avant que les choses s'éclairent, car elle court un vrai danger. Je préviendrai Engelberger, et Léa nous dira tout ce qu'elle sait, sur la Loutre, sur la manière dont il a « aidé » Jean et Martha, sur les fêtes de Maurer et ses relations.

Mais surtout, la Loutre me prend pour un policier, ce qui n'est pas tout à fait faux. La Loutre me connaît – et pourra me reconnaître. Et donc je suis menacé aussi. J'aurais dû m'en rendre compte plus tôt. Lundi dernier, on m'a bel et bien suivi au *Canard Pêcheur.* On me suit peut-être encore. Ouvrons l'œil.

« Allons, messieurs, il va être temps de rendre vos copies. Les haricots du réfectoire vous attendent. » Cela ne les fit pas rire.

XX

Léa m'attendait à la *Zehnerglock,* comme prévu. Elle avait commandé deux portions de tarte aux quetsches, un pichet de vin blanc, et retrouvé un peu de sérénité. Je lui fis ma proposition, sans lui dire que son logis serait celui de la pauvre Martha. Elle accepta. Comme elle avait dit ce matin à Maurer qu'elle était malade, il lui avait donné sa journée. Elle devait aller prendre ses affaires chez elle, et nous nous donnâmes rendez-vous devant la maison de la rue des Veaux, chez madame Schneider.

Je suis allé préparer le terrain. La dame fut un peu surprise : évidemment, elle imagina tout de suite que je voulais loger une maîtresse. J'eus du mal à inventer une histoire vraisemblable et correcte sur le plan moral. Léa devint donc une cousine, victime d'un « lâche séducteur » qui l'employait, et devait trouver sans tarder un autre logis, en attendant de retrouver un travail de gouvernante des enfants d'un célèbre médecin. Je ne sais pas si madame Schneider me crut, mais je payai un mois de loyer d'avance, ce qui la convainquit, et entama gravement mes économies.

« Elle va venir dans quelques instants. Je tiens à vous préciser que mademoiselle Léa ignore tout de son ancienne occupante. Je ne lui en ai rien dit. Il est très important que tout le monde ignore ce que nous savons, et ce que nous avons vu à la morgue. Le commissaire Engelberger insiste beaucoup sur ce point… Vous êtes vraiment sûre de n'avoir parlé à personne ? »

Elle se troubla. Je m'en doutais. J'insistai. Elle avoua qu'elle avait raconté l'affaire à « des gens », en allant faire son marché dans le quartier. Elle ne se rendait pas compte, elle regrettait beaucoup.

Je la laissai à ses remords et retournai dans la chambre de Martha, qui serait dorénavant le refuge de Léa. Je fouillai encore une fois dans ses affaires, au hasard, sans rien trouver de neuf. J'entendis quelqu'un frapper à la porte de madame Schneider, et j'allai dans le grenier, pour continuer mon inspection.

Soudain, un cri, vite étouffé.

Je redescendis en vitesse. La porte du logement était ouverte.

Madame Schneider était dans sa cuisine, allongée devant l'évier. Égorgée d'une oreille à l'autre, à la hache, avec acharnement ; le sang giclait à gros bouillons sur son tablier, inondant le plancher.

Un crime de boucher.

Je suis resté immobile un bon moment, incapable de réagir ou de décider, partagé entre une envie de vomir et de fuir à toutes jambes, et terrifié à la fois par l'idée que l'assassin était peut-être encore là. Je finis par jeter une nappe sur le visage de madame Schneider, et je parcourus les pièces de l'appartement. Il était vide. Je descendis dans la rue, attendant Léa. Je repris mes esprits.

Le Boucher a appris que madame Schneider avait trop parlé. Il a voulu supprimer un quasi-témoin. Le Boucher est informé du déroulement de l'enquête. Le Boucher m'a peut-être suivi. Il se sait traqué, et il tue.

Léa apparut enfin au coin de la rue. Elle portait un sac de tapisserie avec ses affaires, prête à s'installer. Je courus vers elle.

« Léa... Impossible de loger ici. Madame Schneider ne peut pas. Je vais... Je vais vous conduire chez moi.

— Chez vous ? Oh ! Monsieur Floréal ! Quelle idée !

— Il n'y a pas d'autre solution. Venez avec moi. Je suis plutôt pressé, en fait. »

Je la conduisis chez moi, empruntant les rues les plus passantes, en me retournant sans cesse pour vérifier que nous n'étions pas suivis. La Loutre et peut-être le Boucher... Je me sentais vraiment menacé.

J'appréhendais les commentaires de Rosalie ; mais elle n'était pas là. Léa posa son sac, enleva son manteau, et s'assit dans mon fauteuil. Il y eut évidemment un moment de gêne quand elle vit mon petit lit étroit.

« Ne soyez pas inquiète. Vous serez en sécurité tant que vous resterez dans ma chambre. Je dois cependant avertir la concierge. Je lui raconterai une histoire plausible. Ce logis sera très passager. Je pense que vos ennuis ne dureront plus très longtemps.

— Mais si, je suis inquiète !

— Je dormirai dans le fauteuil.

— Ah ! C'est à ça que vous pensez ? Mais on y est très bien dans votre fauteuil ! »

Elle éclata de rire, ce qui raviva ses blessures, et elle redevint grave.

« Vous croyez que ça ne durera pas ? Qu'est-ce que vous en savez ?

— La police empêchera Maurer de vous nuire, et arrêtera votre ami. C'est une affaire de quelques jours. Mais vous allez me dire tout ce que vous savez. Ensuite, nous déciderons de ce que nous dirons à la police.

Elle acquiesça.

« Je crois que je n'ai pas le choix. »

Il me tardait de courir chez Engelberger. J'avais du mal à chasser de mon esprit la vision du cadavre ensanglanté de madame Schneider, et l'image du Boucher, bête traquée folle de rage, errant dans le quartier du Collège. Je simulai la sérénité.

« Vous avez aidé Jean Humbert dans son projet de fugue, en le mettant en relation avec votre ami. C'est lui qui lui a trouvé une cachette en attendant le départ de la diligence de Paris et son faux passeport.

— Oui, mais c'est tout ce que j'ai fait. Jean m'a donné dix Louis pour payer tout ça. J'ai donné l'argent à mon ami, et c'est tout. Il a refusé de me dire où se trouve la cachette, et qui fait le passeport. Il m'a dit : « Tu ne t'occupes plus de rien. Moins tu en sais, mieux cela vaudra pour tout le monde. »

— Mais vous saviez que votre ami a des relations avec le monde du crime.

— Oh ! « du crime » ! C'est pas un ange, je vous l'ai dit, mais pas un criminel.

— Admettons, mais de quoi vit-il, votre ami ?

— De choses et d'autres. Il bricole. Un peu de contrebande. Je lui donnais de l'argent quand Maurer me donnait un "supplément".

— Un supplément pour quoi faire ?

— Je ne suis pas un ange non plus, mais mon ami n'est pas un maquereau. Ma parole, vous ne pensez vraiment qu'à ça ! Vous voulez quoi ? Que je vous raconte ce que…

— Non. J'ai compris. Mais je veux en savoir plus sur le gagne-pain de la Loutre. »

Elle se figea et pâlit.

« Vous savez ça ? Son surnom ? Qui vous l'a dit ?

— La police est sur ses traces. Pour le commissaire, la Loutre est un encaisseur. C'est lui qui passe chez les patrons des bals publics et des bistrots mal famés pour les obliger à payer… »

J'avais inventé cela au hasard, mais j'étais tombé juste. Maintenant, elle pleurait.

« Il encaisse pour qui ?

— Il donne l'argent à un intermédiaire. C'est tout ce que je sais. Il m'a dit un jour qu'il « signerait son arrêt de mort » – c'est vraiment ce qu'il a dit – s'il essayait de connaître le grand chef de tout cela.

— Et l'intermédiaire ?

— Je ne sais pas qui c'est. Au début, j'essayais d'en apprendre plus. Je me disais que je ne pourrais pas me marier avec un type qui cache tant de choses… parce qu'il m'avait promis le mariage. Il m'a bien eue, le s… Il se fâchait tout rouge chaque fois que je lui posais des questions ; il m'a même battue une ou deux fois. À la fin, je lui ai fiché la paix, mais je commençais à me fatiguer de lui, et je me demandais comment j'allais m'en tirer.

— Et quand je suis venu inspecter la chambre de Jean ? C'est lui qui vous a dit de me faire parler ?

— On a eu l'idée tous les deux. Et pourtant, il est très jaloux ; mais nous étions vraiment inquiets. Si Jean est retrouvé, il parle et il me dénonce. Mon gars voulait savoir si Massiot avait trouvé quelque chose, évidemment. »

Elle parlait désormais sans réticence. La conversation dura encore un petit moment, mais je n'appris rien de plus.

« Bon. On reprendra cela ce soir. Vous allez aussi me parler des fêtes de Maurer.

— Quoi encore ?

— Des noms, des signalements, des lieux… Au revoir, Léa. J'ai une course très urgente. Ne quittez pas cette chambre. Si jamais la concierge passe, inventez quelque chose… »

Je fis un détour par la rue des Veaux pour aller au commissariat. Je pris mon air le plus dégagé – à grand-peine – et je passai devant le logement de madame Schneider. Rien. Personne. La rue était presque vide. J'avais dû fermer la porte de l'appartement derrière moi en sortant ; je ne me souvenais plus.

Engelberger n'était pas au commissariat. Je lui laissai un mot, sans rien dire au planton de service : on m'aurait sûrement obligé à tout raconter, à dire pourquoi j'étais passé chez madame Schneider, et ensuite à y retourner avec la police.

L'après-midi touchait à sa fin. Demain, j'ai cours toute la matinée, et rien n'est corrigé, rien n'est prêt. Je suis rentré chez moi.

Rosalie était sur le pas de la porte.

« Madame Rosalie, il faut que je vous prévienne. Voilà… Une lointaine cousine d'Avolsheim, employée chez un médecin, est arrivée chez moi soudainement, et m'a demandé de bien vouloir la loger quelques jours.

— Quoi ? Qui ça ? Léa ? D'abord, elle est vendeuse chez Maurer ! Elle est d'Avolsheim, d'accord, mais elle n'est pas votre cousine ! Qu'est-ce que vous me racontez là ? Vous me prenez pour une idiote ? C'est une fille très bien, dans son genre... Pas vraiment le vôtre, mais enfin, c'est vos affaires. Moi, ce que j'en dis... Entrez donc. »

Léa était dans la cuisine de Rosalie, en train de donner sa purée à Clara, faisant répéter une *Fable* de La Fontaine à Ludovic, pendant que Bertha essayait de brosser Méphisto.

« Ne vous faires pas de souci, mademoiselle Léa m'a tout raconté.

— Elle vous a raconté quoi ?

— Que son patron s'était permis des gestes déplacés sur elle, qu'il l'a battue et chassée. »

Léa me fit un clin d'œil, troublant, et offrit « une cuillérée pour *papapa* » à Clara.

Rosalie était ravie, et encore plus autoritaire que d'habitude.

« Léa dormira sur la canapé de la *Stub,* chez moi. J'ai les idées larges, mais faut pas exagérer. Vous lui avez trouvé un nouveau travail ?

— Euh... pas encore tout à fait, mais il faudrait que je lui cause.

— Bien sûr ! *Hop-là,* Léa, allez « causer » avec monsieur Floréal, mais je vous attends à six heures pour la soupe. »

J'étais étonné par la tournure que prenaient les choses, un peu déçu, mais pas vraiment mécontent, au fond. J'emmenai Léa dans ma chambre.

« Rosalie connaît plein de gens que je connais aussi. Elle est de Marmoutier. Vous le saviez ? C'est à côté de chez moi.

— Oui, d'accord. Mais comment avez-vous fait connaissance ? Je vous avais dit de ne pas quitter ma chambre.

— Elle est entrée tout à coup. Elle ne frappe pas aux portes.

— Je sais.

— Elle voulait vous rapporter votre linge. Et franchement, à partir du moment où Maurer et la Loutre ne savent pas où je suis, je ne vois pas pourquoi je devrais rester enfermée dans votre cage à lapin. »

Elle avait déjà repris confiance ; heureuse nature.

« Tout à l'heure, vous aviez peur que Maurer et la Loutre vous tuent ! D'ailleurs, est-ce qu'ils se connaissent ? Est-ce que Maurer a eu besoin des services de la Loutre ?

— Une bonne fois pour toutes, je vous dis que la Loutre, c'est pas un maquereau. Et je vous ai déjà dit que le « fournisseur » de Maurer, c'est un autre.

— Qui ?

— Sais pas.

— Un monsieur mûr, plutôt bien mis, genre… notaire ?

— Vous voulez parler de Metzger ? Dites-le franchement. Non. C'est pas Metzger.

— Si vous savez que ce n'est pas Metzger, c'est que vous savez qui c'est.

— Non. Je l'ai vu une ou deux fois, mais je ne le connais pas. »

Elle croisa les bras, butée et muette. Il fallait changer de terrain.

« Nous sommes vraiment en danger, vous et moi. C'est plus grave que ce que vous pensez. Vous apprendrez bientôt ce qui s'est passé. Avez-vous jamais entendu parler d'un apprenti boucher nommé Ignaz Schaaf ?

— D'où est-il ?

— De Bischwiller.

— Ah ! Un protestant. Non. Jamais entendu parler. Je vous ai dit que la Loutre ne me parlait jamais des détails de ses affaires.

— C'est un criminel, il tue pour le patron de la Loutre. La police le recherche. Il a encore tué. Et il se peut qu'il soit à ma recherche.

— Mais qu'est-ce que cela a à voir avec le Jean Humbert ? C'est lui qui a tué la fille au marché Gayot ? »

Allais-je lui dire qu'il a aussi tué madame Schneider ? Je pesai le pour et le contre. Elle avait droit à la vérité, mais j'enfreindrais les règles fixées par Engelberger, et je risquais de l'affoler.

« C'est très compliqué. Le commissaire va venir, peut-être très vite. Il est au courant de tout, sur la Loutre, sur Jean Humbert. Il a besoin de renseignements pour éliminer la bande du patron de la Loutre. Vous lui répéterez ce que vous m'avez dit. Il faudra tout lui dire. Mais surtout, il voudra savoir où habite votre ami, sinon, il sera obligé de vous arrêter tous les deux pour complicité de… meurtre. Parce qu'il y a un autre meurtre.

— Mais je ne veux pas dénoncer mon ami, même si ce n'est plus mon ami.

— La Loutre n'est pas un tueur, vous me l'avez assez répété. S'il accepte de parler, et de dire, lui aussi, tout ce qu'il sait, la justice sera indulgente pour lui, la police pourra arrêter son chef, les scandales de Maurer et du notaire seront dévoilés, et Strasbourg sera nettoyée.

— Ah ! Vous croyez ça ? On voit bien que vous écrivez des romans !

— Où habite la Loutre ?

— Rue du Fil, à côté de la prison. Il disait souvent que c'est là qu'il est le plus à l'abri. C'est un marrant, la Loutre, un sale type, mais un marrant. Et d'ailleurs, il n'y habite certainement plus. Il se cache.

— Où ?

— Sais pas. »

C'est à ce moment que Rosalie cria « à la soupe ! » dans l'escalier.

Je ne voulais pas souper avec eux. J'ai récupéré Méphisto, souhaité le bonsoir à toute la petite famille, et me revoici dans ma chambre avec un œuf à la coque, une pomme blette, mes copies à corriger et mon journal.

J'aurais bien aimé aller marcher le long de l'Ill pour réfléchir aux événements, mais il y a du brouillard, et j'avoue que j'ai peur du Boucher. Cela s'aggrave sans vraiment se clarifier. On est au quatrième acte de la tragédie. Engelberger, à l'heure qu'il est, a sûrement reçu mon billet. Il doit être en train de constater la mort violente de madame Schneider. La suite, demain matin.

Quinze pages pour raconter ce mardi ! Moi qui manque d'inspiration pour mes romans... Je peux dire comme Napoléon : « Quel roman que ma vie ! »

Sauf quand je pense à Émilie. Et je pense à elle ce soir, en regardant par la fenêtre.

XXI

Mercredi 28 octobre.

Le Proviseur m'a convoqué à dix heures. Je ne fus pas surpris de voir Engelberger et Ratapoil debout de part et d'autre de son bureau.

« Monsieur Krattz, est-il nécessaire que je vous présente monsieur le commissaire Engelberger ?

— Non, nous nous sommes déjà rencontrés. »

Engelberger hochait la tête. Nous nous saluâmes comme si nous étions de vagues connaissances.

« Monsieur Engelberger est venu m'informer d'un crime affreux qui s'est déroulé dans la proximité immédiate de notre Collège, rue des Veaux. »

Engelberger leva la main.

« Permettez, monsieur le Proviseur… Les circonstances exactes du drame doivent rester secrètes pour le moment ; une enquête est en cours.

— Bien sûr. Quoi qu'il en soit, un assassin, comment dirais-je… multiple, a récidivé, hier, en début d'après-midi. La police est sur ses traces, mais l'homme hante probablement encore notre quartier. »

Je pris un air raisonnablement horrifié, et j'attendis la suite.

« Il importe que les professeurs du collège soient informés. Monsieur Ratzmann s'en charge. Les professeurs doivent aussi avertir les élèves externes de rentrer chez eux sans tarder à la sortie des classes, et de rester groupés si possible. Nous sommes obligés d'inventer un prétexte : nous parlerons donc d'agressions possibles par des voyous des quartiers dangereux. C'est suffisamment vraisemblable. Il en traîne toujours un certain nombre entre Saint-Étienne et la Cathédrale. »

Engelberger approuva. Le Proviseur regarda par la fenêtre, songeur.

« Vous vous rendez compte ? Un assassinat ici ! Dans le quartier ! À l'ombre de ce Temple illustre, fleuron de l'art gothique, témoin des époques où la Foi entraînait les foules vers les Croisades ! Même sous la domination des Jacobins et de Buonaparte, on n'aurait rien vu de tel ! »

Ratapoil toussota.

« L'ordre régnait sous l'Empire, monsieur le Proviseur.

— Oui, sans doute. C'était un raccourci. Le Corse était un homme à poigne. L'ordre régnait en gros, je vous l'accorde. Je pensais aux temps des guillotineurs, ces héritiers des Encyclopédistes athées et de Jean-Jacques Rousseau. Ah ! Celui-là ! »

Cette fois c'est moi qui protestai. En fait, j'émis un toussotement discret. Monsieur le Proviseur est légitimiste ; il ne s'est jamais vraiment remis de la Révolution de 1830.

« Il paraît qu'il y a des élèves qui lisent le *Contrat social* en cachette ! Non, mais où va-t-on ? Dans quelle ville vivons-nous ? Et on s'étonne que… »

Engelberger interrompit la diatribe qui allait commencer.

« J'ai tenu à ce que monsieur Krattz soit informé personnellement de l'affaire, parce qu'il nous a avisés de la disparition d'un de vos élèves, et...

— Comment le savez-vous ?

— C'est maître Froelich qui m'en a dit un mot.

— Ah ! Celui-là ! Encore un Rouge, paraît-il... Il veut un scandale public ? Et vous, Krattz, vous en êtes aussi ?

— J'ai été amené à informer monsieur Engelberger.

— Je vous préviens ! Si les journaux en disent un seul mot... »

Engelberger vint à mon aide.

« Souhaitez-vous l'aide de la police pour retrouver le "fugitif" ?

— Nous n'y tenons pas particulièrement, et monsieur Maurer non plus. Si l'affaire s'ébruitait, il faudrait faire un rapport au Conseil académique. M. Willm, l'inspecteur, est un homme ouvert, sensé et pondéré, mais le bon renom de l'établissement risquerait d'en pâtir. À ce propos, avez-vous du neuf, monsieur Krattz ? À votre avis, où est Jean Humbert ?

— Je n'ai aucun avis, monsieur le Proviseur. Je vais revoir monsieur Massiot en début de semaine. Nous n'arrivons pas à savoir s'il est encore à Strasbourg ou s'il est parti.

— Parti ? Où ?

— Jean Humbert avait arraché une carte de l'Angleterre dans son atlas. J'ai pensé qu'il voulait s'y rendre. J'en ai émis l'hypothèse devant maître Froelich. Ce n'était qu'une hypothèse.

— Et les élèves ?

— Amersbach, Schnell et Didierjean m'ont servi de témoins quand j'ai fouillé le pupitre de Jean Humbert. Ils n'ont rien su de mes hypothèses.

— Et que disent-ils maintenant, monsieur Ratzmann ?

— Rien, monsieur le Proviseur. Fidèles et obéissants comme des Grognards de la Garde. »

Le proviseur ne releva pas la provocation de Ratapoil. Il semblait las, tout à coup.

« Cette affaire traîne. Nous allons avoir du mal à maintenir le secret sur notre échec plus longtemps ; des bruits pourraient courir. Faites de votre mieux, Krattz. »

Je regagnai ma classe, accompagné par Engelberger. Nous avions évidemment beaucoup de choses à nous dire. Il avait trouvé mon mot en rentrant d'une tournée dans tous les mauvais lieux de Strasbourg. On y connaît parfois vaguement le Boucher, mais on ne l'a plus vu depuis quelque temps.

Puis il est allé procéder à la découverte du corps de madame Schneider, et l'a fait transporter à la morgue. Le scandale et l'horreur sont grands dans le quartier. Un examen de l'appartement et un interrogatoire des voisins n'ont livré aucun indice sur le tueur, mais le *modus operandi* est celui du Boucher.

« On n'a plus aucune raison de maintenir le secret désormais. »

Je lui racontai l'arrivée de Léa, et ma première visite chez madame Schneider.

« Elle m'a avoué qu'elle avait trop parlé.

— Je m'en doutais bien. Le Boucher a dû l'entendre. Cela peut signifier qu'il rôde dans le quartier. Ou bien quelqu'un l'a entendue, et a prévenu le Boucher.

— Vous pensez qu'il y a des gens du Cogneur dans le quartier ?

— Il y en a un peu partout, sans doute. Mais ils doivent sentir que le vent commence à tourner. Cela dit, j'y vois plutôt un crime de sauvage désespéré ; c'est un homme traqué. Je ne serais même pas surpris si le Cogneur s'en débarrassait.

— En le tuant ?

— En le faisant tuer par son nouvel homme de main ou en nous le livrant. En tout cas, toutes les connaissances de Martha sont en danger, à commencer par mademoiselle Durckheim. Faites votre possible pour l'avertir et la protéger. »

Mais je n'ai plus parlé à Émilie depuis vendredi dernier.

Il me laissa pour aller interroger Léa.

Au Collège, on ne parla que du meurtre pendant le reste de la journée. Personne ne savait rien de précis, mais tous voulaient savoir, et chacun brodait selon son imagination. Je gardai le silence. Les punitions pour inattention et bavardage tombaient comme la grêle sur les élèves énervés. Les professeurs et les pions ne l'étaient pas moins. En fin d'après-midi, la salle d'études bruissait de chuchotements. Je ne cessais de frapper sur mon bureau en réclamant le silence. À six heures, enfin, tout le monde fut libéré. Mais je dus d'abord accompagner un groupe d'externes jusqu'à leurs domiciles. Ils n'ont cessé de m'interroger, refusant de rester en rang, excités et goguenards. Ils se moquaient des passants, chantaient des hymnes guerriers. J'ai dû les menacer d'une punition collective.

Il faisait nuit lorsque je revins dans le quartier du Collège. Il était bien trop tard pour aller voir Émilie.

Des inspecteurs passaient de maison en maison, interrogeaient, visitaient les appartements, les caves, les greniers.

Place Saint-Étienne, un groupe de policiers obligeait les gens à circuler, sans grands résultats. Tout le monde était dans la rue, entourant et questionnant les représentants de l'ordre. Les policiers portaient des lanternes, éclairaient les visages et ordonnaient aux gens de rentrer chez eux, sans succès. Je ne fus pas surpris de tomber sur Ulrich Reinhard, le Républicain qui m'avait payé un bock après la fête de Charité. Il m'avait dit qu'il habitait par là. Il passait d'un groupe à l'autre.

« Tiens, voilà mon ami le petit pion ! Ça ne vous vexe pas que je vous appelle comme ça ?

— Non, j'ai l'habitude.

— Vous connaissez l'affaire, bien sûr ! Une dame égorgée, une logeuse « honorablement connue » ! Chose rare ! Vous la connaissiez ? Elle logeait la fille qui a été retrouvée dans un puits, paraît-il. »

Il souriait, comme ravi de ce drame qui donnait du piment à sa petite vie de rentier. Son gros chapeau était de travers, et son visage était congestionné.

« Venez donc prendre un verre avec moi !

— Je n'ai pas beaucoup de temps, et j'ai l'impression que vous avez déjà un petit coup dans l'aile. Vous êtes tout rouge...

— Mais non, mais non ! C'est l'émotion. Venez donc ! On va se raconter ce qu'on sait. »

Il s'empara de mon bras et me fit entrer, presque de force, dans la brasserie au coin de la rue des Veaux. Il y avait du monde ; c'était bruyant et enfumé. Ulrich salua ses connaissances à la ronde, tutoya le patron, et commanda deux bières. Il enleva son chapeau pour éponger la sueur qui lui tombait sur les yeux. Il a les sourcils gris et touffus, mais les cheveux noirs ; il se teint, sans doute pour se rajeunir, sans grand succès. Sa coiffure jure avec son visage rude et marqué par les années.

Il commença par faire des allusions à « la belle grande brune » qui m'accompagnait l'autre dimanche à l'Orangerie, mais devant mes réticences, il changea vite de conversation.

« La police est venue au Collège, je suppose ? Ils croient que l'assassin s'y cache ? Vous croyez vraiment qu'il est encore dans le quartier ? Que dit la police ?

— Je n'en sais pas plus que vous. Je ne connais le commissaire qu'à cause d'une histoire d'élève disparu.

— Ah bon ! Et on l'a retrouvé ?

— Non.

— M'étonne pas... La police est au service des nantis ; elle devrait protéger le peuple, mais quand un malheur arrive aux gens ordinaires, plus personne. Elle surveille les travailleurs organisés, réprime les grèves, fiche les « meneurs », massacre les canuts de Lyon, alors que les riches peuvent tout se permettre. Quand les pauvres opposent une résistance, ils les considèrent comme des animaux féroces.

— Vous exagérez. L'assassin n'est pas un pauvre qui se défend.

— Sans doute, mais ce serait l'affaire d'une police du peuple. D'abord la Révolution : un groupe décidé, armé, organisé clandestinement, qui s'empare des leviers du pouvoir : la préfecture, le tribunal, le télégraphe... avec des amis dans l'armée. Ensuite, une dictature pour le peuple, en attendant la dictature du peuple. »

Il s'exaltait. Son front était devenu de la couleur de ses idées, écarlate. Son regard se perdait dans un rêve de Terreur accouchant d'un ordre nouveau. Mais je me souvenais bien des propos qu'il m'avait tenus lors de notre première rencontre ; ils étaient tout autres.

« Vous êtes socialiste, maintenant ? Ou Carbonaro ? Vous m'aviez dit qu'il fallait d'abord éduquer le peuple.

— Pas « d'abord », mon ami ! Ensuite !

— Je serais plutôt intéressé par les disciples de Fourier actuellement.

— Quoi ? Les « sociétaires » ? Vous voulez adhérer à ce mouvement de rêveurs ?

— Non, mais l'élève qui a disparu en est peut-être. À propos, j'aurais besoin de renseignements sur eux. Vous savez s'il y a des projets de phalanstère dans la région ?

— Il y a des fouriéristes à Colmar, peut-être à Strasbourg. Ils publient beaucoup de petites proclamations. J'en ai quelques-unes. Passez donc chez moi un de ces jours.

— Je n'ai pas votre adresse. »

Il sortit un calepin de sa poche, en arracha une page où il écrivit : « *Ulrich Reinhard. Chez Gruber, place Saint-Étienne* », et me la donna.

— C'est au-dessus de la teinturerie, au fond de la cour, au 3e.

— Vous y habitez avec votre cousin de Champagne ?

— Non. Ne vous mêlez pas de ma vie. Pensez plutôt à ce que je vous ai dit : un noyau décidé, des hommes sûrs... Tenez ! Donnez-moi votre adresse. Je passerai chez vous, et on en reparlera. »

Il arracha une autre page et me tendit son crayon. Je ne pus refuser de lui donner mon adresse. Il s'exaltait de plus en plus, développant les honteuses turpitudes des notaires et des banquiers, sur lesquels il pourrait « raconter bien des choses », mais il ne voulait pas aider « la police du tyran Louis-Philippe ». Il voulut commander deux autres bières, mais j'en avais assez entendu. Je le saluai et rentrai chez moi. J'avais eu une journée chargée, et du travail en retard.

Au rez-de-chaussée, tout le monde dormait depuis longtemps.

Je demanderai demain matin à Léa de me raconter son interrogatoire.

Deux heures du matin.

J'allais me mettre au lit après avoir commencé à corriger les copies de quatrième, lorsque j'entendis une dispute au rez-de-chaussée. Quelqu'un avait réveillé le père Schwoerer ou sa Rosalie, qui n'appréciait pas d'être perturbée dans son premier sommeil. Puis des pas gravirent les marches jusqu'à mon grenier. C'était Théo. Il était dans un état pitoyable, les cheveux en bataille, la cravate dénouée, la veste fripée, le chapeau cabossé. Je ne l'avais jamais vu ainsi, même après l'autopsie de Martha.

Il s'assit sur mon lit.

« Floréal, mon ami, tu es plus qu'un frère pour moi, bien que je ne te l'aie jamais dit. Tu vas entendre ma confession.

— Tu t'es fait catholique ?

— Ce n'est pas drôle, imbécile ! Tu vas entendre les aveux douloureux d'un être souillé et dégradé, d'un corrompu aveuglé par les passions les plus sordides, et qui a obtenu le châtiment mérité par son inconduite… Un héros pour Musset et consorts, les poètes dont tu te délectes. »

Il hochait toujours la tête d'un air grave, mais ce discours grandiloquent n'était pas dans sa manière. Il se moquait de moi.

« Je n'aime pas Musset...

— Tu connais la maison de la veuve Delebecque, quai des Pêcheurs ?

— Non. Je ne fréquente pas de tels lieux.

— Tu n'as pas tort. Moi, j'y vais de temps en temps... Quand les exigences de la chair se font trop pressantes. Écoute mon histoire et méprise-moi ensuite si tu veux.

— Mon bon Théo, je ne juge personne. D'ailleurs, je m'en doutais un peu.

— Tu croyais quoi ? Hein ? Que je fréquentais une belle dame de la bonne société ? Eh bien non ! Voilà. Et ne me dis pas que tu ne me juges pas, espèce de pasteur à la manque. »

Et Théo éclata de rire.

« Tu te juges toi-même... Mais qu'est-ce qui te pousse à venir me raconter cela, à cette heure ? Que t'est-il arrivé ?

— Cela concerne ton enquête. Ton ami le flic va sûrement te raconter cela aussi, demain. Je prends les devants. Donc, voilà, j'y étais, ou plutôt, je venais d'y entrer... Il y avait un groupe de bonshommes devant la porte, des soldats qui faisaient du bruit, mais aussi des civils. J'aurais dû me méfier : en général, les civils sont plutôt discrets, ils entrent furtivement. Il y a eu un coup de sifflet. Les civils se regroupent et bloquent la porte – c'était des flics. Les soldats ont filé sans demander leur reste. Un fiacre arrive à toute vitesse, et devine qui en descend ?

— Le commissaire Engelberger...

— En grand costume de commissaire, redingote boutonnée, écharpe tricolore, canne à pommeau d'argent... Les flics en civil ont rangé les clients le long des murs, ils ont fouillé le videur, bousculé les serveurs et le pianiste. Engelberger a montré son papier officiel à la patronne, qui a cessé bien vite de protester. Elle a fait taire les filles, qui continuaient de bavarder comme si de rien n'était, et Engelberger a pris la parole, en allemand, puis en français pour les soldats.

« Messieurs ! Ceux d'entre vous qui n'ont rien d'autre à se reprocher que leur présence en ces lieux n'ont rien à craindre de la Loi. Une fois leur identité relevée, ils pourront vaquer à leurs occupations... »

Les filles éclatèrent de rire, mais les bons bourgeois en goguette n'en menaient pas large – et moi non plus...

« Nous cherchons un criminel dangereux, et mes agents vont procéder à une fouille du bâtiment, rien de plus. Cela ne prendra qu'un quart d'heure. Veuillez décliner votre identité à monsieur l'inspecteur Voisenot, ici présent à mes côtés. »

Il jeta un coup d'œil sur les présents, me reconnut, hocha poliment la tête, et partit examiner les étages et la cave, accompagné de deux policiers et de la patronne. J'ai décliné mon identité à ce Voisenot, et je suis sorti. Je n'avais plus le cœur à la chose...

J'ai traversé l'attroupement et je suis parti sur le quai des Pêcheurs. Tout à coup, une fenêtre s'est ouverte au premier étage, une fille a crié, et un type a sauté sur le quai. Un drôle de bonhomme, petit, avec une grosse tête de dégénéré. Il s'est relevé très vite et est parti en courant sur le quai des Bateliers vers Saint-Guillaume. Engelberger est apparu à la fenêtre, et a crié à ses hommes de poursuivre le fuyard. Je suis parti avec eux. Il était déjà loin. On le voyait à peine sur le quai mal éclairé. On l'a vu s'engager sur le pont Sainte-Madeleine, et il a disparu.

— Disparu ? Il s'est jeté à l'eau ?

— Non. Il a dû entrer dans la rue du Bain-aux-Roses, vers le Collège… C'est peut-être un de tes élèves qui a fait le mur !

— Oh non ! Il n'y a pas de quoi plaisanter. Je vais aussi t'avouer quelque chose, sous le sceau du secret le plus absolu. Engelberger m'a fait jurer de ne rien dire à quiconque sur l'enquête, mais les choses se précipitent. Le bonhomme, c'est sans doute l'assassin de Martha. C'est un ancien apprenti boucher qui était videur chez madame Delebecque. Il a tué la logeuse de Martha cet après-midi, et il a dû aller se planquer chez son ancienne patronne. »

Théo ne fut pas vraiment surpris. Alors, je lui appris tout ce qu'il ignorait : les manœuvres de Léa, la Loutre, la réapparition de Jean et sa disparition, la perquisition chez Martha et l'installation de Léa chez moi. Cela m'a fait un bien immense. Nous avons discuté jusqu'à deux heures du matin. Théo n'a pas son pareil pour déceler les points obscurs dans un récit. Selon lui, j'ai dû être suivi par la Loutre pendant toute la semaine dernière. Il a évidemment deviné qu'il y avait un chef derrière cela, mais j'ai quand même gardé le silence sur le mystérieux « Cogneur ».

XXII

Jeudi 29 octobre.

C'est de nouveau mon tour de promener les élèves. Les ordres de Ratapoil sont formels : on évite de les laisser traîner dans le quartier entre la place Broglie, le Saint-Étienne et la Cathédrale : le centre est interdit. Je les ai emmenés vers le parc du Contades par la porte des Juifs. Avec un peu d'imagination, on peut avoir l'illusion d'être à la campagne. Mais il fait gris, le ciel est bas, l'air sent la fumée. Un brouillard poisseux monte des canaux et des rivières au petit matin, s'installe, se dissipe quelques heures, et revient avec le soir. Un temps de Toussaint.

Les élèves n'étaient pas contents. Ils marchaient tête baissée, silencieux, les poings dans les poches. Ils auraient préféré rester dans la salle d'études, et lire des romans en faisant semblant de faire des thèmes latins. Moi aussi.

La police est très présente, mais elle a cessé de fouiller les maisons du quartier, par peur sans doute de mouvements d'indignation populaire. Ici, beaucoup de gens ont quelque chose à cacher : un alambic clandestin, un tripot occulte, un garni non déclaré, un interdit de séjour hébergé... Des agents patrouillent, épient les conversations, vérifient les identités.

Dans mon quartier, les choses sont plus calmes ; mais les nouvelles vont vite. Léa m'attendait sur mon palier, bouleversée : elle avait appris le meurtre de madame Schneider, et savait que la victime était la logeuse que je lui destinais.

« La dame qui a été tuée rue des Veaux, c'est chez elle que je devais loger ?

— Oui. Et c'est même moi qui ai découvert son corps. C'est pour cela que j'étais si pressé hier. Je devais prévenir le commissaire.

— Mais pourquoi ? Qui ?

— Elle logeait la jeune fille trouvée dans un puits. Elle savait trop de choses et elle a trop parlé. »

Léa avait aussi déjà deviné que le tueur était le boucher dont je lui avais parlé. Et elle plaida à nouveau la cause de son brutal amant. Je l'arrêtai bien vite.

« Une bonne fois pour toutes, je sais que la Loutre n'est pas un assassin, mais il fait partie de la bande. Engelberger a sûrement dû vous dire, lui aussi, que vous êtes en danger, et qu'il faut rester enfermée chez Rosalie encore quelque temps. »

Elle me raconta son interrogatoire.

« Le commissaire m'a demandé vingt fois où se cache la Loutre. Il ne voulait pas croire que je ne le savais pas. Je l'ai connu au bal public de la rue de l'Ail, chez Rey. Vous connaissez ? C'est le plus respectable de tous les bals publics. Rien que des gens bien.

— Mais ensuite ? Vous aviez des rendez-vous… Où ?

— Parfois à l'hôtel, parfois chez moi, quand Maurer était au magasin, et sa femme en promenade ; parfois un monsieur nous prêtait une chambre de bonne.

— Qui ? Où ? Comprenez donc que c'est quelqu'un qui fait plus ou moins partie de la bande.

— Je ne connais pas son nom, mais c'est vrai qu'il fait partie de la bande de Maurer. David avait la clé.

— David ?

— Il s'appelle David Otter. »

J'aurais dû m'en douter[1].

« Et la chambre ?

— Rue Saint-Louis, au coin de la rue du Dragon, au quatrième étage. Ça vous suffit ?

— Vous l'avez dit à Engelberger ?

— Non. Je voulais d'abord savoir ce que mon bonhomme risque. Bon, c'est plus mon bonhomme, mais quand même... Et votre Engelberger m'a répondu "C'est vous qui risquez d'être inculpée de complicité." Alors je ne lui ai rien dit. À votre avis, qu'est-ce qu'il risque ?

— C'est vraiment vrai qu'il n'a jamais tué personne ?

— Sur la tête de...

— Bon, ça va.

— Il a bien quelques histoires de coups et blessures, forcément. Un peu de chantage, mais c'est pas un maquereau.

— Je sais. Vous pourriez le convaincre de nous aider ?

— Avec lui, c'est donnant-donnant. J'en sais quelque chose... »

Elle avait dû donner une biographie circonstanciée de la Loutre.

Ses parents tenaient une auberge, à Schirrhein, en bordure de la forêt de Haguenau. Un soir, une femme est arrivée chez eux, et leur a demandé du pain et un lit pour la nuit. Elle portait

[1] Loutre se dit *Otter* en allemand.

dans ses bras un enfant, un petit garçon qui ne marchait pas encore, et qu'elle devait mener chez les bonnes sœurs de l'orphelinat de Haguenau. Elle n'avait pas un sou, mais elle n'était pas une pauvresse. Elle se disait servante dans une bonne famille, dont la fille « avait eu des malheurs », et promettait un dédommagement... Ils lui donnèrent asile, parce qu'ils étaient charitables. Mais au matin, la femme hébergée avait disparu.

Les aubergistes, qui n'avaient pas d'enfant et qui n'étaient plus tout jeunes, adoptèrent le bébé et en prirent bien soin.

« C'est bien vrai, cette histoire ?

— En tout cas, c'est ce qu'il m'a raconté... Personne n'a fait de difficulté. Le maire s'en fichait, et le gamin avait été baptisé.

— Attendez, je connais la suite ! Mais dans ses langes, il y avait une médaille...

— Comment vous savez ça ?

— Ma pauvre Léa, il vous a raconté un roman.

— Ah bon ! C'est pourtant une belle histoire, non ?

— Justement ! C'est pour cela que c'est un roman ! Je vais vous raconter la suite.

Il grandit avec les gamins de Schirrhein, traînant dans la forêt, braconnant, grimpant aux arbres, volant des pommes. Mais il savait qu'il venait d'une bonne famille, peut-être des nobles, et il croyait qu'il connaîtrait un jour la richesse. Il fit l'école buissonnière, fut paresseux à la maison. Il eut de mauvaises fréquentations et tourna mal. Un jour, il quitta le village pour aller à Strasbourg, retrouver ses vrais parents.

— Non. Les aubergistes l'ont chassé, il n'a pas retrouvé ses parents et c'est une histoire vraie. »

Elle était vraiment blessée par mes sarcasmes. Elle me tourna le dos et redescendit chez Rosalie, qui, elle au moins, avait du sentiment pour les histoires tristes mais vraies.

Je vais donner la nouvelle information à Engelberger, pour qu'il fasse rechercher le nom du propriétaire de cette chambre. Ce sera une grande avancée pour l'enquête. Elle touche à sa fin. On aura le reste de la bande, si on attrape la Loutre, le Boucher, et ce prêteur de chambre. Rien que ça !

Il faut aussi que je passe chez Massiot demain ; il a peut-être obtenu les renseignements que je lui avais demandés. Et surtout, je veux revoir Émilie.

Jacques m'a prêté les derniers numéros de *La Presse*. Je vais lire les épisodes de *Joseph Balsamo* que j'ai manqués. Cela me changera les idées.

Vendredi 30 octobre.

Matin.

Je surveille la classe de quatrième qui se livre à nouveau aux délices du thème latin (*Marius médite sur les ruines de Carthage*). Je n'ai plus revu Engelberger depuis lundi, et surtout, je n'ai aucune nouvelle d'Émilie. Je suppose qu'Engelberger a informé la direction de son école sur le dernier crime du Boucher, mais je vais passer à son école ce soir.

Ratapoil vient d'entrer. Tout le monde se met au garde-à-vous. Il m'a apporté un billet d'Engelberger pour moi. Je le recopie.

« Mon cher ami,

Je suis déchargé de l'affaire Martha. On me reproche trois échecs : le massacre du dimanche 18, le fiasco de la rafle à la maison close du quai, et surtout l'assassinat de Madame Schneider. De plus, il y a encore eu un événement grave, et que l'on ne peut tenir secret : un usurier de Bischheim a été dévalisé, de nuit, et assassiné. On l'a retrouvé les mains ligotées, tué d'une balle dans la nuque, exactement comme les dernières victimes du « Chef ». Vous voyez ce qu'on peut en conclure.

C'est évidemment Voisenot qui est derrière cette disgrâce, et qui me remplace. Il ne vous aime pas et va sans doute chercher à vous nuire. Je ne risque pas une destitution pour le moment, mais peut-être une mutation d'office.

Il y a plus grave : la première décision de Voisenot a été d'arrêter Helmuth. Ce cher collègue le soupçonne d'avoir renseigné le milieu des malfaiteurs au sujet de la découverte de la cave.

Je reste cependant chargé de l'interrogatoire de Reebman et de Stoltz, parce qu'ils n'ont confiance qu'en moi. Ils sont toujours en prison, partagent une même cellule avec Helmuth, mais Reebman n'a rien obtenu. Et Voisenot, devenu soudain étrangement soucieux des Droits de l'Homme, veut le faire libérer, sous la pression de Froelich. Je vais les voir mercredi prochain pour les interroger. Si nous arrivons à en tirer des informations, tout pourrait changer. Voulez-vous m'accompagner ? Rendez-vous devant le commissariat à sept heures du matin.

Gardons espoir.

Engelberger »

« Gardons espoir »... Il en a de bonnes... Tout ce que nous avons trouvé risque de s'effondrer d'un coup. Le

Cogneur continuera à diriger ses petites affaires, le Boucher et la Loutre s'en iront exercer leurs talents ailleurs, et Engelberger ira vérifier les poids et mesures au marché... Mais j'ai un bon renseignement. Tout n'est peut-être pas perdu. Je vais devoir mener l'enquête tout seul. Allons, Floréal, du courage ! *Macte animo, generose puer*[1] !

Huit heures.

Je suis allé à l'école d'Émilie à six heures. Impossible de me libérer avant. Je ne veux plus recourir aux services d'Ernest.

Un inspecteur stationnait devant la porte, et m'a demandé pourquoi je venais. Voisenot fait son travail.

Émilie n'était pas là. La grande Fuchs, qui corrigeait des cahiers dans le bâtiment quasiment vide, m'a dit qu'Émilie était rentrée chez elle.

« Un commissaire de police est venu la voir. Il paraît qu'elle est en danger. Elle doit se cacher.

— Elle vous a dit pourquoi elle était en danger ?

— C'est à cause du crime de la rue des Veaux.

— Et il n'y a pas de message pour moi ?

— Non. Elle ne m'a rien dit de plus. Excusez-moi, mais j'ai des cahiers à corriger. Vous avez sûrement du travail aussi... »

Je n'avais qu'à m'en aller, mais elle me cachait quelque chose.

Il faut que je me rende à l'évidence : Émilie ne veut plus me voir. J'ai beau penser et repenser à tout ce que je lui ai dit de ces dernières semaines, je ne comprends pas. Vendredi

---

1 « Du courage, noble enfant ! »

dernier déjà, lorsque je suis allé à son école, et que nous avons établi l'identité du Boucher, elle était distante ; et même la veille, lors de l'enterrement de Martha, elle ne m'a pas parlé. Que s'est-il passé ?

Je suis allé chez elle en sortant de son école. La bonne m'a dit « Mademoiselle n'est pas là. » J'ai insisté, demandant à voir sa mère ; rien à faire. J'ai laissé un billet, sans grand espoir.

Je lutte contre le découragement. C'est dur. Pendant de longs moments, je me laisse aller à m'apitoyer sur moi-même, et je compose des brouillons d'élégies larmoyantes. Puis je me reprends. Ces poèmes seraient mauvais et mon abattement ne tourne pas au désespoir, mais à la colère. Je ne veux pas rester chez moi, à tourner en rond.

XXIII

Je suis allé voir Massiot. Il venait d'achever un rapport de filature ; il était content de me voir. Il connaît des centaines de personnes à Strasbourg, mais il mène une vie solitaire, sans compagne ni amis. Il n'a rien de neuf. Il faut attendre le prochain courrier de Paris, pas avant mardi ou mercredi.

Je lui ai demandé s'il pouvait me trouver le nom du propriétaire d'une chambre.

« Rien de plus facile. C'est le nid d'amour de votre belle ? Elle vous fait des infidélités ? Ce sera deux cents francs plus les frais.

— Quels frais ?

— Il faudra peut-être graisser la patte à un concierge.

— Mais deux cents francs, c'est presque la moitié de ce que je gagne par mois !

— Tant que ça ? On vous paie mal, dans ce métier… Mais vous voulez savoir ou non ?

— Vous faites crédit ?

— Si vous me signez une reconnaissance de dette. Faites excuses, mais dans le métier, on doit faire comme ça. Des tas de gens me demandent des enquêtes, puis ils règlent l'affaire à l'amiable, et refusent de me payer. Il s'agit de quoi exactement ? C'est personnel ou c'est Engelberger qui vous demande de sous-traiter une affaire à sa place ?

— Vous devinez juste.

— Je ne devine jamais. Engelberger va être viré, vous le savez aussi bien que moi. Et vous n'avez aucune envie de donner votre information à Voisenot. Entre nous, vous avez bien raison. Il est encore plus vénal que moi ! Mais moi, je ne lèche pas en plus les bottes du gouvernement...

— La chambre appartient sans doute à un homme qui fait partie d'une bande qui... est dangereuse.

— Je vois. Une sorte d'hôtel discret pour les gens recherchés ? On m'a dit qu'il y avait un logis comme ça dans le quartier de la Grand-rue. C'est là ? Dans ce cas, vous pouvez garder votre argent ; je ne touche pas à ce milieu. Ils sont vraiment trop dangereux.

— Vous les connaissez ?

— Un peu, forcément. Je vais vous dire une chose : l'assassin qu'on recherche dans le quartier de Saint-Étienne, eh bien, c'est le bourreau de cette bande.

— Bon. Jouons cartes sur table. Le propriétaire de la chambre que je cherche est sans doute lié à la bande, mais de loin. Et la chambre est plutôt une sorte de lieu de rencontre... avec des dames, si vous voyez ce que je veux dire.

— Ça, c'est plus dans mes cordes. On va y aller ensemble. Vous verrez comment je fais. Leçon d'enquête, supplément gratuit dans le devis. »

Il griffonna quelques mots sur un papier et me le tendit.

« Signez là. »

Et il sortit sa bouteille de *kirschenwasser*, m'en proposa un verre, que je refusai, et s'en versa une bonne rasade.

« Allons. Il va faire nuit. C'est la bonne heure pour voir des gens ; ils sont chez eux et attendent la soupe, ou boivent un coup pour se réchauffer avant de rentrer. Vous me laissez faire sans m'interrompre. Je vous donnerai un rôle.

— Un rôle ?

— Oui. On va se faire passer pour des inspecteurs de quelque chose. »

Avec son chapeau mal brossé et sa redingote fripée, il avait vraiment l'air d'un petit fonctionnaire besogneux.

Nous passâmes devant la menuiserie de Helmuth. Elle était vide et silencieuse, ce qui me surprit un peu. Par-derrière, invisible, se dressait, froide et déserte, la tour où tout avait commencé.

Le pont Saint-Thomas était noyé dans la brume qui montait de l'Ill. Au-delà, les lumières du Finkwiller faisaient des taches claires dans le brouillard nocturne.

« Vous avez des soupçons sur le propriétaire ? Un nom ?

— Un marchand de vin de Barr nommé Goerger, et un propriétaire de Brumath, un « monsieur bien mis » qui s'intéresse aux institutrices, et dont le nom m'a échappé. Mais ce sont des pseudonymes.

— C'est la bande à monsieur Arthur et au notaire ?

— Oui, mais c'est sûrement un sous-fifre. Je ne peux pas vous en dire plus.

— Je pense que Voisenot va arrêter toutes les poursuites contre les noceurs bourgeois. La police est bien renseignée sur eux par les maquereaux, les patrons de salles de bal et les patronnes de maisons ; elle les tient. Ils ne veulent pas de scandale public et ne vont pas chercher trop loin sur les filles noyées. »

Arrivé rue Saint-Louis, je montrai l'immeuble du coin à Massiot. Il heurta rudement à la porte du rez-de-chaussée. Le concierge vint ouvrir en grognant.

« Inspection des meublés ! » cria Massiot.

— À cette heure ? »

Le détective agita un papier sous le nez du bonhomme, qui s'effaça sans un mot. Il sortit un autre papier de sa redingote, prit le temps de le déplier, puis chercha un crayon dans sa poche en grommelant sur un ton nasillard. Il parlait l'alsacien à la perfection, et le concierge se rassurait.

« C'est quoi le problème ?

— On a eu des renseignements qui font état d'une pension de famille non déclarée dans votre immeuble.

— Ah non ! Pas ici. Rien que des bourgeois.

— Vous pouvez me les nommer, que je vérifie ?

— Au rez-de-chaussée, il y a moi et la couturière Faller.

— Et vous êtes monsieur Fernand Schwalber…

— Schwaller.

— Ah oui. C'est mal écrit. »

Massiot avait déchiffré le nom sur la porte pendant qu'il faisait semblant de chercher son crayon.

« Au premier, le docteur Bloch ; au second, le professeur Riemer, au troisième le rentier Domball. »

— Attendez que je vérifie. Vous pouvez donner un peu de lumière ? »

Pendant que le portier allait prendre une chandelle, Massiot murmura : « Il n'est pas trop rassuré. Il cache quelque chose. »

Le bonhomme revint. Massiot prit le temps de « vérifier ».

« C'est bien ça. Et au quatrième ?

— Au quatrième, c'est des chambres.

— Oui, c'est bien ça. Monsieur Schwaller, je vous remercie. Je ne vous retiendrai pas plus longtemps… Tout est en ordre. »

Il fit mine de s'en aller, mais s'arrêta sur le pas de la porte.

« Ah non ! Attendez. Il y a une chambre qui appartient à un propriétaire non-résident. Elle est en blanc sur mon papier. Vous pouvez me donner cette précision ?

— Oh ! Il y en a une qui sert de pied-à-terre à un monsieur Schuller, de Brumath ; il la prête parfois à des gens. C'est interdit ?

— Non, bien sûr. Bonsoir. Et merci encore. »

Et nous partîmes dans la nuit brumeuse. Massiot m'expliqua le « coup du papier officiel ». Il suffit de brandir n'importe quel document orné de tampons, en parlant avec autorité, devant des gens qui ne savent pas lire, pour obtenir tous les renseignements souhaités.

« Vous avez ce que vous vouliez ?

— Schuller. C'est le nom qui m'échappait. Mais c'est sans doute un faux nom.

— Alors, il faut s'installer dans le coin, repérer les occupants légitimes, puis filer les suspects. Il faut être deux, cela peut être long, et c'est plus cher… D'autant plus que je ne vois pas où je pourrais « planquer » dans le coin. Pas le moindre bistrot, et en face de la porte de l'immeuble, c'est le mur de l'église Saint-Louis. Et je suppose que par les temps qui courent, le bonhomme va sûrement éviter de se montrer.

— Je vais quand même le dire à Engelberger. Mais j'ai une autre idée. »

Je pensais à Léon, qui connaît bien le petit monde des bourgeois noceurs. Il sait peut-être des choses. J'irai le voir demain.

Massiot fut gentil. Il ne me demanda qu'un Louis, et un repas à la *Hache*. Nous bavardâmes. Il me raconta des histoires du temps où il était à Paris. Vidocq l'avait utilisé en 32, comme agent provocateur lors des funérailles du général Lamarque. Il avait fait son travail, mais quand il a vu un petit garçon se faire fusiller par la troupe devant une barricade rue Saint-Denis, il a donné sa démission, il est parti pour Strasbourg. J'ai deviné qu'il était hanté par des remords, qu'il cache sous un cynisme provoquant.

J'avais bien envie de le mettre au courant de toute l'affaire. En principe, il n'en savait rien, d'autant plus qu'Engelberger se méfiait de lui. Mais il connaissait bien les dessous de la vie strasbourgeoise.

« Vous voulez bien me parler un peu de l'"hôtel" du quartier de la Grand-rue ?

— Je vous ai déjà dit que je ne voulais pas toucher à cela.

— Mais encore ? C'est la tour que j'avais aperçue la première fois que je suis venu chez vous. Vous vous souvenez ?

— Oui. Je me doutais que cette tour cachait quelque chose. Ce printemps, j'avais à rechercher un interdit de séjour. Un pauvre imbécile de jeune homme qui avait fait des bêtises. Il était venu revoir sa mère, et elle voulait savoir où il logeait. Je l'ai suivi, et cela m'a amené à l'arrière-cour de la menuiserie Stoltz. Le lendemain, j'avais un papier sur mon bureau : "Laisse tomber, ou on te tranche la gorge." J'ai laissé tomber. Je tiens à ma peau.

— Qui est ce "on" ?

— Je n'en sais rien. Je ne veux pas savoir. C'est quelqu'un qui est arrivé comme ça, tout à coup, et qui a fait main-basse sur toute la truanderie strasbourgeoise, par la terreur. Mauvais pour mes affaires. »

Il y eut un silence. Puis il reprit.

« Les renseignements que j'ai demandés à mes anciens amis de Paris arriveront demain ou après-demain ; je vous l'ai déjà dit. Voulez-vous me dire pourquoi vous les attendez ? Vous pensez que Jean Humbert espérait obtenir un travail dans une imprimerie républicaine, ou même fouriériste ?

— Oui, mais, désormais, ce n'est plus si important.

— Et les autres renseignements ?

— On en parlera quand vous les aurez reçus.

— Allons, Floréal ! Vous permettez que je vous appelle Floréal ? Je vois bien que vous travaillez pour Engelberger. Il enquête sur le meurtre de la demoiselle du marché Gayot ? Celle qui a été trouvée dans un puits ? Personne ne croit plus qu'il s'agit d'un rôdeur. Elle a dû croiser le tueur du chef mystérieux sur son passage. Vous ne croyez pas ?

— Sur son passage ? Vous avez des renseignements ?

— Ne me prenez pas pour un imbécile. Les renseignements, c'est vous qui les attendez.

— Je suppose que le chef de cette bande avait des antécédents. En étudiant les biographies des bagnards alsaciens, je trouverais peut-être une piste.

— Et la police n'y a pas pensé ?

— Si, bien sûr, mais ils n'ont rien trouvé. Et les indicateurs d'Engelberger ne lui disent plus rien depuis des mois. Il ne fait que ramasser les cadavres.

— Et je n'aurais pas droit à une petite explication pour… »

Il ne finit pas sa phrase et se figea. Il avait vu quelqu'un. Je me retournai. C'était un trio qui venait d'entrer dans la salle. L'avocat Froelich, en compagnie de mes amis Théo et Jacques l'historien. Théo cherchait une place du regard, mais la salle était pleine. Je me levai pour lui faire de grands signes et ils vinrent nous rejoindre. En nous serrant, nous pouvions tenir à cinq dans notre coin. Froelich avait de la buée sur ses lunettes et suivait Jacques à tâtons. Quand il arriva à notre hauteur, il vit Massiot et se raidit. Je savais qu'il ne l'aimait pas. Mais Théo et Jacques l'entraînèrent contre son gré et tout le monde s'assit. Théo et Jacques commandèrent un bock et Froelich une verveine. Massiot leur dit :

« Vous venez de l'imprimerie du *Messager de la liberté*, à ce que je vois. »

Froelich s'indigna, protesta contre « cet indiscret professionnel digne des Inquisiteurs de jadis » et voulut à nouveau s'en aller. Mais Théo le maintint fermement sur son siège en riant à pleine gorge.

« Comment le savez-vous, espèce de sous-flic !

— Vous avez de l'encre d'imprimerie sur les doigts, et les poches pleines de papiers manuscrits marqués au crayon bleu : les articles du numéro de demain, que vous avez mis en page.

— Bravo, l'ami, on ne peut rien vous cacher ! Vous êtes un fin limier.

— C'était pourtant... »

Massiot ne put terminer sa phrase. Froelich, qui avait retrouvé la vue, attaqua.

« Je vais me charger de la défense de monsieur Stoeckli.

— Ah bon ? Et qui est-ce ? demandai-je.

— Vous le connaissez. Helmuth Stoeckli...

— Helmuth ! Il a été arrêté sans raison par le nouveau commissaire.

— C'est bien ce que je pense. Voisenot l'accuse vaguement de “complicité” et refuse de me donner de vrais renseignements. Je vais assurer sa défense, comme j'assure celle de monsieur Reebman. Je m'intéresse aussi au cas de monsieur Stoltz, qui n'est pas coupable de grand-chose. »

Il avait tout d'un coup cessé d'être bègue. Ses phrases sortaient, nettes et précises comme des paragraphes du Code Pénal.

« Vous collaborez avec Engelberger. Je désapprouve les méthodes de la police. Mais votre ami Jacques m'a renseigné. Vous n'êtes pas de nos ennemis. Comment avez-vous fait la connaissance de monsieur Stoeckli ? »

Théo me fit un clin d'œil : je compris qu'il avait plaidé avec succès ma cause – et celle d'Engelberger – auprès de l'avocat jacobin. Froelich était désormais un allié.

J'ai présenté Helmuth sous son meilleur jour : travailleur sérieux, de mœurs régulières, soucieux de mener une vie conforme aux lois, après des errements de jeunesse. J'ai parlé de la cave des recéleurs, et des conclusions hâtives que Voisenot a tirées de l'échec de la souricière.

Froelich était convaincu. Il voyait un non-lieu pour Helmuth, la légitime défense pour Reebman, et une peine légère en échange de renseignements pour Stoltz. Triple défaite pour Voisenot et triple victoire pour le parti républicain.

La conversation fut politique. Froelich et Théo développèrent leurs idées de réformes : droit au travail et suffrage universel. Nous étions d'accord. Seul Massiot nous interrompait régulièrement par ses sarcasmes. Jacques m'apprit que l'idée de prendre d'abord le pouvoir par la violence, puis d'exercer une dictature « libératrice », venait de Blanqui, qui est malade et emprisonné, mais toujours aussi virulent.

En tout cas, Froelich et lui rejettent fermement cette théorie, et ne veulent entretenir aucun contact avec les blanquistes. Ils se veulent à égale distance des « sociétaires rêveurs », les fouriéristes, et des « terroristes » blanquistes. Je commence à être assez fort en matière de politique.

Bientôt la Toussaint, et ensuite, un jour de libre. Les catholiques fêtent les morts.

Méphisto essaie d'attraper ma plume qui court sur le papier. Je vais ouvrir la fenêtre et l'envoyer se promener sur les toits.

Et je pense à Émilie.

XXIV

Samedi 31 octobre.

J'ai expédié mes cours sans problème. Je n'ai pas rendu les devoirs parce que je suis rentré trop tard hier soir pour corriger. J'ai fini les restes, comme les bonnes cuisinières. Un bout de version, un thème d'imitation improvisé, quelques digressions sur les particularités de la syntaxe de Salluste, dont mes élèves se fichaient royalement. Un brouhaha permanent… Ils attendaient la cloche libératrice pour rentrer chez eux.

À quatre heures, je suis allé voir Léa chez Rosalie. Le père Schwoerer coupait du bois dans la cour. C'est un bruit qui me rend triste et maussade. Je vois des cercueils que l'on cloue, ou des échafauds que l'on monte. J'ai l'imagination triste depuis deux ou trois jours. Les femmes épluchaient des pommes de terre en bavardant ; elles m'ont demandé où en étaient mes affaires. Je ne leur ai rien dit. Je ne veux parler qu'à Léa seule, et il faudra que je lui annonce l'infortune d'Engelberger.

J'avais deux choses à faire avant la fin de l'après-midi : aller voir Léon à son étude, et passer chez Barbara. J'ai proposé à Léa de prendre l'air. Accompagnée, dans des rues passantes, elle ne risquait rien. Elle a dû voir à ma mine que j'avais des choses graves pour elle.

Elle se plaît bien chez les Schwoerer, mais elle n'a pas beaucoup d'économies, et il lui faut retrouver du travail au plus vite. Je lui ai dit :

« Pas avant que la Loutre et le Boucher ne soient sous les verrous. Vous êtes encore en danger. »

Je ne lui ai pas caché le malheur d'Engelberger, qui allait ralentir l'enquête, sinon la faire échouer. Elle fut brave. En mettant les choses au pire, elle serait obligée, si la Loutre n'est pas repéré et empêché de nuire, de s'en aller ailleurs, à Paris ou à Baden. En attendant, je vais lui payer sa pension chez les Schwoerer. Je lui ai raconté mon équipée avec Massiot. Le nom de Schuller ne lui dit rien.

Nous sommes arrivés à l'étude de maître Metzger, place Broglie, à l'heure où se terminait le travail de la semaine. On expédiait les dernières écritures. Léon était en train de ranger des documents, debout sur un tabouret devant les étagères bourrées de papiers et de boîtes d'archives. À côté de lui, dans la pièce étroite, un autre clerc dictait une minute à un troisième employé, et un saute-ruisseau attendait qu'on lui confiât les lettres à déposer. Il surveillait une casserole malodorante, posée sur le poêle, en se curant les oreilles.

« Tiens, voilà l'ami Floréal ! Tu viens déposer ton contrat de mariage avec madame ? Ou un testament ? »

Léon était descendu de son piédestal et jetait un regard de connaisseur sur les charmes de Léa. Il la salua galamment ; elle lui fit une petite révérence et répliqua en alsacien :

« C'est pour des leçons de bonne éducation. Mais on s'est trompé d'adresse. »

Léon ne sut quoi répliquer. Le saute-ruisseau s'esclaffa. Les autres ricanaient discrètement.

« Ton patron n'est pas là ?

— Non, il est déjà parti pour sa maison de campagne à la Meinau. Il se fait discret, par les temps qui courent. »

Tout le monde éclata de rire.

Alors, au fond de l'étude, une porte s'ouvrit. Le premier clerc, Kaufmann, montra sa tête de vieux séducteur ramolli, et cria :

« C'est pas bientôt fini, cette pagaille ? Non, mais où vous croyez-vous ? Je suis avec un client… »

Il nous vit et se figea. Léa poussa un petit cri. Leurs regards se croisèrent. Il pâlit et rentra dans son bureau. Léa me prit par le bras, fermement.

« Hé bien, puisque monsieur le notaire n'est pas là, on repassera. Allez, viens ! »

Et elle m'entraîna vers la porte. Léon nous regarda partir sans un mot. J'avais compris. Sur la place, elle m'expliqua.

« C'est lui ! Votre Schuller, c'est lui ! Il m'a reconnue.

— Kaufmann ! »

Le personnage qui prêtait sa chambre en ville à Léa et la Loutre, le « propriétaire de Brumath », le « monsieur bien mis » qui a placé le Boucher à l'école d'Émilie, et qui tournait autour des institutrices, sont une seule et même personne : Kaufmann.

Il faut l'arrêter et l'interroger avant qu'il ne fuie. À défaut d'Engelberger, je dois aller voir Voisenot, qui sera bien obligé de faire son devoir, même si, comme le pense Massiot, il a l'intention de fermer les yeux sur les agissements des notables noceurs. J'ai ordonné à Léa de retourner immédiatement chez Rosalie et de s'enfermer. Mais on ne donne pas d'ordre à Léa.

Nous avons couru au commissariat. Il n'y avait qu'un planton de garde. J'ai laissé un mot pour Voisenot. J'en ai fait tout se suite un double, que j'ai gardé, en demandant au planton d'être témoin.

Alors, nous sommes rentrés dans notre quartier, pour faire une visite à la pauvre Barbara, qui devait être bien abattue. Helmuth et elle nous avaient rendu de grands services, mais nous – Engelberger et moi – nous sommes contentés de leur aide, sans penser à les protéger mieux des agissements de policiers comme Voisenot. C'est le petit peuple, les gens qui ne comptent pas...

Léa fut la compagne idéale pour la visite. Nous frappâmes longuement à la porte en criant. Le concierge entrebâilla la lourde porte cochère. Il commença à gronder, mais reconnut Léa et s'adoucit. Il avait fait sa connaissance chez les Schwoerer, et n'avait rien à refuser à l'amie de ses amis.

Barbara était chez elle, dans son petit logis de deux pièces. Elle était assise devant la fenêtre et regardait tomber la nuit en tricotant. Une nappe à grands carreaux rouges couvrait la table. Dans un petit buffet peint en bleu s'empilaient des assiettes de grès. La soupe bouillonnait sur la cuisinière. Une pile de bûches, un évier, trois chaises, une statue de la sainte Vierge et un almanach pendu à un clou complétaient l'ameublement. Je fus ému. On se croyait à la campagne, chez ma tante Marguerite.

Je présentai Léa. Barbara nous offrit un petit verre de vin de noix.

« Vous savez qu'ils ont arrêté mon Helmuth ? Il a l'air méchant, comme ça, mais c'est un bon gars. Et il faisait bien marcher la menuiserie. On est allé voir plusieurs fois le père

Stoltz à la prison. Quand il sortira, il se retirera à Illkirch et laissera la menuiserie à Helmuth. »

Et elle se mit à pleurer. Je ne pouvais pas faire grand-chose pour la consoler.

« Je sais, Barbara. C'est à cause de la cave. Le flic qui remplace Engelberger croit que c'est Helmuth qui a renseigné les voleurs, qui leur a dit de ne plus déposer leur butin dans la cave de la tour.

— On savait que le grenier servait d'« hôtel » et qu'il avait des choses dans la cave de la tour… Les flics aussi !

— Les flics aussi ?

— Pas tous… Ceux qui traînaient dans le quartier. Ils se faisaient payer par Stoltz. Même le commissaire qui a arrêté Helmuth le savait.

— Voisenot ?

— Bien sûr. Il est passé me voir. Il m'a dit que si j'étais trop bavarde, Helmuth repartirait au bagne et n'en sortirait plus. »

Elle a trouvé un petit emploi chez un fleuriste ; la Toussaint est une assez bonne saison pour les fleurs… la bruyère, les chrysanthèmes. Ensuite, elle ira chercher du travail dans les bistrots du quartier. Elle va redevenir servante ou laveuse de vaisselle. Elle n'a rien contre moi, mais ne me croit pas quand je lui ai expliqué que j'avais trouvé des renseignements très importants ces derniers jours, que l'affaire allait s'éclaircir bien vite, que la justice n'est pas inhumaine, et que Helmuth serait alors libéré.

Léa ne disait rien et me laissait parler. Après un silence, elle lui demanda :

« C'est pour quand ? »

Barbara essuya une larme et dit :
« Cinq mois. Il bouge déjà.
— Beaucoup ?
— Non.
— Alors, ce sera un garçon. »
Comment avait-elle deviné ?

Dimanche 1er novembre.

Je suis allé au culte à Saint-Nicolas. Puisque je ne suis pas arrivé à voir Émilie – ou puisqu'Émilie ne veut pas me voir, je vais interroger son père. Je suis entré bravement à la sacristie, dès la fin du culte, et je lui ai demandé des nouvelles de sa fille.

« Vous savez que la police juge qu'elle est en grand danger, et croyez bien que je suis prêt à seconder vos soins pour la protéger de mon mieux…

— Votre démarche part sans doute d'une bonne intention, mais elle est inutile, car nous sommes informés depuis jeudi par le remplaçant de monsieur Engelberger. Cela dit, je suis inquiet au sujet de mon fils Frédéric. Il n'est pas rentré de Colmar… Mais pour Émilie, rassurez-vous. Nous avons fait le nécessaire. Monsieur Becker et la directrice de son école, sœur Sophie, ont bien voulu lui accorder un congé d'une semaine. Nous connaissons un couple de jardiniers, monsieur et madame Peterschmitt, à la Robertsau, qui va l'accueillir pendant ce temps, et la cacher loin des dangers de la ville. Ils lui aménagent une chambre, avec l'aide de son fiancé, qui a bien voulu prêter quelques meubles. »

Je le fis répéter. J'avais bien entendu.

« Ah bon ! J'ignorais l'heureuse nouvelle... Et puis-je savoir qui est l'élu de son cœur ?

— Ne parlez pas sur ce ton frivole, monsieur Krattz. Le mariage est une chose grave, et monsieur Keller, futur pasteur, saura apporter à ma fille toute la respectueuse affection qu'elle mérite. »

Je le saluai et m'en allai sans demander mon reste.

Voilà donc pourquoi je n'arrive plus à la voir depuis plus d'une semaine. Voilà pourquoi elle a été si froide avec moi. Voilà ce que cachaient les propos de Jérôme le jour de l'enterrement de Martha : « ... Une fille très belle aussi, mais une future épouse soumise et polie, l'idéal pour moi. » Ce triste faux-cul a manœuvré dans l'ombre, il a traité avec le vieux Durckheim, et est arrivé à ses fins.

Voilà où j'en suis. Il ne me reste plus rien, que mon travail et mes œuvres hésitantes. Et Méphisto. Et l'enquête.

Je vais aller voir Théo.

Le soir.

Je n'ai pas eu besoin d'aller le voir ; il est venu à trois heures. Il voulait savoir ce que je fricotais avec le détective. Je l'ai informé de tout : la chambre de Kaufmann, la destitution d'Engelberger et l'arrestation de Helmuth. Je lui ai même parlé du Cogneur et des renseignements que j'attendais de Massiot.

Je l'ai félicité pour son engagement avec les Républicains. Froelich lui a demandé d'enquêter sur les épouvantables conditions sanitaires des prolétaires strasbourgeois, et de lui donner régulièrement des articles. Il a accepté. Il connaît un peu le proudhonien Jacques, considère les fouriéristes comme des rigolos (à ce propos, je lui ai aussi parlé de la disparition de Frédéric Durckheim), et les blanquistes comme des nuisibles.

Enfin, je lui ai annoncé les fiançailles d'Émilie, et le désespoir dans lequel elles me plongeaient. Il ne compatit pas.

« Tu es hésitant et craintif. Tu as peur d'être repoussé, parce que tu veux entretenir un amour idéal, pur et parfait. Tes sentiments pour elle, c'est de la littérature. Tu te donnes le beau rôle dans un drame romantique. Tu n'aimes pas la fille ; tu en rêves, c'est tout différent. Tu aimes l'aimer. Tu t'aimes toi-même dans le rôle du troubadour adorant une dame lointaine et cruelle. Tu te rejoues la *Nouvelle Héloïse* en te regardant dans ton miroir quand tu te rases le matin. Tu te prends pour Werther en écrivant des poèmes. Mais ce ne sont pas des poèmes qu'elle veut, c'est un mari. »

C'est dur. J'avais les larmes aux yeux, mais je dois bien reconnaître qu'il a raison.

J'ai essayé de protester.

« C'est le père qui a décidé.

— Elle a assez de caractère pour s'opposer à son père. Elle n'était pas assez sûre de tes sentiments. Elle a choisi quelqu'un qui lui donnera la sécurité.

— Ce minable obsédé !

— Lui au moins, il la désire vraiment, en chair et en os.

— Tu ramènes tout à la jouissance ; l'amour c'est aussi...

— Oui ou non, est-ce que tu as envie de coucher avec elle ? »

Et c'est à ce moment que Léa entra, sans frapper. Elle avait pris la mauvaise habitude de Rosalie. Elle me regarda d'un drôle d'air.

« Je dérange ? »

Théo ne l'avait jamais vue, mais je lui en avais beaucoup parlé. Ils se regardaient en silence. Je fis les présentations et notre conversation en resta là. Léa apportait du vin blanc et des gâteaux. Elle les avait faits elle-même. Théo remarqua qu'elle s'était brûlée à la main, et lui donna des conseils. Elle avait aussi pris froid lors de notre sortie d'hier. Et Théo lui proposa de l'ausculter...

Nous en revînmes à nos affaires. Théo n'a pas son pareil pour envisager tous les aspects d'une question. Il n'y avait pas lieu de dresser un plan de bataille. L'interrogatoire de mercredi prochain apportera peut-être du neuf. Il faut retrouver le Boucher et la Loutre. Ils sont en fuite ou traqués, et sans doute incapables de nuire encore. C'est l'affaire de la police.

Kaufmann est démasqué. Tous les trois font partie du premier cercle de nuisibles autour du Cogneur. Le grand danger serait qu'ils aient fui. Alors, l'enquête s'arrêterait, et on n'aurait vengé ni Martha, ni Madame Schneider. Seul bénéfice : le Cogneur serait empêché de nuire. C'est sans doute ce qu'espèrent Voisenot et consorts. Plus de vagues, affaire classée, Engelberger viré... et Metzger, Maurer et autres reprennent leurs petites habitudes.

« Alors, Helmuth et le père Stoltz resteront en prison, et toi, Floréal, et Léa, vous serez en danger. Et même Émilie.

— Pourquoi ?

— Parce que vous serez les seuls à connaître les mystères de Strasbourg. »

Ils sont partis à cinq heures, ensemble, et moi, je n'ai envie de rien. J'ai regardé la nuit tomber avec Méphisto.

XXV

Lundi 2 novembre.

C'est le jour des morts pour les Catholiques. Pour moi aussi, c'est un jour de mort, un jour mort. Mais je ne veux pas m'attendrir sur mon triste destin. La rude leçon de Théo m'a servi. À sa rugueuse façon, il m'a parlé comme l'aurait fait un confesseur du Grand Siècle. Un de ces Messieurs de Port-Royal qui connaissaient leur saint Augustin par cœur…

Dois-je garder l'espoir ou me faire une raison ? Mais qu'est-ce que la raison peut faire contre l'espérance ? Et que vaut l'espérance si l'on ne lutte pas ? Ma colère contre Jérôme ne faiblit pas. Je rêve aux moyens de lui arracher Émilie. Vais-je engager un combat contre Jérôme ? Avec quelles armes ?

J'aimerais être au Moyen Âge, ou à Florence, enlever Émilie, me battre en duel avec Jérôme… Mais nous sommes en 1846, dans un siècle prosaïque, où les grandes passions n'existent plus. Nous sommes au temps de Werther, qui pleurniche et se suicide.

Je vais continuer l'enquête seul. C'est aussi une façon de se battre.

Pendant que j'y suis, je vais tout relire, depuis le début du mois d'octobre. Cela me donnera peut-être des idées de romans.

Soudain tout se tient ! C'est terrible...

Lundi soir.

Ernest habite rue du Bain-aux-plantes, pas loin de Saint-Thomas, dans un petit appartement de deux pièces que lui loue un tanneur. Le quartier pue, mais de sa chambre, il a une vue magnifique sur la Petite France, les tours anciennes et les Ponts couverts.

Il ne fut pas surpris de me voir arriver ; je lui avais promis de lui raconter mes histoires. Il était assis sur son lit, enveloppé dans une couverture, mal rasé, le cheveux sale et ébouriffé, l'air plus morose et plus triste que jamais dans sa chambre sans feu.

Je me posai devant la fenêtre un instant, cherchant mes mots et admirant le paysage.

« Tu as une vue superbe ! Tu n'as jamais pensé à faire des lithographies ?

— Non seulement j'y ai pensé, mais j'ai fait des lithographies. J'ai ouvert un atelier... et j'ai fait faillite. Tiens ! Regarde ! »

Il me montra sa table, devant la fenêtre. Tout le matériel du graveur était là : des pierres à lithographier, des pots d'encre, des plumes.

« J'ai vendu la presse. Je ne peux plus rien faire que des gravures sur bois pour les almanachs ; cela paye les intérêts de mes dettes. Je vis avec les cent francs par mois que m'offre le Collège. Je mange des patates et je m'habille au marché aux puces. Quand je suis absent à nos rendez-vous au restaurant, ce n'est pas parce que j'ai autre chose à faire, c'est parce que je n'ai plus un sou. »

Je me tournai vers son bureau, soulevai quelques papiers. Ils couvraient des plaques de cuivre noircies au vernis, et attaquées par l'acide. Il rejeta sa couverture, se leva vivement et se précipita sur moi. Il remit les papiers sur les plaques.

« Ne touche à rien ! Alors, tu viens enfin me raconter ?

— Je crois que c'est plutôt toi qui vas me raconter des choses. Tu me parles de Jean Humbert ? Tu le connais bien ?

— Je ne l'ai jamais vu. Tu sais bien que je n'ai pas de cours en classe de Rhétorique.

— Alors comment savais-tu qu'il voulait aller en Angleterre ?

— Mais... le bruit courait.

— Non. Même Schnell, Didierjean et Amersbach ne savaient rien sur ses projets.

— Mais enfin, il est bel et bien parti, non ? J'ai dit l'Angleterre comme ça, au hasard. »

Il se rassit sur son lit, reprit sa couverture et garda le silence.

« Admettons. Mais pour aller en Angleterre, il faut un passeport... On n'y va pas comme ça. Et il n'a que dix-huit ans. Il s'est fait faire un faux passeport.

— Peut-être. Où veux-tu en venir ? »

Il se troublait et commençait à se fâcher. Je m'assis sur sa chaise et je lui fis face.

« Je sais qu'un graveur lui a fait des faux papiers. Et j'ai une idée sur la personne de ce graveur ; et j'ai bien envie d'en parler au commissaire.

— Eh bien, vas-y ! Si c'est tout ce que tu as à me dire...

— Tu devais livrer le faux passeport le 2 au soir. Tu n'étais pas au *Stadtwappe* avec nous.

— Tu inventes n'importe quoi. Qu'est-ce qui te prend ?

— Johann… C'est bien le nom ? On peut faire un faux passeport avec une pierre à lithographie ? Ou plutôt avec une plaque de cuivre ? La Loutre te paie bien pour ces travaux ? Tu en fais régulièrement ? »

Il ne savait plus quoi répondre. Il marmonnait qu'il ne comprenait rien à ce que je disais. Il était devenu mortellement pâle.

« Je ne veux pas te dénoncer, je n'aiderai pas la police. Si elle te trouve, tant pis pour toi. Mais tu vas me raconter ce qui s'est passé le 2 au soir, car tu n'as pas livré le passeport. Et tu sais très bien ce qui s'est passé ce soir-là. »

Il essaya de ricaner en haussant les épaules.

« Parce qu'en plus, tu veux m'accuser d'avoir tué la petite amie de Jean Humbert ?

— Ne me parle pas sur ce ton, crapule ! »

J'ai toujours eu du mal à me fâcher vraiment. Mais son attitude me révolta. Je m'attendais à un effondrement, des pleurs, des plaintes, des aveux larmoyants. Son cynisme était odieux. Nous nous affrontâmes en silence un long moment.

« Lundi le 19, j'ai eu une information sur Jean. La petite demoiselle qui est venue au Collège… Je t'ai demandé de surveiller l'étude à ma place. Une heure plus tard, on me tirait dessus. Tu as prévenu quelqu'un que je partais, sans doute la Loutre.

Ou bien tu parles, ou bien je m'en vais prévenir la police, et tu iras faire des gravures aux galères. »

Il baissa enfin les yeux. J'avais gagné.

Il me raconta tout. Il avait rencontré la Loutre au printemps dernier, dans un cercle de jeu clandestin, où il essayait de se faire un peu d'argent. Il avait perdu gros.

« Ce gars m'a abordé alors que je traînais au bord de l'Ill. Je n'avais plus un sou, je devais deux mois de loyer, je voulais me f... à l'eau. Il savait que j'étais dessinateur. Il m'a proposé de payer mes dettes de jeu, à la condition que je lui rende des services.

— Graver des faux papiers.

— J'ai fait deux ou trois passeports, des faux livrets d'ouvriers pour des évadés du bagne, des reconnaissances de dettes truquées... En septembre, la Loutre est venu me voir pour un passeport, et m'a donné les indications : le nom "Johann", le signalement, l'âge... Il ne m'a pas dit le vrai nom du gars. Je ne savais pas que c'était pour un élève du Collège.

— La Loutre était seul ?

— Oui. Enfin, seul chez moi. Quand il est parti, j'ai vu par la fenêtre qu'un autre bonhomme l'accompagnait, qui était resté dans la rue, à guetter.

— Son signalement !

— Petit, trapu, avec une grosse tête et des bras trop longs. Ce n'était pas Jean Humbert. J'ai fait du beau travail. Je me disais que c'était pour une bonne cause ; un jeune homme révolté qui veut fuir cette ville étouffante...

Le 2 au soir, j'ai terminé la gravure. Je devais recevoir mon argent le 3 au matin, Grand-rue, en échange du passeport. La Loutre m'attendait devant la porte d'un menuisier. Il m'a dit qu'il y avait eu un problème. Le gars était parti sans passeport. J'ai demandé mon argent quand même. Il m'a ri au nez, sachant que je n'avais aucun recours. Il m'a dit : "Ton chef d'œuvre de gravure, tu peux te le...".

J'ai tout compris plus tard, quand on a annoncé la découverte du corps de la demoiselle.

— Qu'est-ce que tu as compris ?

— Le gars qui faisait le guet quand la Loutre est venu me voir… Il devait savoir, ou il a appris que Jean et son amie étaient dans la tour. Et c'est lui qui a tué la fille.

— Et le passeport ?

— Je l'ai gardé.

— Tu vas me le donner.

— Non. »

Je me levai et ouvris la porte.

« Alors, je vais de ce pas au commissariat. »

Il se jeta sur moi et m'empoigna par le col. Je le repoussai avec une violence dont je ne me serais pas cru capable. Il heurta sa chaise, qui se renversa, et il finit par terre, non sans se cogner la tête au coin de sa table.

« Imbécile ! Tu ne comprends pas que je peux te sauver la mise ? Je garde le passeport et je le cache. Si la Loutre parle, tu pourras nier. On te condamnera seulement pour les autres faux papiers. Tu ne seras pas impliqué dans le meurtre de Martha, ni dans la disparition de Jean. »

Il saignait du front. Je lui tendis mon mouchoir, et il se tamponna sans un mot. Il réfléchissait.

« Mais je veux être sûr que tu ne connais que la Loutre. Tu n'es jamais allé chez lui ? Tu n'as eu de contact avec aucun de ses collègues ? As-tu revu le bonhomme qui l'accompagnait ? »

Il secouait la tête, vaincu.

« Comment as-tu fait pour le prévenir, le soir du lundi 19 ?

— J'ai surveillé l'étude à ta place, et à 6 heures, j'ai fait parvenir un mot à la Loutre. Je lui ai dit que tu avais reçu une information sur Jean Humbert ; rien de plus. Je te le jure. Je ne sais même pas ce qui s'est passé ensuite, si tu as vraiment revu le Jean Humbert ou non. Si j'avais su qu'ils voulaient te tuer...

— Comment lui as-tu fait parvenir ce mot ? Tu es allé chez lui ?

— Il ne m'a jamais donné son adresse. Mais si je devais le joindre ou l'informer de quelque chose, je devais déposer un billet...

— Où ?

— Quelque part. C'est secret. Si je le dis, je risque gros.

— Tu ne risques rien, parce qu'on va arrêter toute la bande. Et si tu ne me le dis pas, je m'en vais.

— Je devais donner le message au patron d'une brasserie, au coin de la rue des Veaux, en face du collège Saint-Étienne.

— Bon. Tu vas y retourner ; tu donneras un papier au patron. Ensuite, tu disparais et tu me laisses agir. »

Je retournai à sa table et examinai, un à un, les papiers, les gravures, les dessins, les plaques qui s'y trouvaient. Le passeport n'y était pas, mais il y avait d'autres faux documents, que je pris. Il me regardait faire. Je lui dictai un billet en feuilletant les quelques livres posés sur une étagère. Le passeport au nom d'Henri Johann y était, entre deux pages d'un manuel de dessin. Je le mis dans ma poche avec le reste.

« On se retrouve dans une heure devant la brasserie. »

Il était vaincu. Il accepta.

Je l'ai laissé à ses remords, et je suis rentré.

Le soir.

Je voulais mettre ces documents en lieu sûr. Pas question de les donner à Voisenot. Ils me serviraient sans doute plus tard, à moins que je ne les fisse disparaître pour sauver la mise à Ernest, qui finalement m'inspirait plus de pitié que de mépris.

Le père Schwoerer n'était pas dans sa loge. La porte qui donne sur la petite cour obscure était ouverte. Des volutes de vapeur envahissaient le corridor, et j'entendais des rires.

Rosalie était avec Léa dans la petite cour obscure au fond du couloir. C'était jour de lessive. Qu'il fasse beau ou non, qu'il gèle, qu'il pleuve ou qu'il vente, le premier lundi du mois, Rosalie fait sa lessive, en plein air. Pas d'exception pour le jour des morts. Une grande bassine bouillonnait sur un feu de briquettes de tanin, Bertha touillait, Rosalie suspendait les draps lavés à un fil, et Léa frottait. Elle était en jupon et en chemise, sans son corset. Elle se penchait sur la bassine, ses tresses dénouées ondulaient devant sa gorge, puis elle se redressait, s'épongeait le front, et tendait le buste en rejetant ses cheveux sur ses épaules nues. Je restai un moment immobile devant le spectacle. Pendant ce temps, le père Schwoerer dépouillait un lapin pendu à la porte de la remise. Les petits le regardaient faire, intéressés, et Méphisto traînait autour d'eux, en lorgnant le lapin.

Léa me vit, et me montra en riant la chemise de nuit qu'elle était en train de laver.

« Qui c'est qui va avoir du beau linge bien propre ? Et cessez de me regarder comme ça. Vous ressemblez à votre vieux chat devant le lapin ! »

Tout le monde éclata de rire, mais je m'efforçai de rester sérieux. Léa et Rosalie comprirent que l'heure était grave. J'emmenai Léa dans le corridor, je lui tendis les papiers pris chez Ernest, et lui dis de les cacher jusqu'à ce que je les redemande, moi, ou le commissaire Engelberger. Elle les glissa dans sa chemise.

« Ici, personne ne viendra les chercher, et vous saurez où les trouver… »

Et elle retourna dans la cour en riant.

J'avais un peu de temps devant moi. J'étais évidemment nerveux et inquiet, mais l'histoire du meurtre de Martha se reconstituait pièce par pièce. Le Boucher a plus ou moins assisté au marché entre la Loutre et Ernest. Il n'est pas idiot au point de ne pas avoir compris que le destinataire du faux passeport allait loger dans le grenier, ou il l'a entendu dire. Et il a décidé d'aller voler le gars. La suite, c'est Jean qui me l'a racontée.

Engelberger serait content de moi, et j'ai grande hâte de le revoir, car l'enquête repose entièrement sur mes frêles épaules désormais.

J'avais ordonné à Ernest d'écrire, avec l'orthographe et la signature de Léa : « *Rensaignemens importans pour toi. Léa.* »

Mon plan était le suivant : Ernest dépose le billet. Le patron envoie un messager à la Loutre, bien caché dans le quartier. Moi, je reste dehors, je file le messager, sans doute un garçon de la brasserie, et je repère l'endroit où se cache la Loutre. Le messager revient, avec la réponse de la Loutre. Ernest sort et on s'en va, sans aller au rendez-vous.

C'était risqué, mais l'enjeu était énorme, et je ne voyais pas de gros danger. Je jouais au détective amateur, mais je jouais aussi avec la vie de mon collègue.

À sept heures, Ernest est au rendez-vous devant la brasserie. Il entre pour déposer le billet. Je me dissimule sous le porche du collège Saint-Étienne et j'attends. Des gens sortent, d'autres rentrent, des couples, des vieux, des étudiants en groupe. J'attends de voir un garçon de la brasserie, mais en vain.

Ernest sort au bout d'une demi-heure. Je me montre.

Il me demande : « Tu as vu quelqu'un ?

— Personne. Que s'est-il passé ?

— J'ai donné le billet. Le patron l'a lu et m'a dit : "Il n'y a plus personne à cette adresse." J'ai joué la surprise, en insistant. Il m'a répondu qu'il allait essayer. Il m'a obligé à rester au comptoir devant lui, à boire ma bière sans un mot. Il est allé prévenir quelqu'un dans la cuisine.

— Et je n'ai vu sortir personne.

— Le messager a dû sortir par derrière ; il y a une porte qui donne sur la rue des Veaux. Tu aurais dû y penser.

— Je ne pouvais pas être en deux endroits à la fois. Bon. C'est fichu. Merci quand même.

— Attends ! Le messager est revenu ! Quelqu'un m'attend au quai au Sable… Je vais y aller ; j'inventerai quelque chose.

— Ah non ! Pas question ! Le patron a dû deviner mon petit piège et le retourner contre nous, en prévenant le Boucher ou un autre tueur.

— Je vais crier, la police viendra… Et tu seras là, à côté. À deux, on peut l'empêcher de nuire !

— Quai au Sable ! L'endroit idéal pour se faire tirer dessus dans ce brouillard. Tu n'auras pas le temps de crier. Je vais aller dénoncer le patron à la police. C'est à elle d'agir.

— Mais si on arrête cet intermédiaire nous-mêmes et qu'on l'amène à la police, l'affaire pourrait être réglée très vite. »

Il voyait la possibilité de s'innocenter, de se réhabiliter par une belle conduite. Ses yeux brillaient. Il m'implora.

« On n'est pas de taille. C'est de l'héroïsme irréfléchi. »

Mais Ernest ne m'écoutait plus. Il était parti en courant dans la rue des Veaux. Je le suivis.

Le quai au Sable n'est pas éclairé. Les lampadaires du quai des Bateliers, en face, faisaient des taches de lumière dans le brouillard qui recouvrait l'Ill. On distinguait des bateaux immobiles le long du quai, d'autres qui glissaient en silence sur la rivière. Il n'y avait personne sur la rive, ni dans la ruelle qui y mène.

Arrivé au plan incliné qui descend vers l'Ill, parallèle à la rivière, je discernai vaguement la silhouette d'Ernest, à dix mètres de moi, au bord de l'eau. Il était immobile, déçu sans doute de ne voir personne. J'agitai les bras pour qu'il me voie. Il se tourna vers moi.

Mais une ombre se dressa derrière lui. Un homme sortait d'une barque couverte.

« Ernest ! Le bateau ! Derrière toi ! »

Il se retourna trop tard. Le Boucher l'abattit d'un coup de hache sur la nuque. Je n'eus pas le temps de réagir. Un coup de feu claqua, le Boucher poussa un cri et tomba à l'eau. Un deuxième coup me frôla. Je me jetai sur le sol. Je discernai, au-dessus de nous, un homme enveloppé dans une grande pèlerine noire, qui courait vers la terrasse du Palais des Rohan. Son manteau volait derrière lui comme les ailes d'une chauve-souris.

C'était un piège diabolique. Le patron de la brasserie avait fait prévenir à la fois le Boucher, caché dans un bateau depuis cinq jours, et le nouveau tueur du Chef. C'était l'homme qui avait tiré sur Jean à la Citadelle deux semaines auparavant. Le Boucher devait nous exécuter, puis le tueur liquidait le Boucher. Le Cogneur faisait d'une pierre deux coups : éliminer les gêneurs, détectives amateurs, et le Boucher, trop compromis.

Au bruit des coups de feu, des gens s'étaient montrés aux fenêtres, et la police arriva bien vite. On me releva brutalement et on me passa des menottes, pendant qu'un inspecteur constatait le double meurtre. Ernest avait eu le cou à moitié tranché, et le Boucher avait pris la balle dans le visage. Il me fallut raconter toute l'histoire trois ou quatre fois avant qu'on me crût et me délivrât des menottes. Puis on m'emmena au commissariat, pour enregistrer ma déposition. Voisenot n'était pas là. Il viendra m'interroger demain au Collège.

Et je suis rentré. Je vais essayer de dormir.

XXV

Mardi 3 novembre.

Étrangement, je me suis endormi vite. Ce n'est pas que je prenne l'habitude de me faire tirer dessus et de voir des cadavres – j'en suis à mon quatrième – mais j'étais épuisé par les émotions. Et puis, malgré le triste destin d'Ernest, je vois les mystères et les menaces qui m'oppressent depuis un mois se résoudre et se dissiper. Il reste à traquer la Loutre et Kaufmann, qui ne sont pas des tueurs, à identifier le Cogneur et son *pistolero*... des affaires pour la police.

Quant à Émilie, je veux la revoir. C'est à elle de s'expliquer. Théo a raison de me reprocher mon idéalisme romantique, mais s'il faut un mari à Émilie, je pense quand même que je ferais l'affaire au moins aussi bien que Jérôme. Si elle ne me veut pas, qu'elle me le dise, et qu'elle me dise pourquoi. Moi, je la veux. Il est vrai que j'aimerais bien aussi avoir Léa... Je ne me le dissimule pas. Mais mes deux flammes ne se confondent ni ne s'équivalent. Léa, c'est l'« inclination », Émilie, c'est la « dilection » pour la vie, comme on disait au temps de Racine. Désormais, je sais que j'aime Émilie de toute mon âme, et de tout mon corps ; je le sais parce que je suis jaloux de Jérôme – autre leçon de Racine !

Et j'ai bien l'impression que Léa et Théo ont fait affaire ensemble…

Je suis arrivé en retard au collège, volontairement, pour éviter d'avoir à répondre aux questions des collègues. Mais Ratapoil m'attendait devant la loge du portier, bras croisés, rigide et ferme comme la statue de Salomon au porche de la Cathédrale voisine. Il m'a serré la main et m'a demandé comment j'allais. Il y avait du trouble dans la voix et les yeux du vieux grognard. Il était bouleversé.

Voisenot est chez le Proviseur depuis deux heures. Je dois lui donner un compte-rendu exact et exhaustif de ce qui s'est passé, avant de parler à quiconque. Je suis libéré des cours de la matinée.

Le proviseur était assis à son bureau, très abattu. À côté de lui, Voisenot, stupide et arrogant, égal à lui-même.

Je n'avais aucune raison de dissimuler les coupables activités d'Ernest. Mais je le présentai comme un héros, qui avait voulu racheter, par sa conduite héroïque, les errements auxquels ses revers de fortune l'avaient amené.

« Il rendait des services à la pègre strasbourgeoise, en dessinant de faux papiers. Je l'ai démasqué ; il a reconnu sa mauvaise conduite. Il a voulu livrer son intermédiaire au bras de la Justice, en lui donnant un rendez-vous. Je le lui ai fermement déconseillé, mais il était déjà parti en courant dans la rue des Veaux, jusqu'au lieu de l'entrevue qui lui a été fatale. »

Voisenot se rengorgea.

« Voilà ce qui arrive quand les particuliers se mêlent de faire justice eux-mêmes !

— Il voulait seulement identifier l'individu, puis nous serions évidemment allés informer la police. »

Le proviseur acquiesça.

« Mais vous me voyez expliquer cela au Conseil Académique ? Un professeur de dessin d'art corrompu qui a des remords et se transforme en policier, et qui périt, victime de sa mauvaise conscience ? Dans notre collège ? Vous imaginez le recteur ? Mais il va me muter aussi sec… à Charleville ! Ou même à Thionville ! Et d'abord, qui est-ce qui vous a demandé de jouer les justiciers ?

— Vous m'avez demandé de rechercher Jean Humbert…

— Ah oui ! Celui-là ! Mais que vient-il f… là-dedans ?

— Le commissaire Engelberger… »

Voisenot ricana.

« Monsieur Engelberger a subi les conséquences de ses idées : recruter des amateurs incompétents pour seconder la police. Voilà où cela nous a menés. »

Le Proviseur l'interrompit.

« Mais cela n'explique en rien les événements d'hier soir ! Qu'on tue un faussaire, je veux bien. Que le tueur soit évidemment le même que celui qui a égorgé madame Schneider, c'est dans l'ordre des choses, j'imagine. Mais ensuite ? Qui est ce tireur au pistolet ? Je n'y comprends vraiment rien…

— Je vais tout vous expliquer. »

Mais Voisenot m'empêcha de parler.

« Monsieur Krattz doit réserver ses récits pour le juge d'instruction.

— Soit, répondit le proviseur. Cela dit, j'ai quand même une bonne nouvelle. Le docteur Humbert m'a écrit. Son fils lui a fait parvenir une lettre. Il ne peut pas leur dire où il est, il regrette le chagrin qu'il leur cause, mais il a trouvé la vie qu'il veut mener. Il ajoute qu'il a vécu un drame terrible, qu'il a échappé à la mort de peu, et que désormais, il est en sûreté avec des amis. Vous vous rendez compte ? Je me demande bien...

— Monsieur le proviseur, Jean Humbert était l'ami de la jeune fille assassinée retrouvée dans un puits. Elle a été quasiment tuée sous ses yeux par le fou qui a tué madame Schneider et Ernest Guérin. Ensuite, il s'est caché. Je l'ai retrouvé il y a trois semaines, un soir, devant la Citadelle. C'est là qu'il a échappé à un coup de feu, tiré par le même individu que le tueur d'hier soir. »

C'était trop de révélations brutales à la fois. Le proviseur se prit la tête entre les mains, et lâcha un « Que Dieu me damne ! C'est pas Nom de Dieu possible », en alsacien.

Voisenot était furieux de ne rien comprendre, il répétait : « Mais, mais, mais... »

Je profitai de mon avantage pour préciser que Jean avait sans douté été recueilli par un groupe de « jeunes gens adeptes de réformes radicales de la société », auquel il appartenait, et qui s'efforcent de mettre en œuvre les idées de Charles Fourier.

« Bon. C'est de leur âge. L'essentiel est qu'il soit en bonne santé. C'est déjà ça. »

Voisenot ne voulut pas que je développe ou que je précise mes informations. Il mit au point la version des faits la moins scandaleuse possible avec le proviseur et prit congé, non sans demander à s'entretenir avec moi en particulier. Il avait l'air d'un renard guettant un lapin perdu, et je me dis que j'allais passer un mauvais quart d'heure. Il m'emmena dans la bibliothèque des professeurs, s'assit devant la fenêtre pour avoir un peu de lumière, loin des hautes armoires noires que personne n'ouvre jamais, sortit un crayon et un calepin, et attaqua.

« Je n'ai rien contre vous. Engelberger vous a utilisé comme auxiliaire, contrairement à tous les règlements. Vous avez joué au policier, avec, paraît-il, un certain Massiot, assez défavorablement connu de nos services. Je reconnais que vos initiatives intempestives et brouillonnes ont amené quelques résultats utiles. Mais cette page est tournée. C'est à moi que vous aurez affaire désormais. Vous allez tout me dire. »

Il y eut un silence. Je décidai de tout lui raconter. Je parlai du grenier de la tour : « Il paraît que quelques policiers étaient au courant de son utilisation comme hôtel pour personnes recherchées, et qu'ils gardaient le silence.

— Oui, peut-être. On est bien obligé de fermer les yeux sur certaines pratiques pour obtenir des informations.

— Mais il paraît que le menuisier Stoltz était obligé de…

— De quoi ?

— De payer en échange de la discrétion de la police.

— Stoltz est prévenu, emprisonné, et vous ajoutez foi à de tels racontars ? Qui vous a dit cela ? La poule de Helmuth Stoeckli, je parie ? On va la coffrer pour diffamation. »

J'avais mis Barbara en danger. Je protestai énergiquement de son innocence et je fis un tableau émouvant de cette « jeune femme intègre et travailleuse, qui attend avec dignité la libération de son époux, et un bébé ». Cela ne l'émut pas.

Il m'écouta ensuite sans m'interrompre, jusqu'au moment où j'abordai les liens entre le bande du Cogneur, la mère Delebecque, Maurer, Metzger et Kaufmann.

« Alors là, je vous arrête ! Vous n'avez pas le droit de mettre ces personnes en cause sans preuve. Je sais bien que leurs habitudes sont répréhensibles sur le plan de la morale, mais ils sont discrets, et ne mettent pas en danger l'ordre public. Et d'abord, qui vous a dit cela ? La fille Léa ? Cette grue ! »

Il ne voulut rien entendre. Il protégea fermement les noceurs, séparant radicalement leurs agissements de la bande du Cogneur. Il insulta Engelberger et ses « élucubrations », sa « haine des gens riches qui ont réussi dans la vie », en raison de « ses convictions politiques égalitaires ».

Il ne m'écouta pas plus quand je parlai de l'honnêteté de Helmuth, renvoyant toute décision après le procès du père Stoltz. De toute manière, il sera avec Engelberger, Froelich et moi à la prison demain. Cela promet.

À dix heures, j'en avais fini avec lui. J'avais hâte d'aller voir Massiot.

Il a reçu la lettre. Un inspecteur de la rue de Jérusalem, qui avait été de ses collègues au temps de Vidocq, et était resté dans la police, lui avait envoyé confidentiellement les renseignements demandés : la liste des bagnards alsaciens libérés ou évadés depuis 1840. J'avais choisi cette année au hasard, pour ne pas laisser échapper un gros poisson de mon filet. Je supposais que la police n'avait vérifié que les deux ou trois dernières années, puisque le Cogneur n'avait entrepris son opération de prise en main de la pègre strasbourgeoise qu'au printemps de cette année. Je voulais surtout les surnoms, les pseudonymes, les spécialités criminelles et les signalements.

La liste était impressionnante. J'avais sous les yeux un tableau complet de la criminalité régionale, mais je ne comprenais pas grand-chose aux indications du collègue de Massiot.

« Mon collègue a indiqué la spécialité à côté de chaque nom, m'expliqua-t-il, mais en français, pas en allemand.

— En français ? Vous appelez cela du français ?

— Ah ! C'est un français spécial, c'est l'argot des voleurs. Vous n'avez pas lu *Les Mystères de Paris* ou les *Mémoires* de Vidocq ?

— Si, bien sûr. Mais de les voir là, en vrai… Là, par exemple, "Fortier, mornifleur", ça veut dire quoi ?

— Ça veut dire "faux-monnayeur".

— "Morel, maltouzier" ?

— Contrebandier. »

Grâce aux traductions de Massiot, le travail alla assez vite. J'éliminai les assassins par passion : amants jaloux, ivrognes bagarreurs, maquereaux en concurrence, vengeances villageoises, qui formaient la majorité des condamnés. Je laissai de côté aussi les « petits », les « grinches », simples voleurs, les « rouletiers » qui volent les malles, les « boucardiers » qui pénètrent dans les boutiques la nuit, les « caroubleurs » qui font de fausses clés, les « frimousseurs » qui trichent aux jeux, menu fretin sans envergure.

Il restait quelques noms seulement : Hincker, le « chauffeur » de la vallée de la Bruche, qui « chauffait » les pieds des paysans isolés pour leur faire avouer où ils cachaient leurs économies, mais il opérait dans les années 1816 : trop ancien. Liebstein, à la fois patron de bal public, vendeur d'alcool frelaté et proxénète. Mais son surnom était « Monocle » parce qu'il était borgne. Schwartz, qui terrorisa un temps les contrebandiers, mais il s'était retiré dans un monastère.

J'étais déçu. Aucun ne correspondait à l'image que nous nous faisions du Cogneur, Engelberger et moi. En fait, le commissaire avait eu l'intuition que le Cogneur « venait d'ailleurs » que du monde du crime. Il avait sans doute raison.

Il y avait aussi une liste d'évadés.

« Les plus dangereux. Mais on ne peut faire confiance aux signalements. Ils ont changé de tête et d'identité. »

Je la parcourus : Vix, dit « l'Empoisonneur », qui tenait une auberge à Lapoutroie ; Moos, « grinche et surineur » (voleur et assassin au poignard) ; Letzer, dit « Blondinot », escroc et peut-être tueur à gages ; Fuchs, dit « Renard », recéleur violent ; Wurtz, chef de bande dans la forêt de Haguenau. Tous dangereux, violents, insaisissables. L'un ou l'autre nom me faisait penser à des connaissances de rencontre, mais je ne tirai rien non plus de cette liste.

« Peut-être aussi les "non-lieux" ? Lorsque la culpabilité d'un criminel ne peut pas être prouvée aux assises, et que les jurés n'ont pas d'« intime conviction » ?

— Il fallait le demander avant. Si vous voulez, je peux lui écrire à nouveau, mais cela va prendre encore dix jours au moins. Et à ce compte-là, on pourrait aussi bien dépouiller les mains courantes du commissariat. Vous n'en finirez pas. »

C'était donc un échec. Ma judicieuse initiative se soldait par un non-lieu.

Je suis revenu au Collège. J'ai demandé franchement à Ratapoil la permission de m'absenter demain, en lui expliquant qu'Engelberger tenait à ma présence. Il me l'a accordée sans difficulté. Il s'occupait d'organiser des funérailles dignes au pauvre Ernest, et il était très ému. Une délégation d'élèves vint respectueusement me demander ce qui s'était passé. Le fait qu'on m'ait tiré dessus me donne un prestige certain au Collège. Je leur dis le minimum : monsieur Guérin a été victime de l'assassin, qui se cachait dans une barque. Un personnage mystérieux a tué l'assassin. La police fait son travail.

XXVI

Mercredi 4 novembre.

Je suis arrivé devant la prison, rue du Fil, en même temps qu'Engelberger, au petit matin. Froelich était déjà là, avec Barbara. Elle avait obtenu une permission de visite, et portait un panier rempli de provisions et de quelques bouteilles. Le geôlier de service ne voulut pas la laisser entrer, parce que c'était jour d'interrogatoire, mais Froelich le prit de haut et imposa sa présence.

Il tombait une petite pluie fine et froide. Le jour peinait à se lever. Les gens qui allaient à leur travail passaient rapidement dans la rue étroite, jetant un coup d'œil curieux à ces gens qui attendaient devant la prison. Engelberger était tendu et renfrogné, mais combattif. Il me présenta ses condoléances pour Ernest. Il savait tout. Un de ses inspecteurs le renseigne discrètement.

Je l'ai informé rapidement des derniers progrès de l'enquête : Émilie Durckheim est en sûreté à la Robertsau. Le monsieur de Brumath, l'intermédiaire entre les noceurs et le Cogneur, c'est Kaufmann.

« Il est peut-être aussi le propriétaire de Barr qui assurait la sécurité de la cave des recéleurs. Mais vous savez que

Voisenot refuse qu'on s'occupe de lui. Les pressions sont terribles, et Voisenot n'est pas homme à…

— À quoi, Engelberger ? »

C'était Voisenot, qui venait d'arriver discrètement, et qui se plaça entre nous, hargneux et agressif.

« Salut, Voisenot. Il faut interroger un certain Kaufmann.

— Kaufmann ? Quel Kaufmann ? J'en connais des tas.

— Le premier clerc du notaire Metzger.

— Pas suspect. Vie scandaleuse, je vous l'accorde, mais rien à voir avec notre affaire. On n'a pas à surveiller la vertu des gens.

— Il ne s'agit pas de cela…

— Essayez d'obtenir une commission rogatoire du juge d'instruction. On verra ce qu'on peut faire.

— En attendant, vous lui donnez largement le temps de se mettre à l'abri.

— Je ne lui donne rien du tout ! Vous n'êtes plus chargé de l'affaire.

— Prends garde, Voisenot. Lorsque la vérité éclatera…

— Tu me menaces ? Espèce de Rouge ! Jacobin ! »

Il brandissait sa canne. Engelberger répliquait. Froelich s'interposa. Le juge d'instruction, monsieur Weber, arriva à ce moment, avec son greffier.

Et la porte s'ouvrit. C'était la première fois que j'entrais dans une prison. Cela sentait mauvais. Les couloirs étaient sales, mal éclairés, des geôliers patibulaires nous encadraient, faisant tinter de gros paquets de clés. Il n'y avait que des fenêtres étroites, haut placées, encrassées et protégées de lourds barreaux rouillés. On entendait des cris, des rires parfois. On nous ouvrit des portes, qu'on refermait derrière nous. Barbara fut conduite au parloir, après une inspection de son panier. On lui prit une bouteille.

Reebman, qui est enfermé depuis un mois, avait obtenu, grâce à sa bonne conduite, le droit de travailler à l'atelier. Il fait des balais dix heures par jour. Voisenot envoya un geôlier le chercher, sur un ordre de Froelich.

Helmuth et Stoltz partagent la même cellule. Le geôlier nous y conduisit. Elle était au bout d'un couloir aux murs de brique sale. Il ouvrit un guichet dans la porte bardée de fer et annonça :

« Y a de la visite pour vous ! Mettez vos cravates ! »

Le cachot était étroit et sombre. Deux paillasses, une table minuscule, un seau et deux chaises en composaient tout l'ameublement. Les murs étaient couverts de taches d'humidité et de graffiti. On fit sortir Stoltz. Il ne s'était plus rasé depuis des jours, il était presque méconnaissable, sale et abattu.

On nous installa dans un bureau. Froelich et Engelberger lui expliquèrent en alsacien que les charges retenues contre lui étaient réelles, mais relativement légères : « complicité de recel ». La bande qui utilisait le grenier et la cave de sa tour était sur le point d'être démantelée, le « Chef » était sans doute en fuite, et son tueur avait été abattu. Il avait donc tout intérêt à dire vraiment tout ce qu'il savait. Il bénéficierait d'un traitement de faveur de la part du juge.

Il hésita un moment, puis se mit « à table » comme on dit dans la police.

« Au début, c'est un gars avec une fine moustache et une drôle de tête, qui est venu me proposer sa protection. Je lui ai dit : “Contre qui ?”. Il m’a répondu qu’il se pourrait qu’on mette le feu à ma menuiserie. Il faut payer pour être protégé. J’ai compris assez vite, quand l’ébéniste Sultzer est venu m’expliquer, et quand l’entrepôt de Klein Hannes a brûlé. J’ai payé. Au bout d’un mois, en avril, le même avec sa drôle de tête est venu me dire que je n’avais plus à payer, mais que je devais loger des gens, sans poser de questions, et lui reverser l’argent.

— Et donc, vous n’aviez plus à payer ? demanda Froelich.

— Si, mais pas à la Loutre…

— À qui ? »

Stoltz se tut et baissa les yeux. Nous avions compris. Tous les regards se tournèrent vers Voisenot, qui écarquillait les yeux et s’efforçait de prendre l’air surpris. Je rompis le silence en disant que la compagne de Helmuth m’avait dit la même chose.

Froelich et Engelberger jubilaient discrètement. Le greffier prit note.

On vint nous annoncer que monsieur Reebman était disponible. Le juge d’instruction renvoya Stoltz. Engelberger le prit à part, avec Froelich, et ils discutèrent quelques minutes.

« Soit ! » dit le juge.

Reebman entra. Il avait toujours sa tête de lapin apeuré, et clignait des yeux en regardant tour à tour chacun de nous.

Engelberger attaqua.

« Monsieur Reebman, vous allez être libéré. Nous nous en portons garants. Vous n’êtes accusé de rien ; vous avez été témoin d’une bagarre qui a mal tourné, c’est tout. Mais pendant votre… internement… vous avez peut-être eu vent… »

Reebman ne comprenait pas. Il s'affolait. Froelich vint à la rescousse, en alsacien.

« Vous avez peut-être appris des choses, de la part des autres prisonniers, sur la bande qui fait régner la terreur sur Strasbourg depuis quelques mois.

— On m'a demandé ça mille fois, on m'a promis mille fois de me libérer si je parlais, mais je ne sais rien, et je n'ai rien appris. Personne ne sait rien. Ceux qui savaient quelque chose sont morts.

— La bande est hors d'état de nuire désormais. Vous avez dû entendre des noms. Aidez-nous…

— La Loutre, le Cogneur… mais je ne les connais pas.

— Et encore ?

— Rien. »

Il était sincère. L'interrogatoire tournait court. Le Cogneur restait hors de notre portée. Une idée me vint. Je demandai au juge et à Froelich si je pouvais poser une question à Reebman.

« Vous êtes de la Robertsau. Vous connaissez les gens qui y habitent.

— Oui, à peu près tout le monde.

— Vous connaissez aussi ceux qui ne viennent que le dimanche, de Strasbourg, pour faire des fêtes.

— Non.

— Mais vous connaissez les maisons qu'ils possèdent. Est-ce qu'il n'y en a pas une qui appartiendrait à maître Metzger ? À monsieur Schuller ? À monsieur Goerger ?

— Je ne sais pas.

— Une maison particulièrement discrète, bien surveillée ? Une maison devant laquelle il vaut mieux passer sans causer, sans poser de questions ?

— J'en connais une ou deux.

— Avec un portier menaçant ?

— Un gars avec une drôle de tête, qui a cassé la figure à un copain qui essayait de blaguer avec lui. »

Engelberger avait compris.

« Décrivez-le ! »

Et Reebman nous fit un portrait de la Loutre. Engelberger exigea une situation précise de la maison ; il expliqua que c'est peut-être là-bas que la Loutre se cache, et qu'il fallait sans tarder y envoyer du monde.

Voisenot protesta, mais n'eut pas gain de cause. Il avait perdu la face devant Stoltz. Le juge lui ordonna de retourner au commissariat et de faire le nécessaire. Froelich s'occupa de faire remplir les papiers de levée d'écrou pour Reebman.

Restait Helmuth. Il avait vu Barbara, qui lui avait redonné confiance en lui, et en nous. Son interrogatoire prouva qu'il n'avait jamais eu de contacts avec le milieu du crime, qu'il avait même évité d'être informé, et qu'il n'aurait pas eu la moindre raison de dévoiler la découverte de la cave. Bien sûr, le juge exigea des preuves qui pussent emporter son intime conviction, mais n'insista pas longtemps. C'était certainement un flic corrompu, ou même Voisenot en personne qui en avait fait courir le bruit, très vite, et amené l'échec de la souricière d'Engelberger.

Le juge se retira avec son secrétaire, Froelich dut l'accompagner, car il n'avait pas le droit de voir ses clients emprisonnés sans témoins. Je restai avec Engelberger et Helmuth, et nous causâmes de choses et d'autres.

Et là, j'eus une nouvelle intuition…

« Vous avez été au bagne de 1828 à 1835. Avez-vous entendu parler d'un criminel, peut-être évadé, qu'on surnommait le « Cogneur » ?

— Oui, mais pas au bagne. En Algérie, dans la légion étrangère. Il était alsacien ou suisse. C'était un adjudant particulièrement dur avec les hommes. Il punissait pour un rien, frappait lui-même les punis, et y prenait du plaisir, et cruel avec les indigènes. On n'a jamais su son vrai nom. Il s'était engagé sous celui de Wild.

Il faisait semblant d'avoir des convictions politiques, des visées "éducatives", mais il en changeait selon ses humeurs. Il n'avait pas d'amis, sauf un petit caporal tout jeune, un as du pistolet, qui était comme son fils, et qui s'était engagé "parce qu'il aimait tuer".

— Décrivez-les ! Engelberger, je crois que nous touchons au but ! »

Le Cogneur avait la quarantaine, un visage rude aux traits marqués, les sourcils touffus, le corps massif, les cheveux gris coupés très court. Le caporal était surnommé Blondinot...

« C'est Ulrich Reinhard et son "cousin". On les tient ! Ils se font passer respectivement pour un rentier débonnaire et un étudiant en médecine. Le Cogneur habite place Saint-Etienne. Il m'a même donné son adresse : "Chez Gruber". Le Blondinot a fait de la prison ensuite, mais s'est évadé.

— Comment savez-vous tout cela ?

— J'ai demandé des renseignements à Massiot, et je tiens un journal. J'ai noté les deux ou trois fois où je les ai rencontrés. Je vais le relire.

— Tout à l'heure ! Nous allons nous rendre place Saint-Etienne, puis nous assurer de la personne de Kaufmann, et ensuite je vais aller seconder les inspecteurs qui planquent à la Robertsau. Au galop ! »

Je passe sur la suite de la journée, parce que je dois relire mon journal et noter mes rencontres avec le Cogneur et le blond pour les donner à Engelberger demain matin. Kaufmann n'était ni à l'étude, ni chez lui, ni dans sa chambre en ville. Maître Metzger se mit au service de la police avec une complaisance totale...

Ulrich aussi avait disparu, et personne, dans son immeuble, ne savait où habitait son « cousin ».

Engelberger est parti pour la Robertsau. Je dois le rejoindre demain matin.

XXVII

Jeudi 5 novembre.

Hier soir, j'ai demandé à Léa de m'accompagner : si la Loutre se cache dans la maison repérée, il sera peut-être sensible à la présence de son ancienne maîtresse, s'il faut parlementer. Nous sommes partis à six heures, pour arriver au lever du jour. Elle m'a demandé ce qu'il fallait qu'elle fasse avec le passeport. Elle l'a toujours sur elle. Je lui ai dit que je n'en avais plus besoin, mais qu'elle devait le garder encore.

La villa surveillée se trouve *Karpfenweg*[1], une longue rue qui a des allures de chemin campagnard, et qui serpente entre les jardins. Les maisons des pêcheurs, petites et modestes, sont au bord de la chaussée, celles des maraîchers sont en retrait, dans la verdure des champs bien entretenus. Les villas des riches sont invisibles, dissimulées par de longs murs, et entourées d'arbres, dont les branches pendantes ombragent la chaussée.

La Robertsau est un endroit charmant, même en novembre.

Nous longeâmes le séminaire d'été des Jésuites, vide et abandonné en cette saison, et, un peu plus loin, à une

[1] Aujourd'hui rue de la Carpe-Haute.

bifurcation, stationnait une voiture noire. C'était la cachette d'Engelberger et de ses deux inspecteurs. Ils y avaient passé la nuit, en se relayant pour arpenter la petite rue. On ne voyait rien du parc. Un portail bardé de fer fermait l'entrée, et, au-dessus du mur, à droite, se dressait le toit d'une maisonnette de portier. La villa était plus loin, sans doute entourée d'un rideau d'arbres.

La manœuvre prévue était la suivante : dès le lever du jour, on frappe au portail en criant. S'ils ne répondent pas, on fait ouvrir par un serrurier, et on s'installe dans la maisonnette. Ensuite, on verra.

« Pourquoi n'avez vous pas attaqué de nuit, pour les surprendre ?

— On n'a pas le droit d'entrer chez les citoyens avant le lever du jour. Nous représentons la loi, mon cher Floréal, nous ne sommes pas chez les Mohicans. Et j'attends le serrurier et les hommes de Voisenot pour les placer en surveillance sur les arrières du parc. Nous avons affaire à des gens rusés, surtout si les deux anciens militaires sont là. On ne doit rien laisser au hasard. »

J'avais apporté le papier compilé cette nuit, mais Engelberger ne voulut pas en prendre connaissance tout de suite. Il avait froid et faim.

« Voulez-vous nous chercher du ravitaillement dans une auberge ? Il y a la *Sandkischt* un peu plus loin. Vous suivez la rue. Vous avez juste le temps, je pense. »

Je partis avec Léa. L'auberge était déjà bien achalandée. Des pêcheurs, avec leurs lignes, leurs boîtes et leurs filets, prenaient un petit verre pour se réchauffer, des maraîchers se préparaient à aller en ville avec leurs choux et leurs pommes de terre. Ils avaient évidemment remarqué la voiture, et devinaient que quelque chose allait se passer. On m'interrogea. Je dis que je voulais rendre visite à une amie, qui loge chez les Peter… quelque chose.

« Peterschmitt ? Vous prenez la rue qui mène au centre, c'est la troisième maison. »

Je renvoyai Léa, avec des petits pains et du café au lait, et j'allai tirer la sonnette des braves maraîchers. Madame m'ouvrit tout de suite. C'était une petite femme pleine de vivacité, mais elle avait le regard inquiet.

« Je suis un ami de mademoiselle Durckheim.

— Je sais. C'est pas des façons. Nous, on est responsables. Qu'est-ce que va dire son père ? Et elle n'est pas avec vous ? »

Je n'y comprenais rien, mais mon cœur se glaça. J'appréhendais le pire.

« Elle a reçu un mot d'un monsieur qu'elle connaît, hier soir, et qui lui a donné rendez-vous. Il a des choses importantes à lui dire.

— Qui a apporté le mot ?

— Un gamin du coin.

— Et elle y est allée ?

— J'ai voulu l'accompagner, mais elle a refusé. Le monsieur voulait la voir seule. Elle m'a juré qu'elle a toute confiance en lui. Elle a suivi le gamin. Et on l'a attendue toute la nuit. »

Mon cœur s'arrêta. J'eus comme un vertige.

« Et le nom du monsieur ?

— Quelque chose comme Katz. Elle a dit que c'est un pion du Collège qu'elle connaît bien. Gentil, et parfaitement inoffensif.

— Le billet ! Montrez-moi le billet !

— Christian ! Apporte le billet ! »

Son mari fouilla quelques instants dans sa cuisine, et apporta un petit papier.

« *Chère Émilie,*

Les choses se précipitent et vont se régler. Vous allez bientôt pouvoir reprendre votre vie normale. Je vous attends à l'auberge du Brochet, parce que j'ai des informations très importantes à vous donner. Cela ne prendra qu'un moment. Accordez-moi cette dernière demande, au nom de notre amitié passée.

Floréal, qui vous assure de son respect constant. »

« On a imité mon écriture ! Émilie est en grand danger ! Elle a été enlevée par la bande ! »

J'ai serré la main des jardiniers bouleversés et je suis parti en courant vers Engelberger, le cœur battant à tout rompre.

Ulrich le Cogneur m'avait demandé d'écrire mon adresse, l'autre soir, à la brasserie. Il a imité mon écriture, et Émilie a eu confiance.

Voisenot et les renforts étaient arrivés, avec le serrurier. Les gens commençaient à s'attrouper. On essayait de les tenir à l'écart.

« Engelberger ! Ne précipitez rien ! Ils ont enlevé Émilie !

— Quoi ? »

Je le mis rapidement au courant.

« Ils l'ont prise en otage. Ça change tout. Voisenot ! Allez avec vos hommes surveiller les arrières du bâtiment. Débrouillez-vous pour entrer dans la propriété. Ouvrez l'œil et dites à vos hommes de ne prendre aucune initiative. Il va falloir parlementer. »

Il mit son écharpe tricolore et frappa au portail.

« Au nom de la Loi, ouvrez ! »

Après la troisième sommation, le serrurier se mit à l'œuvre. Il travailla assez longtemps. Le portail ouvert dévoila une pelouse en demi-cercle, entourée par deux sentiers qui menaient, à droite vers l'entrée principale, à gauche vers les cuisines du bâtiment et les écuries, un peu plus loin en arrière, devant un rideau d'arbres. La villa se dressait à trente pieds de nous. De hautes portes-fenêtres voilées de rideaux sombres donnaient sur la pelouse. À l'étage, quatre fenêtres encadraient un balcon central.

Engelberger s'avança, pendant que les policiers, armés, se glissaient dans la maisonnette du portier.

« Jetez vos armes par les fenêtres ! Libérez mademoiselle Durckheim, puis sortez de cette maison, un par un, les mains sur la tête. Vous n'avez aucune chance de vous en tirer. La maison est cernée. »

Il y eut un long silence. Voisenot revint. Il héla Engelberger pour lui conseiller de se retirer : les bandits encerclés risquaient de se livrer à une fusillade désespérée. Engelberger répondit :

« On attend. Ils doivent être en train de discuter. »

La porte-fenêtre du balcon s'ouvrit lentement. Émilie fut poussée hors de la pièce. Le blond, derrière elle, avait passé un bras autour de son cou, et tenait un pistolet contre son oreille.

« Regarde, flicard, on a un otage ! Si tu avances, je lui brûle la cervelle. Dis à tes bonshommes de sortir de la maisonnette, et de retourner dans la rue. »

Sans quitter le tueur des yeux, Engelberger dit :

« Soit. Messieurs, retirez-vous. »

Les policiers sortirent.

« Et maintenant, qu'allez-vous faire ? cria Engelberger. Nous resterons ici le temps qu'il faudra. Vous êtes cuits. Nous vous connaissons tous. » Et il répéta qu'ils n'avaient aucune chance.

« Amenez une voiture avec deux chevaux devant la porte. Nous allons sortir avec l'otage et nous prendrons la voiture. Nous libérerons la demoiselle plus tard, quand nous serons loin. Au moindre geste, je tue l'otage et les autres tirent. À prendre ou à laisser. »

« Soit. »

Engelberger se retira à reculons jusqu'au portail. Il fit avancer la voiture, et nous obligea à nous écarter.

« Pas le choix. »

Pendant ce temps, le blond était rentré à l'intérieur de la maison avec Émilie.

On attendit à nouveau.

Voisenot fit un rapport décourageant, à mi-voix. Derrière la maison, c'est une vraie forêt. Il n'y a pas de mur, mais un bâtiment mitoyen, un élevage de poulets. Ses policiers vont y entrer, et essayer de pénétrer ensuite dans le bois. Mais il faudrait un bataillon pour être efficaces.

J'étais à bout de nerfs. Je demandai un de ses pistolets à Engelberger, qui refusa.

« Mais ils vont fuir et la tuer !

— Ils ne voudront peut-être pas aggraver leur cas. On ne sait pas. On est obligé de céder. Gardez votre sang-froid, Floréal. Attention ! Ils arrivent ! »

Le blond sortait de la villa, tenant toujours Émilie étroitement serrée contre lui.

Elle était d'une pâleur mortelle, presque évanouie.

Nous formions une haie des deux côtés de l'entrée, les bras ballants, désespérés et enragés, laissant le chemin libre vers la voiture.

Le Blond s'arrêta pour attendre les autres. Il nous parcourait de son regard froid. Au moindre de nos mouvements, il enfonçait son pistolet dans la tempe d'Émilie, qui gémissait. On vit apparaître la Loutre à la porte, hagard.

Un coup de feu éclata. La Loutre s'effondra. Il y eut des cris et des chocs dans la villa. Quelqu'un apparut à la porte et cria. Le Blond se retourna. Je n'avais qu'une fraction de seconde. Je me jetai sur lui, saisis son bras qui tenait le pistolet et le tordis vers le haut de toutes mes forces. Le coup partit en l'air. Il lâcha Émilie, qui tomba sur le sol, et se jeta sur moi. Mais Voisenot lui logea une balle dans la tête.

L'homme qui avait crié sur le seuil traversa la pelouse en courant.

C'était Jean Humbert.

Je ne peux retracer exactement l'ordre de ce qui suivit. Je m'agenouillai à côté d'Émilie, et je fus pris d'un étourdissement. On me raconta les faits ensuite.

Engelberger et les policiers s'étaient rués dans la maison. La Loutre avait reçu une balle dans la jambe et criait, allongé sur le seuil. J'appris ensuite que Kaufmann et deux comparses, des hommes de main que nous ne connaissions pas, mal en point, couverts de bleus et d'écorchures, se tenaient dans le salon, devant les fauteuils et les canapés luxueux, les bras levés, terrifiés. Autour d'eux, un groupe de jeunes gens armés de bâtons, de cannes et de couteaux de cuisine, qui leur avaient fait passer un mauvais quart d'heure.

C'étaient les amis de Jean et Frédéric.

On passa les menottes à Kaufmann et aux autres, pendant qu'Engelberger passait de pièce en pièce pour localiser et arrêter Ulrich le Cogneur. Léa voulut prendre soin de la Loutre, mais il la repoussa et l'injuria grossièrement. Elle répliqua sur le même ton, le laissa à son destin, furieuse, et sortit pour s'occuper d'Émilie et de moi.

Je reprenais mes esprits. Léa, agenouillée dans l'herbe, soulevait la tête d'Émilie, qui se ranimait. Elle ouvrit les yeux et me sourit. Je me penchai vers elle pour l'embrasser. Les policiers étaient dans la villa. Le cocher et les curieux nous entouraient. Il n'y avait plus personne à côté de la voiture.

Soudain, un mouvement se fit dans le bosquet, derrière la pelouse, entre la villa et la maisonnette. Un homme surgit des buissons en courant, un pistolet dans chaque main. Il s'élança vers nous. Engelberger apparut à une fenêtre et cria.

« C'est le Cogneur ! Ne le laissez pas s'enfuir ! »

Mais c'était trop tard. Il avait déjà gagné l'entrée, nous mit en joue un instant, puis sauta sur le siège du cocher. Les policiers étaient sortis de la villa, mais ne pouvaient pas tirer puisque nous étions entre eux et le portail.

Le Cogneur fouetta les chevaux et lança une dernière provocation :

« On se retrouvera, Engelberger ! »

Et il partit, emporté par les chevaux lancés au galop.

On emporta le corps du Blond dans la villa. On le coucha sur le sol, à côté du canapé où gémissait la Loutre, on enferma les prisonniers dans une chambre, sous la surveillance des deux policiers de Voisenot qui étaient revenus.

Ils avaient pénétré dans l'élevage de poulets juste au moment où ses occupants en sortaient : ils étaient montés sur le toit et sautaient dans le bosquet pour prendre la villa à revers. Ils nous avaient sauvés par leur action intrépide, téméraire, mais héroïque.

Un des leurs était passé devant le portail, était revenu à l'élevage et avait prévenu les autres. Leur décision fut instantanée.

Frédéric présenta fièrement ses compagnons, à commencer par Jean Humbert. Ils étaient au *Canard Pêcheur,* le soir du 19, pour prendre leur ami Jean, et l'emmener avec eux. Ils nous avaient suivis jusqu'à la Citadelle. Lorsque Jean partit en courant, visé par le tireur – c'était le Blond, prévenu par les soins d'Ernest –, ils le sauvèrent, hors de ma vue, et jetèrent une pierre dans l'eau du fossé.

Ils emmenèrent Jean chez eux et le cachèrent. Frédéric les rejoignit quelques jours plus tard. C'était le phalanstère « Parfaite harmonie », installé discrètement à la Robertsau sous le couvert d'un élevage de poulets.

« Pour le moment, nous ne sommes que sept. Mais nous avons bon espoir que les étudiants et les jeunes travailleurs désireux d'aider à un progrès social sans révolution nous rejoignent. Chacun sera rétribué proportionnellement à son concours dans l'œuvre générale. Nous ouvrirons aussi une école d'enseignement mutuel pour les enfants de la Robertsau. »

Il était bien lancé. On le laissa parler : il l'avait bien mérité, et il était intéressant. Léa avait trouvé du café, du pain et de la confiture à la cuisine, et nous nous réconfortâmes en l'écoutant.

Pendant ce temps, Engelberger avait envoyé un policier, au pas de course, au centre de la Robertsau, pour revenir avec une voiture et un médecin. La blessure de la Loutre était douloureuse, mais il ne voulut pas que Léa s'occupât de lui.

Engelberger réprimanda Voisenot : il n'avait aucune raison de tuer le Blond, que j'avais désarmé. Il l'accusa même, devant tout le monde, d'avoir ainsi supprimé quelqu'un qui aurait sans doute eu des choses à dire sur les pratiques de certains policiers.

Le médecin et la voiture arrivèrent. Émilie se sentait mieux. Je la tenais dans mes bras, elle ne disait rien. Jean aussi était silencieux, il passait d'une pièce à l'autre, songeur. Léa vint vers lui, et, sans un mot, lui tendit le faux passeport. Il pleura silencieusement.

XXVIII

Pendant le reste de la journée, Engelberger rendit compte au juge d'instruction. Le Blond fut déposé à la morgue, Kaufmann et les autres à la prison, et la Loutre à l'hôpital. Il s'est calmé, et va sans doute accepter de parler d'abondance, en échange d'une diminution de peine.

J'ai eu le temps de présenter mon petit papier, les conclusions que j'ai tirées de la relecture de mon journal, à Engelberger. Tout se tient. Il m'a félicité et fera bon usage de mes indications.

J'avais fait la connaissance d'Ulrich Reinhard à la fête de Charité de l'école d'Émilie. Il apparaissait comme un bon vivant, connaissant beaucoup de monde, et d'idées républicaines. En fait, il m'avait vu causer avec Engelberger, et il voulait savoir qui je fréquentais.

Le dimanche suivant, je l'ai rencontré à l'Orangerie, avec Letzer, le « Blond ». Il prétendait avoir « fait un grand tour à cheval pendant la matinée, jusqu'à la Wantzenau », et il était fatigué. Or, c'est ce jour-là qu'ont été assassinés les trois petits voleurs, dans le hangar d'un batelier de la Robertsau. Le Boucher était recherché pour le meurtre de Martha, qu'il avait commis pour son compte, sans l'ordre du Cogneur.

Celui-ci avait décidé de se passer de ses services. C'est Letzer qui a officié.

Le Boucher se cachait dans un bateau de l'Ill. L'assassinat de madame Schneider est, soit un ordre du Cogneur, soit une autre initiative de ce fou meurtrier. Kaufmann a été prié de se faire tout petit : le Cogneur en savait suffisamment sur lui pour lui imposer le silence. Et d'ailleurs, la police de Voisenot était toute disposée à étouffer les scandales possibles. La Loutre a été mis au vert à la Robertsau.

Quand j'ai envoyé le pauvre Ernest à la brasserie, le Cogneur, prévenu par Letzer, a mis au point un plan génial : le Boucher tue Ernest – et moi – et Letzer tue le Boucher. Il se débarrasse du faussaire, qui en savait peut-être trop, et du fouineur auxiliaire bénévole d'Engelberger.

Samedi 24, j'ai vu Letzer au restaurant. Il voulait se faire voir du patron, pour lui faire comprendre que l'extorsion de fonds en échange d'une « protection » fonctionnait toujours. Letzer avait repris les fonctions du Boucher et celles de la Loutre, preuve *a posteriori* que la bande était désormais réduite, et, en définitive, sur la défensive. J'aurais dû tirer des conclusions du fait qu'il n'était manifestement pas étudiant en médecine.

Enfin, le mercredi suivant, Ulrich m'a invité à boire une bière. Il faisait semblant d'être un peu ivre, m'a tenu des propos révolutionnaires pour me faire parler, et s'est procuré un spécimen de mon écriture... Il m'avait vu avec Émilie à la fête de Charité et à l'Orangerie. Il avait appris sa retraite à la Robertsau, et il avait écrit la fausse lettre en imitant mon écriture.

En fin d'après-midi, avant d'aller retrouver Théo, je suis allé voir Émilie. Ses parents, à qui l'on avait tout raconté, me couvrirent de remerciements. Madame Durckheim m'embrassa, et le pasteur me serra contre lui, très ému. Ils veulent m'inviter pour que je leur raconte tout ce qui s'est passé, depuis le meurtre de Martha ; je suis désormais bien accepté chez eux. Ils offrent l'hospitalité à Jean, Frédéric est heureux.

Le docteur Becker était là aussi. Il a examiné Émilie et a prescrit un long repos. Elle a été rudement malmenée, et se remettra lentement. Mais il a déconseillé de « couvrir ce qui s'est passé sous un voile de silence et d'oubli ». Au contraire, il faut raconter. J'ai été un peu surpris de cette thérapie, mais, en y repensant, je trouve que c'est une bonne méthode.

Je ne suis resté avec elle qu'un moment. Nous nous tutoyons désormais, et elle m'a tenu les mains, serrées entre les siennes. Nous n'avons pas parlé de l'avenir, mais tout a changé.

Vendredi 6 novembre.

Repris les cours, pas trop bien préparés, mais je suis entouré de l'intérêt général. Les élèves de rhétorique m'ont applaudi quand je suis entré en classe. J'ai fait le sévère... mais je leur ai donné des nouvelles de Jean.

Engelberger a fait informer toutes les gendarmeries d'Alsace sur la fuite du Cogneur, alias Ulrich Reinhard, alias Wild. Mais il ne se fait pas d'illusion. Il est sans doute déjà en Suisse, en Prusse ou au pays de Bade.

J'ai accompagné Léa, qui avait des emplettes à faire, en fin d'après-midi. Elle ne veut plus entendre parler de la Loutre.

Nous avons croisé Jérôme, qui m'a salué froidement. Léa m'a demandé :

« Tu le connais ?

— C'est le fiancé d'Émilie.

— Lui ?... »

Elle le connaît, et elle « n'est pas la seule... ». Je n'ai pas voulu en savoir plus. Elle se propose de me « rendre service » en allant raconter ce qu'elle sait sur lui à monsieur Durckheim. Je le lui ai déconseillé. Ce ne serait qu'un scandale de plus.

Samedi 7 novembre.

Les choses ne traînent pas. Le juge d'instruction prépare ses conclusions ; en attendant, il a libéré Helmuth, Stoltz et Reebman.

À quatre heures, Émilie est venue me prendre au Collège, mais elle était avec son frère. Nous sommes allés nous promener vers le Neudorf par la porte d'Austerlitz. Ses fiançailles avec Jérôme sont rompues, mais elle me demande de ne pas « en tirer des conclusions hâtives ». Elle a voulu m'expliquer pourquoi elle avait cédé aux instances de Jérôme, mais je lui ai dit que nous aurons d'autres occasions d'en parler. Elle a besoin de temps, mais elle me laisse le champ libre...

Jean va revoir ses parents ; on lui conseille de préparer son baccalauréat, mais il veut élever des poulets à la Robertsau avec Frédéric.

J'ai soupé avec mes amis et Engelberger au *Strissel*. Voisenot est menacé d'une mutation à Thionville. Léon est promu premier clerc, Metzger a pris de longues vacances pour se faire oublier.

Je me remets lentement à la poésie, mais j'aurais plutôt envie d'écrire mes mémoires de ce mois d'octobre. Peut-être sous forme de roman.

Léa va quitter les Schwoerer, au grand regret des enfants. Elle a trouvé une place à l'hôtel de la Maison Rouge ; elle sera derrière le comptoir pour accueillir les touristes étrangers. Théo lui donnera des leçons d'anglais...

....

Dimanche 15 novembre.

À l'initiative de Théo, nous nous sommes retrouvés dans un restaurant de la Robertsau. Ce n'est pas vraiment la saison pour un repas champêtre, mais le temps est agréable. En Amérique, on appelle cela l'« été indien » ; en Alsace, l'« été des vieilles femmes » ; je préfère ce qu'on dit en Amérique, c'est plus poétique. En attendant les autres invités, nous avons pu nous installer sur la terrasse, en compagnie de quelques pêcheurs méditatifs. Les longues feuilles des saules pleureurs qui nous entouraient avaient pris une teinte jaune, l'herbe était grise et rousse. Des rayons de soleil traversaient par instants les bancs de brume qui flottaient sur la rivière, jetant des taches dorées sur l'eau sombre.

Tout le monde est venu. J'ai même réussi à inviter Ratapoil hier matin. Il en était abasourdi, et commença par refuser :

« Vous savez, je ne connais pas grand-monde…

—Justement, ce sera une occasion. Il y aura mes amis, mais aussi un pasteur, un avocat, un policier, tous ceux qui nous ont aidés dans cette terrible affaire. »

Monsieur et madame Durckheim sont arrivés vers midi, après le culte, en calèche, avec Émilie, Frédéric et Jean, entouré de l'affection de tous. Nous étions en train de goûter le vin nouveau. Émilie portait une robe neuve, blanche et ornée de petites fleurs ; elle avait défait son chignon et portait un bouquet. Jamais je ne l'avais vue aussi belle. Elle m'a embrassé devant tout le monde.

Frédéric a accepté de terminer ses études d'ingénieur avant de se lancer dans l'élevage de poulets phalanstériens. Le pasteur avait évidemment préparé un « petit quelque chose » en vers, une sorte d'épithalame évangélique, pour Émilie et moi. Tout le monde l'a félicité.

Au moment de nous mettre à table, le pasteur réclama le silence, demanda à l'Éternel de bénir la nourriture que nous allions prendre, et improvisa une prière pour le repos de l'âme de Martha, de madame Schneider, d'Ernest, et des autres victimes de la bande. Puis il nous demanda d'avoir aussi une pensée pour les malheureux coupables.

Il y eut un long silence. Tout le monde avait les larmes aux yeux.

Froelich était assis entre Engelberger et le pasteur. Il bégayait de nouveau, mais triomphalement. Il a conclu une sorte de trêve avec Massiot. Ils ne s'envoyèrent pas de méchancetés et Massiot fut poli, d'autant plus qu'il était à côté de madame Engelberger, qui ne plaisante pas sur les convenances et les bonnes manières. Elle donna de fermes conseils de méthode pédagogique à Émilie Fuchs et Laure Cuvier, les deux meilleures amies d'Émilie.

Helmuth, devenu patron menuisier, ne disait pas un mot, et ne quittait pas des yeux sa Barbara, qui s'arrondit superbement.

Le père Stoltz, qui se prépare à déménager pour Illkirch, rasé de frais, recevait des leçons de jardinage moderne de Frédéric. Jean ne parlait pas.

Théo et Léa faisaient bande à part. Ils ne cessaient de se chuchoter des choses à l'oreille, qui les faisaient alternativement sourire et rougir.

Jacques exposait ses idées de réforme économique à Ratapoil, qui essayait de raconter sa bataille de Leipzig à Léon, qui disait des gentillesses à la fille aînée d'Engelberger...

Rosalie et Victor Schwoerer avaient amené leurs enfants. Bertha grognait parce qu'elle devait surveiller Clara, Ludovic avait apporté sa canne à pêche, et multipliait les prétextes pour quitter la table. En attendant le dessert, ils allèrent construire une cabane dans la forêt, et laissèrent leurs parents tranquilles pendant presque une demi-heure. Mais ils dénichèrent une vieille barque, voulurent jouer aux pirates, et Rosalie dut se fâcher vraiment.

Émilie me tenait la main sous la table.

Au dessert, Léa voulut chanter *Plaisir d'amour.* Mais comme elle avait oublié la moitié des paroles, elle proposa *Heidenröslein,* qui lui réussit bien mieux. La fille d'Engelberger voulut interpréter *La Romance de Chérubin,* mais sa mère le lui interdit formellement. Ratapoil entonna alors le *Chant du Départ,* puis *Veillons au salut de l'Empire.* Après la *Marseillaise,* je suis allé me promener dans les bois avec Émilie.

NOTES

J'ai inventé le « making of » de cet « écrivain alsacien inconnu » (et imaginaire, faut-il le préciser ?) dans mon roman *Floréal Krattz (1828-1870)*, paru en 2008 aux éditions Jérôme Do Bentzinger.

La tour, évidemment, n'existe pas, mais le quartier de la Grand-rue offre quelques arrière-cours qui m'ont servi de modèles.

En 1846, l'actuel Lycée Fustel de Coulanges, qui avait été « Lycée impérial » jusqu'en 1815, s'appelait, depuis la Restauration, « Collège royal ».

L'école où enseigne Émilie a existé. C'était l'« École particulière d'enseignement mutuel et simultané », ouverte en 1838, 1 rue des Fribourgeois (l'actuelle rue des Francs-Bourgeois). Pour retracer la vie quotidienne des institutrices, je me suis beaucoup servi des lettres (parfaitement authentiques !) écrites par Émilie Fuchs à son amie Émilie Durrbach (1848–1856), que j'ai transcrites pour l'APA (Association pour l'autobiographie et le patrimoine autobiographique ; www. sitapa.org).

J'ai beaucoup utilisé aussi ma collection de guides touristiques du XIXe siècle, pour donner un maximum de vraisemblance aux errances de Floréal.

Encore quelques notes…

Le censeur est surnommé Ratapoil : c'est une figure caricaturale, immortalisée par une sculpture de Daumier, de l'ancien combattant de la Grande Armée napoléonienne. Le nom est évidemment ironique, mais n'a rien d'insultant.

Vidocq, dans les années où il était détective privé, avait un correspondant à Strasbourg, nommé Masse, qui habitait 135 Grand-rue, à l'emplacement de l'actuelle station de tram Langstross (v. *Le Carnet d'écrou, revue d'études holmésiennes et autres*, n°12, mai 2010, p. 16 sqq.).

Baudelaire était un parfait inconnu en 1846, mais il venait de publier *Le Salon de 1846*, le manifeste de la poésie moderne. J'imagine qu'Émile Erckmann en a envoyé un exemplaire à Floréal…

Il me reste à remercier ceux qui m'ont aidé et encouragé pendant la rédaction de ce roman. Isabelle l'a relu au fur et à mesure de sa rédaction, en a amélioré la grammaire et le style, et a multiplié les bonnes suggestions pour l'intrigue. Jean Pierre Hirsch, auteur de *Vie de bistrot en Alsace, lieux de loisirs et de sociabilité, 1844–1914* (L'Harmattan, 2010), m'a offert ses fichiers sur les bals publics et les « filles soumises » strasbourgeois. Jacques Ernewein m'a fait bénéficier de sa connaissance des mouvements révolutionnaires et socialistes régionaux sous la Monarchie de Juillet.

les enquêtes rhénanes

Des romans policiers au format de poche

Dans la même collection :

1 – **Jacques Fortier** *Sherlock Holmes et le Mystère du Haut-Koenigsbourg*

2 – **Grégoire Gauchet** *Meurtres bio au château*

3 – **Pierre Marchant** *Le Pays des cendres*

4 – **Christine Muller** *Les Aventures alsaciennes de Sherlock Holmes*

5 – **Bernard Fischbach** *Le Venin du mort*

6 – **Jacques Fortier** *Quinze jours en rouge*

7 – **Claude Peitz** *L'Assassin des deux rives*

8 – **Bernard Nuss** *Série noire à l'abattoir*

9 – **Joël Henry** *Pêche mortelle à Strasbourg*

10 – **Grégoire Gauchet** *L'Avalanche*

11 – **Arnault Pfersdorff** *La Femme sans ombre*

12 – **François Hoff** *Les Mystères de Strasbourg*

13 – **Jacques Fortier** *Dessine-moi un loup*

14 – **Pierre Kretz** *Le Disparu de la route des vins*

15 – **Bernard Nuss** *Strasbourg city blues*

16 – **Claudio Ponté** *L'Homme de Fessenheim*

17 – **Franklyn Pell** *La Colline du Pendu*

18 – **Claude Peitz** *Les Amants du lac Vert*

19 – **Max Genève** *Le Détective*

20 – **Sylvie de Mathuisieulx** *La part d'ombre des Lumières*

21 – **Jacques Fortier** *Chapitre fatal à la cathédrale*

Et en bande dessinée :

Roger Seiter & Giuseppe Manunta

Sherlock Holmes et le Mystère du Haut-Koenigsbourg,

d'après le roman de Jacques Fortier,

et *Sherlock Holmes - Retrouvailles à Strasbourg*

Ouvrage réalisé sur des papiers issus de forêts gérées durablement.

Première édition - quatrième tirage

—

Achevé d'imprimer en avril 2015
par Sepec à Peronnas (France) - 10503140302
Dépôt légal 3e trimestre 2013
ISBN 978-2-84574-154-6

—

Composé en *Arno Pro* par Le Verger Éditeur
Couverture de Vlou – www.vlou.net

Le Verger Éditeur – 67140 Barr – France

—